강원도 혁신학교연구회 교사 4인의 실천 기록

내가 경험한 학교 혁신 이야기

내가 경험한 학교 혁신 이야기

초판 1쇄 인쇄	2015년 01월 12일		
초판 1쇄 발행	2015년 01월 19일		

지은이	원주횡성혁신학교연구회		
펴낸이	손 형 국		
펴낸곳	(주)북랩		
편집인	선일영	편집	이소현, 김진주, 이탄석, 김아름
디자인	이현수, 김루리	제작	박기성, 황동현, 구성우
마케팅	김회란, 이희정		
출판등록	2004. 12. 1(제2012-000051호)		
주소	서울시 금천구 가산디지털 1로 168, 우림라이온스밸리 B동 B113, 114호		
홈페이지	www.book.co.kr		
전화번호	(02)2026-5777	팩스	(02)2026-5747

ISBN   979-11-5585-458-7 03810(종이책)
        979-11-5585-459-4 05810(전자책)

이 도서의 국립중앙도서관 출판예정도서목록(CIP)은 서지정보유통지원시스템 홈페이지(http://seoji.nl.go.kr)와
국가자료공동목록시스템(http://www.nl.go.kr/kolisnet)에서 이용하실 수 있습니다.
(CIP제어번호 : CIP2015001047)

강원도 혁신학교연구회 교사 4인의 실천 기록

내가 경험한 학교 혁신 이야기

원주횡성혁신학교연구회 지음

북랩 book Lab

시작하는 말

원주에서 학교 혁신을 꿈꾸는 교사들이 모여서 대화를 나눈 지 5년이 지났다. 몇몇은 혁신학교에 들어갔고, 몇몇은 작은 학교에 들어갔고, 몇몇은 일반학교에서 작은 변화를 만들어 왔다. 그동안 우리는 칭찬과 격려보다 무관심과 냉소, 의심과 비난들을 견뎌내야 했다.

혁신학교가 도대체 일반학교와 뭐가 달라?
또 지나가는 유행 아니야?
돈 받아 펑펑 쓰는 학교? 돈 주면 누가 못 해?
애들이 버릇이 없다? 예의가 없다? 무질서하다?
애들을 공부 안 시키고 놀게만 하는 학교? 체험학습만 많이 하는 학교?
학력이 떨어지지 않을까? 대학 입시에서 손해 보지 않을까?
사회 체제를 바꾸어야지, 체제 안에서 그렇게 해 봤자 바뀔 것 같아?

그럴 때마다 우린 모여서 대화를 나누었고, 책을 찾았고, 사람을 찾았다. 현실에서 구체적으로 실천하고 있는 작은 실천 사례들에서 감동했고 진한 희망을 맛보았다. 이런 희망들을 동료교사들과 나누고 싶어서 매년 새로운 교사연수를 열었다. 그러던 중 언젠가부터 누구라 할 것 없이, 이젠 우리도 우리의 대화와 실천을 우리의 언어로 말할 때가 되었음을 깨달았다. 다소 서툴고 허점 많은 글들이지만 우리가 할 수 있는 말들을 되도록 솔직하게 담으려 노력했다. 특출한 교사들이 아닌 평범한 교사들이 자신의 실천을 글로 기록하면서 성찰하려 하는 것 자체가 '혁신'이라는 생각이 들었다.

- 학교 혁신은 특별한 무언가를 더 하는 학교가 아니다. 작게라도 구체적인 일상의 시간을 변화시켜 나가는 것이 진짜 혁신이다.
- 학교 혁신이라는 이름으로 교사들을 지치게 해서는 안 된다. 교사에게도 여유와 휴식의 시간이 필요하다. 아이들도 마찬가지이다.
- 일주일에 한 번 정도는 동료교사들이 모여서 아이들 이야기, 수업 이야기를 나누는 교사 문화가 절실히 필요하다. 이런 시간을 확보해 주어야 학교 혁신이 지속 가능하다.

기록 작업을 하면서 이런 성찰들을 다시 얻을 수가 있었다. 실천 기록물을 만들지 않았다면 그냥 스쳐 지나가는 말로 입가에서 사라질 수도 있는 말들이었다. 문자로 기록하면 할수록 학교 혁신이 어떤 방향으로 나아가야 할지 명료해졌다. 학교 혁신을 꿈꾸고, 일상의 교실 수업에서 아이들을 제대로 가르치고 싶은 평범한 교사들에게 이 기록들이 작은 참고자료가 되었으면 좋겠다.

2015년 초입
원주횡성혁신학교연구회

목 차

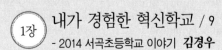

2장 학교 혁신, 중학교에서 시작하기 / 117
최규수, 전인호

3장 학교 혁신 단상 / 135
- 학교 혁신에 담아야 할 가치와 방향 **박정운**

4장 학교 혁신, 북유럽에서 배우다 / 183
- 북유럽 탐방기 **최규수, 박정운, 김경우**

5장 학교 혁신 정책 제안 / 235
- 좌담회

1장

내가 경험한 **혁신학교**

- 2014 서곡초등학교 이야기

서곡초등학교 5학년 담임교사 **김경우**

>>> 첫 만남

학교 관사가 없는 서곡초등학교(이하 서곡초). 치악고등학교 근처에 집을 얻고 30분 걸어서 다니기로 했다. 거장아파트에서 다닐까 했는데 이쪽을 알려준 사람은 김현숙 선생님이다. 김현숙 선생님은 올해에 아이 2명을 서곡초로 보낸다. 열성이다. 학생 수 늘어나니까 그냥 반곡초등학교에 보내라 해도 굳이 서곡초에 보낸다. 김현숙 선생님도 서곡초 근처로 이사할 예정이다. 2월 24일 교육계획 안내와 담임 배정, 업무 배정을 받으러 서곡초에 갔다. 작년에 내가 컨설팅하러 왔을 때와는 학교가 많이 달라져 있었다. 작년에 없었던 신축 건물이 들어서 있다. 학생 수가 소리 소문 없이 늘어났다. 혁신학교가 되기 전보다 2배 정도 많아졌다. 지금은 유치원까지 150명쯤 된다. 학생 수 늘어난 성과로 보면 서곡초가 단연 돋보인다.

서곡초 학생과 학부모 구성을 분류하면 이렇다. 원래 살던 주민 그룹과 공동육아 소꿉마당, 방과후학교 참꽃, 중등대안학교 길배움터, 마을협동조합 서곡생태마을에서 활동하는 교육공동체 활동 그룹, 여러 가지 이유로 시내에서 아이를 보내는 그룹, 또 인근에 있는 굿네이버스 강원복지센터에서 오는 아이들이 한 10여 명 있다. 최근 원주 학부모들 사이에서 서곡초가 좋은 이미지로 소문이 자자하다. 그렇지만 또 몇몇은 소문 듣고 왔다가 기대만큼은 아니어서 실망하기도 한다.

서곡초의 가장 큰 장점은 민주적 교사회 노력이다. 교사회에서 학교 전반에 관한 결정을 교사들이 한다. 교장이 교사회 결정을 거의 거부하지 않았다. 또 다른 장점은 공동육아, 대안교육, 마을공동체 만들기 등 지역 활동을 적극적으로 하는 학부모 그룹이 형성되어 있다. 그러나 이것이 학부모 간 갈등의 원인이 되기도 했다. 또 서곡초는 아이들에게 체험과 놀이 시간을 충분히 제공해 주고, 비교적 억압적이지 않은 분위기에서 자유롭게 학교생활을 한다는 장점이 있다.

서곡초의 단점은 교사들의 혁신학교에 대한 관심과 의지가 적었다는 것이다. 사실 서곡초 혁신학교 추진은 교사 그룹에서 시작한 것이 아니었다. 학부모 그룹의 적극성과 몇몇 교사의 노력이 컸다. 그리고 그걸 지원하는 지역연구회가 있었다. 혁신학교 교육과정 구성을 대부분 지역연구회에서 작성하고 검토했다. 작년에 서곡초는 교내에서 교사 독서동아리를 운영하기도 어려운 실정이었다. 혁신학교 교육과정 운영에 대해 구성원들 간 갈등도 꽤 많았다. 계절학교 발표회, 프로젝트 발표회 등 행사가 많아서 교사들이 힘들다는 불평도 있었다. 최근 서곡초의 가장 큰 걱정은 학생 수가 급격하게 늘어 학급당 인원수가 크게 늘고 있는 문제다. 교실이 부족하고 학교 공간과 시설도 부족해 보인다. 작은 학교의 맛이 사라질까 봐 걱정이 된다. 학급당 인원수는 20명이 넘지 않도록 제한 조치가 필요하다고 생각한다. 그래서 외부에 학교 홍보는 가급적 자제하고 싶다.

>>> 아침 풍경

아침 7시 40분에 일등으로 학교에 도착했다. 집에서 걸으니 35분 정도 걸렸다. 때마침 교무행정사분이 오셔서 문을 열어 주셨다. 8시가 되니 아이들을 내려놓는 차가 속속 들어왔다. 아이들 자전거 3대가 운동장 가운데를 지나간다. 부모님들 출근길에 일찍 내려놓고 가는가 보다. 생각보다 빨리 학교가 시작되는 느낌이다. 일찍 온 애들은 9시까지 체육관과 운동장, 도서관, 교실, 복도에서 논다. 나도 아이들과 농구도 하고 축구도 했다.

운동장이 엉망이다. 학교 신축 공사를 한 후라서 그런지 정비가 되지 않았다. 벽돌이 박혀 있고, 나무 조각도 많다. 휴지도 많았다. 난 휴지도 줍고 벽돌도 내다 던졌다. 아이들과 축구를 하는데 '반디'가 왔다. 반디는 1학년 학부모로서 서곡생태마을이라는 마을기업을 운영하는 일꾼이다. 공동육아 조합원들은 누구나 그를 반디라는 별칭으로 부른다. 어른과 아이 사이에서도 평등하게 별칭을 사용한다. 아이들은 반디를 잘 알고 있는 듯했다. 몇몇은 '반디!'라고 크게 불렀다.

나는 며칠 전 마을 기업 아지트인 '이리재'에 가서 서곡생태마을 조합원이 되었다. 달마다 2만 원씩 납부해야 한다. 홍옥기 선생님도 2만 원 낸다고 해서 그러라고 했다. '이리재'는 홍옥기 선생님 집의 별채쯤 된다. 그곳을 빌려주고 있는 셈이다. 반디와 나, 아이들 몇몇이 축구를 하고 교실로 들어갔다. 아이들은 의외로 들어가는 시간을 잘 알고 있었다. 습관이 그렇게 들었나 보다.

내가 경험한 학교 혁신 이야기

≫≫ 첫 수업

올해 5학년 아이들 18명을 만난다. 아이들과 첫 수업. 둥그렇게 앉아서 아이들 한명 한명에게 물었다.

"좋아하는 게 뭐니? 싫어하는 게 뭐니? 너의 꿈은?"

잘 모르겠다는 아이들이 몇 있었다. 아마 아직 자기를 드러낼 만큼 친하지 않기 때문일지도 모르겠다. 모른다면 모르는 대로 넘어갔다. 그리고 시를 한 편 낭송했다.

내 마음에 심은 꽃 고이고이 심었네.
무슨 꽃이 피려나 기다리네.
내 마음에 심은 꽃 고이고이 심었네.
언제쯤 피려나 기다리네.

자신의 꿈이 이루어지기를 소원하는 마음으로 낭송하라고 했다. 다 같이 원으로 손을 잡고 다 같이 낭송을 한 후 다시 한 번 자신의 꿈을 말한다. 그다음 친구는 앞 친구의 말을 받아서 말한다.

"내 꿈은 의사입니다. 왜냐하면 ……입니다."

"아~ 소윤이 꿈은 의사구나. 내 꿈은 요리사야."

다 끝난 후에 '꿈 말하기'를 한 느낌을 물어봤다. 아이들 반응은 생각보다 꽤 괜찮았다. 친구들 꿈을 알게 되어서 좋았다는 반응이다. 또 자기

꿈을 남들에게 말한 것이 기분 좋았던 것 같다.

그다음 시간. 노래를 하나 알려주었다. 반응은 매우 좋았다. 중독성이 있고 재미있다는 반응이다.

디리 디리 디리 디리 돈 돈 디리 돈 돈 돈 디리돈

디리 디리 디리 디리 돈 돈 디리 돈 돈 돈 디리돈

아 야 야야야야 디리 돈 돈 돈 디리돈

아 야 야야야야 디리 돈 돈 돈 디리돈

랩처럼, 응원가처럼 부르면 된다. 처음 불러 줄 때 아이들은 여기저기 웃는다. 금방 리듬을 따라 부르는 아이들도 보인다. 글쓰기 공책에 아이들은 이 노래를 배운 것을 가장 많이 기록했다.

처음에는 모둠별, 남녀별, 파트별로 나눠 부르고, 빨리 불렀다가 느리게 불렀다가 하고, 나중에는 돌림노래로 부른다. 아이들은 몇 번 연습하고 나서 돌림노래도 성공했다.

이곳 아이들은 정말 빨리 배운다는 느낌을 받았다. 돌림노래를 성공하면 한마음이 되고 화합하는 분위기가 된다.

>>> 학급 규칙 만들기

첫 주는 교과서 공부를 거의 하지 않고, 아이들과 호흡을 맞추고 시간 표도 조절하고 학급규칙을 만들어 간다. 틈틈이 책을 읽으며 분위기를 만들어 갔다. 다행히 아이들이 책 읽기에 집중한다. 한 아이도 장난치지 않았다. 신기했다. 나도 책을 읽었다. 책 읽는 데 방해가 없어서 좋았다.

하루 흐름을 안내하고, 하루 생활을 어떻게 하는지를 실제로 경험하게 했다. 그리고 어떻게 할지, 어떤 방법으로 할지를 의논해서 결정했다. 기본 방향은 교사가 안내하고 세부적인 것들은 아이들과 의논해서 결정해 나갔다. 교사가 일방적으로 결정하지 않았다. 아이들은 매우 적극적으로 의사결정에 참여하고 집중했다.

대강 하루 흐름은 이렇다.

아침 운동, 아침 놀이	8~9시 사이
아침 독서	8시 55분부터 도서관에서 책 빌리기. 9시~9시 15분
책 나누기(북토크)	둥그렇게 앉아서 읽은 책에 대한 느낌 나누기. 1~2명 책 소개하기, 질문과 답변 5~10분.
아침 열기	배움을 시작하는 의례 같은 것, 창의적 체험 활동 시간으로 날마다 20분씩. 몸풀기(스트레칭, 간단한 교실놀이), 시와 노래 등 5~10분.

교과서 공부 1블록	주로 국어, 사회(모둠학습을 기본으로).
중간 놀이 시간	10시 30분~11시
교과서 공부 2블록	주로 수학, 영어, 과학 등등. (전담 선생님들에게도 모둠학습 형태로 부탁드렸음)
점심시간	12시 25분~13시 20분
교과서 공부 3블록	주로 예체능, 실과, 창의적 체험 활동(다모임, 동아리).
나기	배움을 마치는 시간. 호흡하면서 하루 돌아보기, 감사와 칭찬 나누기.

하루의 각 과정을 실제로 간단히 체험한다. 그리고 나서 둥그렇게 앉아 무엇을 지켜야 하고 어떻게 할지를 함께 결정해 나가는 방식이다. 아이들과 함께 정한 규칙은 다음과 같다.

1. 수업 규칙(수업 매너)

- 반드시 손들고 말한다 / 말 끼어들지 않기 / 수업 방해하지 않기

- 경청한다 / 몸 경청, 눈 경청, 귀 경청

- 질문을 많이 한다

2. 시간 약속 지킴

- 쉬는 시간, 점심시간에 시간을 지킨다

- 늦으면 벌칙 받기 / 벌칙은 창피한 벌칙(앞에서 춤추기 등)과 힘들게 하는 벌칙 중 하나를 선택한다

3. 학교폭력

- 1차: "안 돼. 싫어. 멈춰." 경고를 한다
- 2차: 담임 선생님에게 신고, 학급회의 실시
- 3차: 부모님 상담, 교장 선생님 상담

4. 우유 당번

- 5분 전 당번 2명이 준비

5. 공부 공책은 날마다 기록 / 글쓰기 공책은 주 3회 자율적 기록 / 매주 목요일 공책 검사

6. 휴대전화, 컴퓨터실 사용 금지 / 컴퓨터실은 수업 시간에 활용

7. 치약, 칫솔, 수건 사용

8. 아침 시간 약속

- 아침 운동 하러 전부 나가기 / 교실은 조용히
- 운동할 사람은 운동장이나 체육관 / 책 읽을 사람은 도서관
- 8시 55분에 도서관에서 책 대출, 책 반납하기

서명:

담임선생님:

부모님:

공부 공책에 이 내용을 기록하고 본인, 교사, 부모님 서명을 받았다. 아이들은 자신들과 하나하나 의논하고 결정한 내용을 흥미 있게 기록했다.

특히 '글쓰기 공책 주 3회 쓰기' 안건에 아이들은 매우 뜨거운 반응을 보였다. 날마다 써야 한다는 파와 주 3회가 적당하다는 파가 열린 논쟁을 했다. 결국 투표로 주 3회가 적당하다는 파가 승리했다. 주 1회로 하자는 소수 의견도 있었으나 다수 어린이가 "그건 너무하다."라는 반응을 보였다.

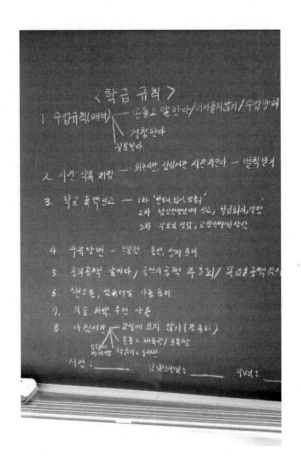

내가 경험한 학교 혁신 이야기

나는 아이들에게 말했다. "이 규칙들은 교사인 나도 똑같이 지킨다."라고. "아마 내가 다른 선생님과 다른 점이 있다면 나는 여러분과 생활을 똑같이 한다는 점이다."라고.

똑같이 아침 운동하고
똑같이 책 읽고
똑같이 글 쓰고
똑같이 시간 지키고
똑같이 쉬는 시간에 놀고
똑같이 경청하고 질문하고······.

아이들은 내 생각했던 것보다 둥그렇게 앉아 회의하는 분위기에 쉽게 적응했고, 매우 적극적으로 의견을 말했다. 물론 적극성은 아이들마다 차이가 있다. 그래도 말없이 다 듣고 있었다. 중간에 말을 끼어들거나, 친구 말에 반응을 과하게 표현하거나, 발언권을 얻지 않고 끼어들어 말하는 것은 차츰 훈련해야 할 것 같다. 그래도 대체로 잘했다. 이 정도로 잘 따르는 아이들을 만난 건 행운이라고 생각했다.

>>> 첫 교사회의

서곡초의 장점은 '민주적 교사회의'다. 교사회의에서 결정한 사항에 대해 교장이 거부하거나 틀어진 적이 거의 없었다. 둥그렇게 앉아 학교 운영 전반에 관한 사항을 전체 교사들에게 의견을 물어 의결했다. 회의가 많고 회의 시간이 길어져 퇴근 시간을 넘어서는 경우가 있어서 불만을 말하는 교사들도 있었다. 그래도 이런 문화를 만든 것은 교무부장이셨던 서 선생님의 가장 큰 업적이라고 생각한다.

금요일 오후 3시에 교사회의가 6학년 손 선생님 교실에서 열렸다. 책상 배치를 둥그렇게 해서 앉았다. 교감이 참가하고 교장은 교사회의에 참가하지 않았다. 며칠 전에 메신저로 안건을 접수받았다. 안건만 해도 6~7개가 넘는다. 안건 제안자가 설명하고 의견을 서로 개진하여 결정해 나갔다. 첫 시간이라고 서로 눈치를 봐서 그런지 조용했다. 그래도 할 말들은 한 것 같다. 난 교사회의 명칭을 '교원회의'라고 바꾼 것에 대해 질문을 했다. 새로 바뀐 교무부장이 그렇게 바꾸었단다. 교원이란 단어가 더 적합할 것 같아서 그렇게 했다고 해서 그냥 넘어갔다. 처음부터 괜히 불쾌한 느낌을 주기 싫어서 그냥 가볍게 넘겼다. 그리고 회의 시간 내내 말하기보다는 들으려 노력했다. 첫 시간부터 무겁게 만들기 싫었다. 회의는 1시간 안에 하자며 너스레를 떨었다. 내가 시간 지킴이 노릇을 자처하기도 했다. 회의를 많이 해 봤지만 1시간을 넘기면 집중하기 쉽지 않다. 다음 회의부터는 1시간으로 시간을 정하고 논의하면 어떨까 싶었다.

제기차기 대회 참가는 학생에게 공지만 하고 자율참가하기로 결정. 학부모 공개수업과 동료수업연구는 고학년군과 저학년군으로 나눠서 하기로 결정. 수업 공개로 인한 수업 결손을 최소화하고 효과를 높이자는 취지로 이런 결정을 했다. 물론 시간이 나면 스스로 찾아가서 다른 학년군 수업공개를 볼 수도 있다. 책 읽기를 했던 교사 학습동아리는 폐지하고, 원격연수를 함께 보고 이야기 나누기로 하면 어떨지? 내가 제안했다. 추후 결정하기로 했다. 원격연수는 연수학점도 얻고 한 학교 교사들이 같은 연수 내용을 쉽게 공유하고 이야기를 나눌 수 있다는 장점이 있다. 격주로 모이면 어떨까 생각했다. 괜찮은 느낌으로 첫 교사회의가 끝났다. 다음 주 교사회의가 기대된다.

1장. 내가 경험한 혁신학교

>>> 학생자치회

올해 학생자치회를 맡았다. 강원행복더하기 학교운영과 학생자치회, 교사대화모임, 교사회의 등을 주 관심사로 학교생활을 할 것 같다. 전해 들으니 서곡초는 3~6학년까지 동아리 신청을 받아 담당 선생님을 초빙하고, 담당 선생님과 함께 아이들이 스스로 동아리시간 2시간을 꾸려나갔다. 축구 동아리도 있었고, 요리, 춤, 과학상자, 배드민턴, 퀼트 등등. 2번째, 4번째 주는 동아리 활동을 하고 3번째 주는 다모임을 한다. 1번째 주는 학급 자율 활동이다. 서곡초는 전통적으로 이렇게 해 왔다.

나도 별다르게 바꾸지 않고 이런 전통을 따르기로 했다. 월요일부터 신청서를 각 반에 나눠 주고 신청을 받았다. 학생자치회 게시판에도 공지를 했다. 아이들은 자기가 개설하고 싶은 동아리를 만들기 위해 8명 이상의 회원과 동아리를 맡아 주실 담당 선생님 사인을 받아와야 한다. 이번 주 금요일에 3~6학년이 강당에 모여 동아리 설명회를 한다. 설명회가 끝나고 동아리별로 모여 담당 선생님과 함께 향후 계획을 짠다. 대강 이렇게 계획을 구상했다. 동아리 신청 양식은 삼화초등학교 사례를 참고했다. '반갑다, 동아리' 카피는 '사교육걱정없는세상'이라는 시민단체에서 보고 따 왔다.

지금까지 들어온 동아리 신청서는 이렇다. 요리 동아리가 2팀 들어왔다. 고학년 위주의 요리 팀과 3, 4학년 중심의 요리 팀 두 개가 따로따로 들어왔다. 춤 동아리 1팀은 5~6학년 여학생들이 거의 다 신청했다. 20명 가까이 된다. 그리고 축구 동아리가 만들어진다는 소식을 듣고 있다. 피구 동아리는 말이 나왔다가 사라진 것 같다. 과학상자 동아리도 좋을 것 같은데 아이들 반응은 거의 없다. 독서 동아리도 하나 있으면 얼마나 좋을까? 자발적으로 모임이 만들어졌으면 좋겠다. 과학 동아리는 6학년 손 선생님이 담당 선생님으로 적합할 것 같고, 독서는 2학년 권 선생님이 좋을 듯한데……. 내 머릿속에서 상상해 본다. 아이들 몇몇에게 슬쩍 찔러 봐야겠다. 나중에 시간이 되면 다모임 시간에 동아리별로 나와서 작은 공연을 해 봐도 좋겠다. 또는 프레네 학교처럼 '지식시장'이라는 개념으로 각 동아리에서 습득한 지식과 경험을 나누는 자리도 있었으면 좋겠다.

'반갑다, 동아리' 신청서

※ '반갑다, 동아리' 재미난 모임을 만들어 봐요. 혼자서 놀 때보다 여럿이 함께할 때가 더 즐거워요. 더 많은 것을 배울 수 있어요. 여러분이 직접 새로운 동아리를 만들어 봐요.

1. 동아리 신청자(학년/반/이름):

2. 동아리 이름:

3. 동아리가 주로 하는 일(계획):

4. 동아리 활동에 필요한 장소(교실/운동장/체육관/도서실 등등):

5. 동아리 활동에 필요한 준비물:

6. 함께 해 주실 선생님: (서명)

※ 1~2학년 담임 선생님은 안 돼요. 3~6학년 선생님 그리고 전담, 보건, 영양사 선생님까지 가능해요. 중간 휴식 시간이나 점심시간에 선생님의 서명을 받으세요. 동아리의 활동 내용을 잘 알고 지도해 주실 선생님을 선택해서 허락을 받습니다.

7. 동아리 신청자 명단

번호	학년/반	이름	서명
1			
2			
3			
4			
5			
6			
7			
8			

※ 8명 이상 모집해야 동아리로 등록을 하고 활동할 수 있어요. 단, 3 학년 4학년 5학년 6학년이 골고루 들어가야 합니다. 3학년 4학년 은 적어도 1명 이상은 들어가야 합니다.

※ 10명이 넘으면 뒷장에 계속해서 신청자 명단을 쓰세요.

※ 3월 14일(금) 5교시에 체육관에서 동아리 설명회를 개최하고 동아리 회원 신청을 받습니다. 동아리 설명회를 준비해 주세요. 무엇을 하 는 동아리인지 말로 설명하거나 직접 보여주는 방법도 가능합니다.

※ 더 궁금한 것은 중간 휴식 시간과 점심시간에 5학년 담임 선생님 에게 물어보세요.

※ 너무 많은 학생들이 모이는 동아리는 활동이 불편하기 때문에 담 당 선생님이 학생의 생각을 물어 약간 조정을 할 수 있어요.

>>> 학급회의

서곡초 5학년 아이들은 대체로 친구 관계가 괜찮은 듯했다. 문제가 생겨도 대화로 풀려는 문화가 있는 듯 보였다. 남자아이 한 명이 목소리가 크고 표현이 조금 과한 편이고, 이 남자아이와 다른 아이 한두 명이 경쟁적 관계에 있는 듯 보였다. 탓하는 말이나 약간 놀리는 말과 표현이 조금씩 들린다. 남자아이들 중에는 분위기 주도 또래그룹이 있고, 이보다는 약간 소외된 그룹이 있다. 분위기 주도 또래그룹은 운동을 잘하는 아이, 공부를 잘하는 아이, 장난을 주도하는 아이로 구성되어 있다. 약간 소외된 그룹은 키가 작고, 신체 발달이 조금 늦어 보인다. 성격도 조용하고 말이 적은 아이와 약간 산만하고 집중이 떨어지는 아이다. 처음에는 이 소외그룹을 걱정했는데, 수학시간에 과제를 해결하는 능력이 우수했다. 다행이었다. 또 소외그룹 아이 중 한 명은 축구, 피구를 보기와 다르게 잘했다. 운동 신경이 있어 보였다.

처음 몇 주 동안은 아이들이 직접 모둠을 구성하게 했다. 몇 명만 조정해 주었다. 남학생 모둠 2개, 여학생 모둠 2개로 총 4개 모둠이 구성되었다. 남학생 1모둠 아이들은 분위기 주도 또래그룹이다. 남학생 2모둠 아이들은 약간 키도 작고 아직 어린 느낌이지만 학습이나 운동, 발표에서 크게 떨어지지 않았다. 여학생도 모둠 2개로 나눴다. 자기들이 자연스럽게 구성했다. 어떻게 친구 그룹이 나뉘는지 알 수 있었다. 여학생 그룹들은 다행히 적대적이지 않다. 그냥 친함의 정도가 서로 다르다고 할까? 여

학생 1모둠은 5명으로 이루어져 있는데, 적절하게 구성된 것 같다. 활발, 조용, 신중 등 다양한 성격의 아이가 잘 어울려져 있다. 여학생 2모둠은 약간 독특하다. 한 명은 활발하고, 한 명은 표현이 자유롭고, 한 명은 굉장히 논리적이지만 협동심이 좀 낮다. 나머지 두 명은 굉장히 조용하고 눈치 보는 성격이고 발표는 거의 자발적으로 하지 않았다. 그래도 그중 한 명은 그림을 매우 잘 그리고 듣는 태도가 좋았다. 한 명은 쉬는 시간에 나에게도 조금씩 말을 건네고 자주 웃었다. 마음이 놓인다.

학기 초 아이들 관계에서 2가지 사건이 있었다. 하나는 점심시간 피구 규칙에 관한 건이고, 하나는 교무행정사 선생님을 좋아한다고 소문낸 건이다. 사실 별일은 아닌데 내가 일부러 이 작은 사건들을 소재로 아이들에게 학기 초 학교폭력 예방교육도 하고, 학급에서 일어난 갈등을 학급회의로 함께 해결하는 과정을 경험하게 하고 싶었다. 자신에게 어떤 폭력이라도 가하면(놀림, 욕 등 언어폭력도) 반드시 싫다고, 안 된다고, 멈추라고 표현하고 똑같은 일을 또 한다면 담임 선생님께 신고한다. 증거나 증인도 수집한다. 그러면 담임 선생님은 모든 교과 시간, 쉬는 시간, 방과 후 시간 등 어떤 시간도 멈추고 학급회의를 한다. 법정 같은 느낌으로 서로의 입장을 이야기한다. '뭐가 문제인지?' 학급 전체가 공유하고 이해한 후 해결 방법과 벌칙 등에 대해 학급 아이들의 의견을 수렴한다. 학기 초 2번의 사건으로 학급회의를 해 보니 아이들은 자신의 입장을 잘 말했고, 서로 문제점을 인정하는 태도를 보였다. 상대의 말을 들어보니 이해된다는 반응이었다. 놀라웠다. 속으로 "와~ 서곡초 아이들 대단한데~"라고 생각했다. 2건 다 자기가 착각한 부분은 인정하고 사과할 부분은 사과했다. 상대의 심한 말에 몹시 불편했었다고 자기 마음을 표현했다. 아이들은 모두 박수를 쳐 주었다. 학급회의가 끝나고 다시 수업 시간으로 돌아갔다. 나에게 일어난 어떤 문제라도 선생님과 친구들이 함께 판단하여 공개적으로 정당하게 해결되고, 매우 중요하게 다루어진다는 걸 아이들이 경험했기를 바란다.

>>> 행복학교 담당자가 드리는 편지

- 일상적 교사대화모임을 제안하는 글

"안녕하세요, 여러분의 교실은 안녕하신가요?"

"혁신학교에서 지낸 2주는 어떠신가요? 안녕들 하신가요?"

"혁신학교라 이름 붙였지만, 여기가 혁신학교가 맞나? 일반학교와 뭐가 다른가? 하는 의문이 스멀스멀 드시나요?"

"혁신학교가 돈 4천만 원 받아서 흥청망청 써 버리는 학교일뿐일까요?"

"우리는 왜 여전히 바쁠까요? 여전히 혼자 힘들어하고, 여전히 혼자 고민하고, 여전히 혼자 감당해야 하고, 여전히 개별적으로 삭히고, 여전히 하던 대로만 해야 하고, 하던 대로 하고 있고, 여전히 침묵하고, 그래서 저녁이나 주말이면 스트레스 풀 데를 찾아다녀야 하고, 문득문득 외로워지고, 무기력해지는 듯하고, 점점 더 냉소적으로 변하고 있는 자신을 발견한 적이 없으신가요?"

문제는 시간입니다. 시간을 확보하는 것입니다. 수업에 전념할 수 있는 시간, 아이 교육에 집중할 수 있는 시간, 수업을 준비하고 동료들과 이야기 나누고 교류하고 물어볼 수 있는 시간, 교사로서 전문성을 기를 수 있는 시간.

하루 중 어디에다 시간을 쓰느냐를 살펴보면 그 사람이 뭘 소중하게 생각하는지를 금방 알 수 있습니다. 그 사람이 하는 말이나 생각이 아니라, 그 사람이 쓰는 시간으로 어떤 사람인지 더 명료하게 알 수 있어요.

교사인 우리는 학교에서 어디에다가 대부분의 시간을 투여하고 있을까요? 다시 한 번 생각해 봐야 한다고 생각합니다. 매우 중요한 문제입니다.

수업에 전념할 수 있는 시간, 아이 교육에 집중할 수 있는 시간, 수업을 준비하고 동료들과 이야기 나누고 교류하고 물어볼 수 있는 시간, 교사로서 전문성을 기를 수 있는 시간. 저는 이런 시간을 확보하기 위한 노력이 바로 새로운 학교 또는 혁신학교 또는 강원행복더하기학교를 하는 이유라고 생각하고 있습니다.

이 시간을 확보하는 데에 방해가 되는 업무와 행사를 과감하게 삭감할 것을 결단하고, 행정 업무는 되도록이면 교무행정사와 교무업무전담팀에서 맡아 주고, 불필요하고 비효율적인 회의들도 개선하고, 형식적이고 수동적인 교사 연수들도 개선하고, 아이들과 직접 만나고 수업을 하고 있는 평교사들의 의견이 즉각 반영되고, 교육과정 편성과 운영이 수업을 하고 있는 평교사들의 교사회의에서 의사 결정되며, 학교장은 소통의 리더십을 발휘하여 학교의 여러 갈등 요인을 경청하고 조정하여 학부모와 지역사회의 협조를 적극적으로 이끌어 내는 것.

이런 모델로 학교를 재구조화해서 새롭게 공교육 학교 표준(모델)을 만들어 보자는 겁니다. 더 쉽게, 더 노골적으로 말하자면 선진화하자는 말입니다. 선진국형 공교육 학교로 만들어 보자는 겁니다. 캐나다, 핀란드, 덴마크, 프랑스 학교처럼 말이지요.

지난 60여 년 대한민국 공교육은 국가 발전에 매우 중요한 역할을 했다고 생각합니다. 앞선 선배 교사들의 노고에 정말 존경하는 마음을 가지고 있습니다. 그러나 이젠 또 시대가 바뀌었고, 공교육에 바라는 기대와 희망이 달라지고 있습니다. 시대 변화에 공교육 학교가 잘 적응하지 못하는 느낌을 받을 때가 많습니다. 새로운 공교육 학교 모델을 만들어 국민들을 만족시키고 신뢰를 다시 얻어야 할 시점입니다.

이런 걸 우리 학교(서곡초)가 앞서 시도하면서 시행착오를 먼저 겪고, 갈등도 먼저 겪고, 교훈과 지혜를 얻어 다른 공교육 학교들에게 알려주는 겁니다.

"이렇게 해 보세요. 이렇게 하니까 별로였어요. 잘 안 되더라고요. 이런 건 매우 좋아요. 꼭 해 보세요."

어떠세요? 꽤 의미 있는 일이지 않나요? 교직 생활 중 한 번은 해 봐도 손해는 아니겠지요? 자부심을 느껴도 되지 않을까요?

새로운 공교육 모델을 만드는 길에서 결코 양보할 수 없는 핵심을 꼽자면, 저는 두 가지라고 생각합니다.

첫째는 민주적 교사회의 구조, 둘째는 일상적 교사대화(학습)모임.

서곡초는 둥그렇게 앉아 교사들이 교육과정 운영, 학교 운영 전반에 관한 공유와 공감, 의사결정을 해 왔다고 들었습니다. 이건 서곡초의 가장 큰 장점이라 생각합니다. 아직 학기 초이고 구성원들이 바뀌어서 조금 어색한 점이 있어 보이지만 그래도 계속 이 문화를 이어갔으면 합니다. 정말 자랑할 만한 일이라 생각합니다. 저는 자랑하고 다닐 겁니다.

밖에 있을 때 서곡초의 교사대화모임이 조금 약하지 않나? 라는 의문을 가진 적이 있었습니다. 교사들끼리 서로 동료로서 교육 방향에 대해 공유하고 공감하며 갈 수 있을까? 라는 의문도 들었고요. 들어와 보니 교사독서모임도 불만이 많았던 것 같고, 여러 연수가 진행되었지만 많이 피로하고 부정적 인식이 강해 보였습니다.

그래서 어떻게 할까? 고민하고 고민해 보았습니다. 출근길 퇴근길 30분씩 걸으면서 생각하고 생각했습니다. (걸으면 좋은 생각이 많이 납니다. 하하.)

저에게 찾아든 첫 생각은 먼저 이렇습니다. 업무, 행사, 회의 등을 줄이고 더 효율화하여 교사들에게 여유 시간을 주는 겁니다. 창의적 사고와 행동은 여유로운 시간에서 나옵니다. 그래서 애플이나 구글 회사는 직원들에게 일부러 여유로운 시간을 주기도 합니다.

또 교사 연수 가짓수가 너무 많습니다. 학습 동아리, 수업연구회, 컨설팅, 탐방 등등

이것들을 단출하게 줄이고, 내실 있게 운영하면 어떨까요?

1) **수업연구**: 수업공개와 수업협의를 고학년군, 저학년군으로 나눈다. 보고 싶으면 언제든지 수업을 찾아가서 본다.

2) **일상적 교사대화모임**: 원격연수 함께 보기 모임. 공통 연수를 듣고 모여서 이야기 나누기. 커피와 다과와 함께 카페식 대화하기. 함께 듣고 있는 원격 연수를 매개로 이야기 나누기. 수다 떨기. 교실에서 일어난 이야기, 아이들 이야기, 궁금한 것 물어보기 등등. 2주에 한 번. 시간은 40분 이내로. 4시에 6학년 교실에 모여서 이야기 나누고 즐겁게 퇴근하기.

예를 들어, 투표로 다수가 추천하는 연수를 하나 정해서 듣습니다.

"에듀니티의 수업 성찰이라는 연수가 좋다는 소문을 들었어요. 또는 학생 상담 쪽 하나 들어요."

그리고 나서 2주에 한 번 모여서 이야기를 나눕니다. 혹 못 들었다 하더라도 함께 앉아서 이야기 나눠도 좋습니다. 강의식 연수가 아닙니다.

카페식 대화를 합니다.

"수업 성찰 아주 좋았어!"

"어디가 좋았는데요?"

"그 강사 멋있더라?"

"내용은 뭔데요?"

"내용? 내용은 까먹었지. 그래도 좋아, 들어 봐."

"정말 좋았나 보네요. 나도 들어야지. 어떻게 성찰하죠? 뭔가 다른 게 있나요?"

이런 방식 어때요?

3) **전문가 초청 강의 듣기**: 관내 선생님 초청해서 같이 듣기. 혁신학교로서 의무적으로 해야 할 일이에요. 전문가를 잘 초청하면 원주 관내 선생님들이 자발적으로 찾아오기도 합니다. 한 학기에 1~2번 정도. 반응에 따라 정하죠, 뭐. 반응이 좋으면 더 하고 안 좋으면 안 하고.

이 정도면 어떠세요? 부담이 되실까요?

혹시, 원격연수는 개별적으로 듣는 건데, 왜 다 같이 하나의 연수를 들어야 해? 라는 의문이 드시나요? 예, 저도 물론 개별적으로 관심사에 따라 원격연수를 듣는 것에 공감합니다. 그러나 우리는 지금 공교육의 새로운 모델을 만드는 일에 참여하고 있고, 명색이 혁신학교, 강원행복더하기학교 구성원인데, 새로운 학교 방향성이나 수업 혁신에 관한 생각의 공유나 공감이 필요하다고 봐요.

혁신학교평가나 학교평가에서 가장 첫 번째 문항이 뭔지 아세요? '학교 구성원들이 얼마나 학교 비전이나 철학을 공유하고 있는가?'예요. 각자의 생각과 색깔은 인정하되, 전체 학교 방향성에 대해 서로 의견을 나누고 공유하고 공감하는 과정은 꼭 필요해요.

특히, 올해는 구성원이 거의 다 바뀌었고 행복더하기학교에 관심과 기대로 오신 분들이 있으시니 이런 시간은 더더욱 필요하다고 생각해요. 적어도 1학기 때는 꼭 한번 해 봐야 해요. 한 학기에 1개 정도 원격 연수 듣는 게 그리 큰 부담은 아닐 거예요. 어차피 연수 학점을 따야 하잖아요. 혼자 들으면 잘 안 하게 되고, 심심하고 재미없잖아요. 같이 이야기 나누고 서로 점검할 수 있으니 좋지요. 동료들과 서로 만날 구실도 되고요.

'합법적 수다(대화) 시간' 어때요? 사실 더 중요한 이유가 있어요.

다 아시겠지만, 수업 혁신의 방향은 '학생들이 함께 배우게 하는 것' 아닐까요? 배움의 공동체, 협동학습, 협력학습, 프로젝트 학습, 팀 티칭 등등 어떤 말을 쓰든지, 어떻게 해서든지 '아이들에게 친구들과 함께 대화하고 교류하며 함께 배우는 경험을 제공해 주는 것'입니다.

아이들을 어떻게 함께 배우게 할까요? 어떤 비법이 있을까요? 요즘 아이들은 가정교육이 부족해서 안 되는 걸까요? 기본이 없어서 안 되는 것일까요?

저도 교직 생활 동안 대부분 이런 방법을 찾아 헤맸던 것 같습니다. 잠정적 제 결론은 이렇습니다.

"교사들이 먼저 학습공동체를 만들어 함께 배우는 문화를 경험해야 합니다."

이 해답이 거의 정답에 가깝다고 생각합니다. 교사들이 함께 배우는 문화를 경험하지 않으면서 아이들에게만 이런 방식으로 수업을 하면 아이들은 절대 변화하지 않습니다. 교사들이 여전히 개별적으로 공부하고, 경쟁적으로 공부하고, 대화하지 않고, 여러 사람들과 교류하지 않으면서 아이들을 협력적으로 공부하게 만들 수 없습니다. 얼마 안 가 좌절하고 다시 예전 방식으로 돌아갑니다.

교사가 동료와 대화하고 교류하고 함께 공부하고 함께 일을 해 본 경험이 많으면 많을수록 좋습니다. 아이들은 그런 교사들 은연중에 따라 합니다. 이런 걸 잠재적 교육과정이라고 말하죠. 또는 문화. 이런 경험이 많은 교사는 아이들이 모둠에서 왜 협력하지 못하는지 잘 이해하고 어떻게 하면 해결할 수 있을지 자기 경험을 통해 직감적으로 알게 됩니다.

너무 딱딱하고 거창한 이야기지요? 헤헤. 사실 저도 잘 안 될 때가 많습니다. 헤헤.

다시 돌아가서 말씀드리면, '원격연수 함께 보기 모임'을 격주로 하든 한 달에 한 번을 하든 동료들이 함께 모여 커피도 한잔 하고 다과도 나누면서 원격연수를 매개로 이야기 나누고, 서로의 생각을 공유하고 공감하고, 그렇게 한 30~40분 모였다가 즐겁게 퇴근하자는 겁니다.

'합법적 수다 시간'

컴퓨터 화면만 보다가 퇴근하기 지겹지 않으세요? 공허해지지 않으세요?

교사 동아리는 담당 선생님이 체육 활동으로 아이디어를 내고 계신 것 같더라고요. 같이 몸도 움직이고 재미있게 살았으면 합니다. 체육활동에는 교장 선생님, 교감 선생님도 참여하면 더 신이 날 것 같네요. 그리고 저녁도 같이 먹고. 좋죠?

즐거운 학교, 가고 싶은 학교, 삶을 함께, 즐겁게 가꾸는 학교, 웃음이 나는 학교, 그런 서곡초가 되었으면 좋겠습니다.

긴 글 읽어주셔서 고맙습니다. 꾸벅. 오늘도 여러분 교실이 안녕하시기를 빌겠습니다. 헤헤……

P.S. 요즘 인기 있는 철학자 강신주 씨의 말이 생각납니다.
"진보는 딱 한 걸음이다. 두 걸음도 아니고 세 걸음도 아니다. 한 발씩만 나가자. 욕심내지 말자. 머릿속 진보만이 바뀌지 않는 사회 구조에 절망하고 무력해진다. 한 걸음 한 걸음 내딛는 진보는 무력해지지 않는다. 머릿속으로만 다 아는 진보가 되지 말자. 말로만 말하는 진보가 되지 말자. 일상은, 내 삶의 행동은 보수인 진보는 되지 말자. 진보의 이미지, 진보의 제스처만 취하는 진보는 되지 말자."
진보는 딱 한 걸음이다. 눈은 미래를 멀리 내다보지만, 내 몸은 지금 여기에서 오늘 딱 한 걸음씩만 내딛자. 여러분 교실에서 딱 한 걸음씩만 올해 전진해 보세요. 모두 다 한 걸음씩만!

서곡초는 분명히 진보 중이고, 혁신 중이고, 한 걸음을 옮기고 있는 중입니다.
서곡초는 민주적인 교사회의 구조의 전통이 있습니다.
서곡초는 교사들이 수업에 전념할 수 있도록 교육 활동을 지원하는 체계가 우수합니다.
서곡초는 아이들이 동아리, 다모임, 중간 놀이 시간에 놀이밥을 꼬박꼬박 먹이고 있습니다.
서곡초는 계절학교에서 다양한 체험을 몰입해서 즐깁니다.
서곡초는 교사들이 수업을 연구하고 준비할 수 있는 시간을 확보하기 위해 노력합니다.

서곡초는 아이들이 덜 억압적인 분위기에서 자율적으로 행동하는 법을 배우도록 기다려 줍니다.

서곡초는 마을 둘레에 가깝게 있는 백운산, 용수골 계곡에서 자연을 관찰하고 교감하는 시간을 자주 가집니다.

서곡초는 마음이 아픈 아이들과 상담하고 놀아 주고 기다려 주면서 이 아이들을 이해하기 위한 교사연수 모임을 시작하고 있습니다.

>>> 교사의 교육 철학

서곡초에 오면서, 새롭고 낯선 환경에 놓이면서 감각이 새롭게 깨어나고 있다. 내가 문득문득 생각해 왔고 바라던 교사상, 교육상에 대해 다시 생각하게 된다. 이 새로운 환경이 나를 그렇게 만들고 있다. 이때 기록하지 않으면 다시 무디어지고 굳어져 또다시 그렇고 그런 날들로 살게 되리라. 또다시 옛 습관과 성질대로 살게 되리라.

아이들과 만나면서 나에게 절실하게 다가오고 발견된 원칙은 이렇다.

"가장 좋은 교사는 자기 자신이 완전히 비워진 교사이다."

그래서 아이들의 모든 모습들이 교사의 마음에 깨끗하게 비치는 상태가 되면 좋은 교육이 이루어진다. 그럴 때 아이들은 하나하나 다르게 보인다.

"좋은 교육은 교사의 마음이 오로지 아이들에게 가 있는 교육이다."

교사는 자신의 마음이 늘 맑게 깨어 있는 사람이어야 한다. 날마다 독서와 글쓰기, 명상과 성찰, 동료 교사와 공부 모임으로 교류하기는 필수다. 당연히 승진 생각, 업무 생각보다 수업에 전념해야 한다.

"좋은 교육은 꽃 피는 식물을 키우는 것과 유사하다."

그래서 좋은 교사는 항상 농부의 마음으로 아이들을 보려 한다. 나는 우리 반을 '꽃 피는 교실'로 부른다. 작은 씨앗이 꽃을 피우는 과정처럼 모든 아이들이 참된 나를 찾고 다른 사람과 다른 생명들을 널리 이롭게 하는 이들로 참되게 피어나기를 기원한다. 내가 그런 일을 돕는 사람으로서 쓰이기를 간절히 바란다. 한 송이 꽃이 피어나기 위해서 우주의 수많은 것들이 보이지 않게 작용하듯이 나도 그렇게 이름 없이 그들에게 쓰이기를 간절히 바란다.

아랫글은 약 7년 전 학급 문집 맺음말에 내가 쓴 글이다.

이 작은 시집에서 글을 잘 쓰느냐, 못 쓰느냐가 그리 중요한 일은 아닐 겁니다.
모든 아이들이 시인이 될 필요도 없고 될 수도 없다고 생각합니다.
다만, 자기 삶과 마음을 가만히 들여다보고 생각해서
마음에 일어나는 것들을 모아 솔직하게 적어 보도록 했습니다.
그 옆에서 아이들과 함께 저도 써 보았습니다.
다른 곳에 한눈팔고 욕심내느라 마음이 바쁘고 시들어 있을 때에는
아이들 글이 그저 그런 것 같고 시시해 보였으나,
어쩌다 내 마음이 맑게 깨어 있을 때에 마주한 아이들 글은
사심 없이 흐르는 투명한 강물 같아 보였습니다.
그때 나에게도 '시'라는 것이 찾아왔습니다.
아이들은 욕심 없는 빈 마음으로
자기 삶과 마음을 너무나 쉽게 '뚝뚝' 내뱉어
나를 놀라게 했고,
나는 그런 아이들을 닮고자 따라 했습니다.

내가 경험한 학교 혁신 이야기

투명하게 비치는 아이들의 강물 같은 글을 읽으면 읽을수록
올바른 인간으로 살아가라고
누군가 나에게 말없이 '명(命)'하는 것 같았습니다.

2007. 1. 30.

또 어느 날 아이들을 보고 이런 생각도 들었다. 이것도 약 7년 전 일
이다.

빛의 아이들

김경우

저 빛의 아이들이 나에게 달려온다.
내가 뭐라고,
저 아이들은 자기를 비추어 다 내보여 주며
나에게 웃는 얼굴로 말을 걸고
이야기를 끊임없이 해 준다.
내가 다른 것들에 한눈팔고 욕심내어
무언가에 꽉 사로잡혀 있을 때에는
조금씩 멀어져 지내다가도
어쩌다가 내 마음이 비워지고 맑아지기만 하면
아이들은 귀신같이 나에게 달라붙어
조잘조잘 웃고 떠든다.

저 조그만 머리에 저 조그만 몸에
어떻게 저렇게 말하고 생각하고 욕심내고
인간의 말을 알아들을까?
저들도 인간의 싹이다.

이 아이들은 온전히 나를 한 인간으로 받아 준다.
그것도 자기보다 더 훌륭한 인간으로.
이 아이들이 나를 올바른 인간으로 살도록 한다.
아이들과 내가
마음과 마음이 서로 느껴지고 이해되어지는 순간, 그 순간들은
어떤 연애감정보다 더 짜릿하고 마음이 벅차오르며
인간으로서 한층 더 상승하는 기운을 느끼게 한다.
그래서 나를 밝게 살도록 한다.
아이들과의 만남은 일방적인 권위의 가르침이 아니라
내 인간됨을 닦아 가는 수련의 과정인 것 같다.

또 어느 날은 이런 말들이 생각났다.

내가 경험한 학교 혁신 이야기

내가 정말 되고 싶은 것은

김경우

아 정말 내가 되고 싶은 것은
월급 잘 나오는 학교 선생이 아니에요
내가 정말 하고 싶은 일은
작은 동네 공부방, 착하고 자유로운 아저씨
밥이 있고 책이 있고 친구와 놀이가 있고
따뜻한 보살핌과 걱정, 위안과 존중이 있는 곳

내가 정말 살고 싶은 곳은
동네 작은 공부방
밥걱정하는 사람에게 밥이 되고
길 잃은 사람에게 쉴 수 있는 방이 되고
쓸쓸하고 외로운 아이들,
이야기가 있고 작은 위로가 되는 곳
난 그런 곳에 살고 싶어요

2008년 어느 날.

공짜는 없다

김경우

"선생님, 선생님 고맙습니다. 선생님이 주신 것 언제 다 갚을 수 있을지요? 고맙습니다."

내가 너희에게 한 것은 하나도 빠짐없이 다 갚아야 한다. 몰랐니? 내가 늘 말했 잖아. 이 세상에는 공짜는 없다고. 꼭 갚도록 해. 정말이야, 농담 아니야. 명심해라. 뭘 그리 놀란 표정이니? 다만, 나에게 꼭~ 직접 갚지 않아도 돼.

지금은 어리고 학생이니 할 수 없고 나중에 커서 너도 나처럼 둘레의 누군가 에게 내가 너희에게 했던 것처럼 하면 되는 거야. 나에게 받은 것뿐만 아니라 부 모님에게 받은 것, 이웃에게 받은 것들 다 어른 되어서 잊지 말고 갚도록 해라.

돈 받아서 잘 쓰고 갚지 않으면 어떤 사람이 되는지 잘 알고 있지? 그것과 마찬 가지야. 사랑과 은혜를 받기만 하고 갚지 않는다면 그런 사람은 어떤 사람이겠니?

자기는 아무것도 받지 않고 살아왔다는 착각 속에서 잘난 체만 한다면 그런 사람은 어떤 사람이겠니? 선생님에게 고마우면 네 주변의 어떤 사람에게든 네 가 받은 것만큼은 나눠줘야 한다.

"선생님, 선생님한테 받은 것은 선생님에게 갚아야 마땅하지 않아요?"

나에게 바로 갚지 않아도 되는 이유는 내가 너희에게 준 것도 본래 내 것이 아니 었거든. 나도 빚 갚은 거란다. 나중에 커서 네가 사는 마을에서 어렵고 불쌍한 아 이들을 우연히 보거든 내가 보낸 줄 알고 그 아이들에게 빚을 적당히 갚도록 해라.

"예, 알겠습니다. 선생님."

2007년 어느 날.

글쓰기란?

김경우

1

시를 왜 쓸까
말로 하면 되지
왜 하필
귀찮고 어렵게 글을 쓸까
할 일 많은 이 바쁜 세상에
시가 왜 필요할까

2

내 안에 흐르는 시가 있습니다
그러나 잘 드러내지 못합니다
혹 드러내더라도
그 시는 내 안의 시가 아닙니다
그 순간 그 느낌 그 빛깔 그 뭉클함이
없어져 버립니다
그래도 솟아오르는 것을
건져내면 건져낼수록
내 마음이 시원하고 후련해집니다
이 작은 시가 나를
맑게 맑게 흐르게 합니다

3

마음을 읽어요
보이는 글자를 통해
보이지 않는 사람의 마음을 읽어요
마음을 느껴 봐요
언제나 진실은 거기에 있어요

4

아이들 시는
'시'라기보다 생생한 말이고
'시'라기보다 정직한 삶이고
'시'라기보다 깨끗한 마음이다.
그래서 아이들에게 시 공부는
사람다운 마음을 가꾸게 하는
중요한 기회이다.

5

글쓰기는 날마다 몸을 씻고 얼굴을 씻듯
내 마음의 방을 날마다 청소하는 것
아침 햇살에 창문을 열듯 마음을 활짝 열고
쾌쾌한 먼지처럼 어지럽게 떠다니는
그날의 생각과 느낌
혼란스럽게 쌓여 있는 말들을

내가 경험한 학교 혁신 이야기

정리하고 정돈하고 맑게 닦아내는 것
그래서 내 마음의 진정한 주인이 되는 것

6
글쓰기는 속으로 자기와 이야기하는 것이다
그것은 생각이고 그것은 마음의 소리이고
그것은 양심이다
그것은 기도이고 그것은 하늘의 소리이다

글쓰기를 통해 참된 자기를 알아간다
위대한 스승은 밖에 있지 않다
가장 위대한 스승은 자기 자신
자기 자신만이 자기를 알아서
진정으로 자기를 변화시킬 수 있다

글쓰기의 시작은 솔직함이다
솔직하게 마음속 나와 가만히 말한 것을
받아쓰는 것, 가장 나답게 쓰는 것
그것이 전부이다
나머지는 단지 조그마한 기술일 뿐
내 안의 나와 마주하고 이야기하기란
어른이 될수록 정말 두렵고
도망치고 싶은 일이다

45

그러나

아이들은 용기가 있었다

7

우리가 이렇게 글을 쓰고 책을 만들어 나누어 보는 것은

서로의 마음을 나누기 위해서입니다.

속 깊은 마음을 나누어 서로를 조금이라도 이해하게 되는 순간,

그 순간들이 사람에게는 가장 큰 기쁨이며 행복입니다.

마른 땅에 촉촉이 내리는 단비와 같습니다.

살면서 생기는 온갖 마음들을 솔직하게 드러내는 것만으로도

상당한 치료 효과가 있습니다

8

글쓰기는 마음공부다

지금 여기 현재의 자기 마음에 깨어 있기

나를 있는 그대로 인정하고 받아들이기

나를 긍정해 가는 기초가 된다

삶이 변하는 시작점이 된다

어리석은 이들은 남과 비교하고 TV에 한눈팔고

일상에 잠들고 자신이 꿈꾸는 어떤 환상에 빠져 인생을 허비한다

그 꿈은 결코 이루어지지 않는다.

과거는 지나가 없고 미래는 오지 않아 없어라

오직 지금 여기, 일상에 소소한 일들

하루하루 주어진 이 삶, 내가 사는 이곳

내가 만나는 이 사람들에게서

고마움과 긍정을 발견할 수 있는 사람만이

현실에서 행복과 자유가 따른다.

나에게 주어진 모든 일들을 배움의 기회로 삼고

어떤 일이나 어떤 사람에게도 걸림이 없이 자유롭고

어디에서나 예를 다하고

자기가 비워져 어떤 곳에서나 잘 쓰이는 사람

이 세상 모든 것들과 이어진 내면 깊은 사람

그 사람 하나 만나고 싶다

그런 사람이 하나 되고 싶다

아이들이 써온 글은 가끔, 아주 가끔, 나에게 노래가 되기도 한다.

산이 쿨쿨 잠자네

전명훈

산이 쿨쿨 잠자네

추울까 봐 추울까 봐

눈이 이불 덮어주네

이젠 안 춥겠지

2005년쯤인가. 명훈이가 이 시를 써 왔다. 앞산을 보고 썼다고 했다.

한참 후 그냥저냥 홀로 있던 어느 날, 앞산을 보는데 산이 정말 누워 있고 추워 보였다. 음이 생각났다. 산~~ 이~ 쿨쿨 잠~ 자~ 네~

글을 여러 번 반복해서 읽었다. 길게 짧게 높게 낮게. 그러다 이 노래가 나왔다. 도대체 어디서 왔는지는 나도 모르겠다. 그냥 나에게 왔다.

하나가 나의 어설픈 시범과 설명에도 다행히 참 곱게 노래를 불러 주었다. 고마운 마음뿐이다.

산이 쿨쿨 잠자네*

전명훈 시 김경우 작곡 김하나 노래

산이 쿨쿨 잠자네
추울까 봐 추울까 봐
눈이 이불 덮어주네
이젠 안 춥겠지

솔~~파~미~레 도~도~도
라~~솔~미 파~미~도~레
미~~파~솔~미 라라 솔~미
파~~미~레 솔~시~도

....

* 노래 듣기: '산이 쿨쿨 잠자네', 김하나, http://soundcloud.com/aesops/onvsxa7obysq

　4학년 때 이 노래를 부른 하나는 올해 대학생이 되었다. 얼마 전에 하나 어머니가 보내온 영상을 보고 깜짝 놀랐다.* 서울로 전학 가서 합창단 활동을 열심히 하는 걸로 알고 있었는데 이렇게 프로 수준으로 잘하고 있는 줄은 몰랐다. 내가 이 아이들에게 시와 노래를 불렀던 것이 조금 부끄러웠다. 어엿한 아가씨로 성장해 있었다.

　화면에 나오는 여자아이 모두 강원도 횡성군 갑천면 당평초등학교에서 만난 아이들이다. 세 아이는 자매들이다. 『산이 쿨쿨 잠자네』노래를 부른 아이는 맨 왼쪽 아이다. 양옆의 아이 둘을 내가 담임했다.

　특히 오른쪽 여자아이는 내가 3년간 연속해서 담임했다. 이 아이는 3~4학년 때까지는 노래의 '노' 자도 못 하던 아이였다. 가운데 아이는 1학년 입학생이었다. 코 째째 흐르고 순박하게 웃던 진짜 시골 아이들이었다. 이 집 아이들은 수학을 정말 못했었다. 밥도 엄청 늦게 먹던 아이들이었다.

　그리고 어느 날 서울로 이사를 갔다. 그 후에도 연락하고 때가 되면 편

---

* 영상 보기: http://vimeo.com/89376172 또는 혁신학교연구회 카페 http://cafe.daum.net/whhs

지를 보내왔다. 그 가족 모두가 쓴 손 편지로. 시골 학교 시절을 아름답게 추억하도록 하는 그 부모님들이 참 훌륭해 보였다.

　내가 이런 이야기를 하는 이유는 내 제자를 자랑하기 위함이 아니라, 이런 경험을 통해 학급에서 만나는 아이들을 정말 함부로 대할 수 없음을 깨달았기 때문이다. 내가 아이들 앞에서 더 겸손해질 수밖에 없음을 고백하기 위함이다. 그 작던 아이들이 커서 무엇이 될지 내가 함부로 판단하고 평가하기 힘듦을 고백하기 위함이다. 올해 서곡초에서 내가 만난 아이들 한명 한명도 소중하게 대할 수밖에 없음을 고백하기 위함이다. 나라는 담임 하나 만난 것을 하나님이 자기 기도에 응답한 것이라 소박하게 말하는 아이 앞에, 나 스스로 부끄럽고 겸손해질 수밖에 없음을 고백하기 위함이다. 불쑥불쑥 나도 잘 어쩌지 못하는 내 기질과 성질, 좁은 인식과 습관화된 감정 패턴들로 인해 화내고 야단치고 미워하고 외면하고 있지만 말이다.

잊지마라… 잊어라

김경우

오늘도 난 너희에게 잊지 말 것을
누누이 강조하며 소리소리 높인다
입은 마르고 속은 탄다
오늘도 잊었다고 화를 내고
마음을 조이는 이 악의 기운을 누르기 위해
혼자 가만히 걸으며 돌아보니
문득 쉽게 잊어버리는 너희가 어쩌면 부럽다

어른이 될수록 잊지 못한 상처로
아파하고 괴로워하는데
너희는 항상 흐르는 물처럼 흘러
그 모든 것을 잊고
오늘도 그렇게 밝게 웃고
조잘조잘 이야기할 수 있구나

2007년 어느 날.

>>> 다모임 고민

다모임은 매달 셋째 주 금요일 5~6교시에 열린다. 3~6학년 80여 명이 강당에 모여서 회의를 한다. 전교생이 50~60명 정도였을 때는 아름답게 다 모여서 의논하기 좋았는데 학생 수가 급격하게 늘어나면서 전교생이 다 모이는 회의 구조가 적절한지 의문이 든다. 남한산초등학교 사례는 어떤지 궁금해서 물어봤다. 그곳도 학생 수가 많아져서 예전 같은 다모임 분위기가 아니라는 말을 들었다. 작년 다모임 활동에 대해서도 교사들 의견이 부정적이었다. 3학년은 소외되어 발표도 없이 그냥 앉아 있다가 끝나 버리니 문제라는 거다. 급기야 3학년은 2학기 때부터 학급회의로 대체했다고 들었다. 고학년들도 논의 안건이나 발표들을 자발적으로 한 일이 거의 없었고, 토론 훈련이 잘 안 되어서 좋은 모습은 아니었던 것 같다. 그래서 더 고민이 된다.

어떻게 하면 효과적으로 아이들이 민주적인 공동체, 민주적인 토론 문화를 체험할 수 있을까? 아직은 과제로 남아 있다. 그래서 만나는 사람마다 슬쩍 물어본다. 딱히 이거다 하고 잡히는 말은 못 들어 봤다. 아이들에게 형식적인 회의를 경험하게 하고 싶지는 않았다. 현실적 대안은 뭘까? 아이들 의견을 정말 학교 운영에 반영할 수 있을까? 내가 그 고리 역할로 몸을 던질 수 있을까? 이 부분도 조금 망설여진다. 사실 이게 잘 안되면 아이들도 시큰둥해질 것이다. 자기들 의견이 학교에 받아들여지는 경험을 해야 아이들이 적극적으로 참여한다. 과한 요구나 의견도 내가 감당할 수 있을지 솔직히 두렵다.

전교생 다모임보다 학급회의를 더 알차게 하는 게 중요하지 않나?

학급회의를 먼저 하고 이어서 전교생 다모임을 할까?

전교생 다모임은 무학년으로 몇 그룹을 나눠서 토론을 하고 교사들이 토론 그룹을 돕는 형식이 어떨까?

아니면 대의원대회 형식으로 할까?

고민이 이어진다. '혹시 잘하는 학교 사례를 알고 있으면 알려주세요!' 라고 누구에게나 붙잡고 묻고 싶다. 나는 월드카페나 오픈스페이스와 같은 참여형 토론들을 알고 있고, 교사 연수로 몇 번 시도해 본 경험이 있다. 하지만 아이들에게 이런 토론 형식을 적용해 보지는 못했다. 아이들이 아직 준비가 안 된 듯해서 망설여진다. 에이, 잘 모를 때는 난 항상 이렇게 한다. "해 보고 수정하자." 나쁜 머리를 굴리고 굴려 봤자 머리 아프고 마음만 답답하고 시간만 보낸다. 한두 번 해 보고 여러 의견을 들어 수정하고 수정하자. 이렇게 마음먹었다.

며칠 후 첫 다모임을 무사히 마쳤다. 올해는 방식을 조금 바꾸었다. 매달 셋째 주 5교시는 학급자치회의를 하고 6교시에 3~6학년들이 다 모여서 전교 학생자치회의를 한다. 3월은 학생생활협약을 만들어야 한다. 5교시 학급자치회의에서 교실 규칙 3가지, 학교 규칙 3가지를 의논해 보라고 했다. 6교시는 3~6학년 모두가 모둠별로 나눠서 둥그렇게 앉아 학교 규칙으로 좋은 사안들에 대해 의견을 모았다. 회의에서 나온 발언들은 빔 프로젝터로 화면을 띄워 놓고 워드로 바로 기록했다. 첫 회의라 아이들이 산만하고 조금 시끄러운 느낌이다. 그러나 차츰 아이들은 원형으로 모여 손을 들고 이야기해 나가기 시작했다.

모둠 회의가 끝나고 전체 학생들이 둥그렇게 앉았다. 그리고 나는 노래를 하나 불러 주고 따라 하게 했다. 『디리디리』라는 노래다. 아이들이 매우 좋아하는 노래이고 금방 따라 할 수 있는 노래다. 내가 노래를 부르니 아이들은 신기하게 집중하고 따라 했다. 내가 담임인 5학년들은 이미 배웠기 때문에 이 아이들이 분위기를 잡아 주었다. 우리 반 아이들은 첫날 이 노래를 가르쳐 주었더니 집에서도 부르고 엄마에게도 불러서 학부모 상담 때 부모님들이 많이 이야기할 정도였다. 전체 학생들이 화합하는 마음을 가지게 하는 데 노래만큼 좋은 수단이 없다. 아직 처음이라 어색해하는 아이들의 눈치가 보였지만 그래도 나는 뻔뻔히 노래를 했다.

그러고 나서 모둠별로 논의된 학교규칙을 이동식 마이크로 발표했다. 아이들은 매우 집중했다. 발언 내용이 아주 좋았다. 모둠에서 떠들기만 하는 줄 알았는데 아이들은 이미 어떤 규칙들이 필요한지 잘 알고 있는 듯했다. 발표가 끝나고 논쟁을 붙여 봤다. 규칙에 찬성한다, 또는 반대한다, 그 이유를 말하게 했다. 손을 들면 마이크를 꺼내 주었다. 아이들은 마이크 잡은 친구의 말에 집중했다. 아이들이 떠들고 집중 안 하면 내가 마이크를 그 아이에게 가져가서 말할 기회를 주겠다고 했다. 그랬더니 아이들은 그게 무서운지 더 조용해졌다. 컴퓨터실 사용에 관해 민감하게 찬성 반대가 오갔다. 역시 자신들의 이해관계와 밀접한 것들에 관해서는 반응이 아주 좋다. 시간이 없어 논쟁은 더 못 하고, 논의된 규칙들만 다 말하고 끝을 냈다. 규칙들을 다 모아서 학생 자치 게시판에 붙이면 아이들이 스티커 5개로 투표를 한다. 어떤 결과가 나올지 궁금하다. 다음 회의 때는 확정된 규칙을 가지고 벌칙 규정을 정할 생각이다. 이때도 쟁점을 가지고 토론을 하면 재미있을 것 같다.

55

>>> 마을 산책(소꿉마당으로 가는 길)

아침 열기 시간에 내가 매년 불러 주는 봄노래를 알려 주고 봄꽃에 대해 말하는데, 아이들이 의외로 봄꽃을 모르고 있는 듯했다. 좀 당황스러웠다. '아, 여기가 면 단위기는 하지만 시내와 10분 거리여서 아이들 생활이 도시 생활과 같구나. 이곳 아이들도 시내 아이들과 별반 다르지 않구나.' 꽃다지와 산수유는 학교 둘레 논과 밭, 도로변 곳곳에 피어있는데도 대부분의 아이들이 갸우뚱거렸다. 아마 아이들은 차로 왔다 갔다 하니 못 봤을 수도 있을 것이다. 공동육아를 다녔던 아이들 몇몇만 안다고 손을 들었다. 이 아이들은 어릴 때부터 마을에 살면서 산책도 많이 한 듯했다. 안 되겠다 싶어서 밥 먹고 5교시에 바로 마을 산책길을 올랐다. 아이들은 물론 신이 났다. 원래는 음악시간, 미술시간인데 산책으로 대체했다. 공동육아 '소꿉마당'을 다녔던 여자아이를 앞장세워서 나도 따라갔다. 먼저 저수지로 올랐다. 7~8분 정도 걸린다. 저수지에 오르니 저수지 주변에 전원주택 비슷한 집들이 여기저기 보인다. 그러나 저수지로 가는 길가의 수로들은 오염되었고 쓰레기도 많았다.

마음에 많이 거슬렸다. 아이들과 오염 정화 프로젝트를 해야 할 것 같은 생각이 들었다. 깨끗하게 해 달라고 시청에 민원도 넣고 싶었다. 저수지를 보니 가슴이 확 트이는 듯했다. 저수지를 따라 공동육아 '소꿉마당'으로 향했다. 개울이 보여서 좀 놀았다. 물수제비도 하고 퐁당퐁당 돌을 넘어가기도 했다. 물은 생각했던 것보다 깨끗해 보이지 않았다. 위쪽에 식당가도 있고, 겨울이라 물이 적어서 그렇겠지만, 자꾸 횡성 서원면 유현초등학교와 비교하게 된다. 유현초등학교는 내가 5년간 근무했던 학교다. 그곳도 아래쪽 개울들은 오염되었지만 상류 쪽은 괜찮았다. 가재도 있고, 도롱뇽도 있고, 송사리와 개구리 알도 많이 있었다. 하지만 서곡리 개울에는 그런 걸 찾아볼 수가 없어서 아쉬웠다. 개울가에서 죽은 고양이 사체가 발견되어 아이들이 놀라서 소리 질렀다.

개울을 건너 길을 따라 쭉 따라가니 소꿉마당이 보였다. 소꿉마당 둘레에는 전원주택들이 빼곡히 있다. 땅을 공동으로 사서 집을 지었단다. 우리 반 세은이 엄마가 그곳에서 아이들을 돌보고 있었다. 인사를 하니 먹을 것도 주었다. 매실차와 떡, 참 맛났다. 진돗개를 풀어놓고 키우는데 사람들과 아주 친해 보였다. 진돗개와 노느라 아이들이 더 신이 났다. 개를 풀어 놓고 사람과 똑같이 대하면 절대 사람을 물거나 해치지 않는다는 말을 들었다. 이 말을 듣고 참 여러 생각이 났다. '사람도 마찬가지다.'라는 생각이 떠올랐다. 학교에서 공격적이고 폭력적인 아이들이 얼마나 매여 있었고, 얼마나 사람대접을 제대로 받지 못했을지 다시 생각해 보는 기회가 됐다. 작년까지 학운위 위원장을 하시던 '은행나무(이곳에서는 별칭으로 부른다)'가 병아리 부하기를 아이들에게 보여주었다. 아이들은 우연히 참 훌륭한 공부를 한 셈이다.

이런 저런 이야기를 나누고 학교로 출발했다. 군부대 뒷길인데 아담하고 걷기 좋았다. 개울을 다시 넘어서 올라가면 바로 학교 정문이다. 소꿉마당을 다녔던 세은이 말로는 소꿉마당 뒷산이 좋단다. 다음에는 그 뒷산을 가기로 했다. 개울가에서 놀고 관찰하고 뒷산에 올라 그림도 그리고 집짓기도 해 보고 싶다. 이곳 아이들은 더 잘할 것 같은 느낌을 받았

다. 기대된다.

산책길에서 아이들은 생생히 살아난다. 생기가 넘치는 표정들이었다. 학부모 상담 때 부모님 몇 분은 산책을 해서 아이들이 몹시 좋아했다고 전해 주셨다. 아이들이 집에서 자랑을 했는지 잘 알고 계셨다. 봄꽃 조사하기, 산책한 것을 글로 쓰기를 숙제로 내주었다. 아이들은 훌륭히 해내었다. 이제 아이들은 냉이꽃, 꽃다지, 산수유는 확실히 알게 되었다. 마지막에 교실에 들어가서 퀴즈를 하나 냈다.

"진달래와 철쭉을 어떻게 구별할까?"

대부분의 아이들이 모르고 있는 듯했다.

내가 안 알려준다고 했다. 찾아보라고……

그랬더니 다음 날 아침에 답을 찾아냈다는 아이들이 꽤 되어 보였다.

이곳 아이들은 내가 뭔 말만 하면 재깍재깍 안다.

휴~ 말하는 걸 더욱더 조심해야겠다.

>>> 마을 산책 2단계

저번에 마을 산책을 다녀오고 나서 아이들 반응이 참 좋았다. 또 가고 싶어 하는 눈치다. 이번에는 마을 산책 2단계로 업그레이드다. 저번에는 저수지와 공동육아 '소꿉마당' 쪽으로 돌았다. 오늘은 소꿉마당 뒷산으로 올라서 저수지를 돌아 학교까지 오는 길이다. 본격적으로 산을 탄다. 이번 산책에는 개울에서 개구리 알도 보았다. 아이들은 개울에서 돌을 밟고 넘는 것도 엄청난 도전이다.

뒷산에서 생강나무를 봤다. 산수유와 비슷하지만 생강나무는 조금 다르다. 일단 산에 있으면 생강나무, 마을에 있으면 산수유라고 기억하면 좋다. 생김새도 자세히 보면 다르다. 아이들은 코로 냄새를 맡아 보더니 생강 냄새가 난다고 소리친다. 길 곳곳에 고라니 똥이 있다. 아이들은 그걸 토끼 똥이라고 우기기도 한다. 산길 바닥에 구멍이 나 있는 곳이 있었다. 그래서 내가 장난삼아 뱀굴이라고 뻥을 쳤다. 그런데 아이들은 그걸 진짜로 다 믿는다. 그리고 나처럼 구멍을 작대기로 한 번씩 쑤시고 냅다 뛰라고 했다.

쑤시면 뱀이 나올 수 있다고 뻥을 쳤다. 나부터 하고 뛰었다. 아이들도 몹시 긴장하면서 쑤시고 뛴다. 중간 정도까지 오르다 시간이 없어 내려왔다.

내려올 때는 길이 없는 길로 내려왔는데 아이들이 왜 길이 없는 길로 내려 가냐면서 걱정을 한다. 아이들은 산길에 대한 감(?)이 전혀 없어 보였다. 여자아이 한 명은 잔뜩 겁을 먹고 내리막길에 엉덩이를 대고 미끄럼틀 타듯이 내려온다. 내리막길이 무서운가 보다. 횡성 아이들에게서는 볼 수 없는 모습이었다. 마을이 보이는 길로 내려오자 그제야 아이들은 안도를 한다. 내려오는 길가에서 고라니 뼈를 실감 나게 보았다. 아이들은 놀라워했고 유심히 봤다.

다행히 대부분의 아이들이 잘 따라왔다. 여자아이들도 잘했다. 몇몇 아이들은 도보 여행을 몇 킬로미터씩 한 경험이 있었다. 그래서 그런지 더 좋아했다. 나는 아이들에게 이 산에서 나뭇가지로 작은 집을 지어 볼 거라고 말했다. 어떤 일이 벌어질지 궁금했다. 숲에 있는 아이들을 보면 늘 떠오르는 말이 있다.

"숲은, 아이들을 참 편안하게 한다."

내가 경험한 학교 혁신 이야기

>>> 공부 공책과 글쓰기 공책

나는 매년 아이들에게 2권의 공책을 쓰라고 한다. 하나는 '공부 공책'이고, 하나는 '글쓰기 공책'이다.

공부 공책에는 그날 배운 것 2가지와 질문 1가지를 쓰게 한다. 그리고 평소 생활하면서 조심해야 할 것을 3가지 적는다. 이것은 날마다 한다(주말은 제외). 글쓰기 공책은 옛날 말로 말하면 일기다. 하지만 난 일기라고 말하지 않는다. 일기는 뭔가 비밀 이야기, 사적인 이야기를 쓰는 것이라고 오해를 받을 수도 있고, 일기를 검사하는 것은 거북하기 때문이다. 그래서 일기나 비밀 이야기는 사적으로 따로 쓰라 한다.

글쓰기 공책은 내 경험과 생각을 담은 글을 쓰는 연습이라고 안내한다. 내가 첨삭도 해 주고, 아침 열기 시간에 돌아가며 글을 낭독하는 시간도 가진다. 글쓰기 공책은 작년까지는 주말을 제외하고 날마다 쓰라 했었다. 올해는 아이들이 학급회의에서 토론을 통해 일주일에 3번씩 하기로 했다. 아이들에게 매우 민감한 사항인 만큼 토론이 치열했다. 학기 초에 이 문제를 가지고 토론한 경험이 지금의 교실 문화를 이루는 데 크게 기여한 것 같다. 일주일에 3번 하자는 파와 날마다 해야 한다는 파가 나뉘어 토론을 주고받았다. 내가 유도하지도 않았는데 글쓰기를 날마다 해야 한다는 파가 나와서 다행이었다. 이들은 소수파에 해당한다. 다수파는 3번 정도를 원했다. 작년에도 그렇게 했었나 보다. 학기 초에 아이들 글을 살펴보니 대체로 표현이 괜찮았고 남학생 3명 정도만 조금 부족

61

해 보였다. 그래서 나도 3번씩 써도 괜찮겠다는 느낌을 가지고 있었다.

공책 검사는 일주일에 한 번씩만 한다. 목요일 전담 시간이 있어서 그 시간에 몰아서 일주일 치를 검사하고 사인을 해 준다. 학부모 상담 때 학부모들은 이렇게 공책을 사용하는 것에 대해 이미 알고 있었고, 긍정적인 반응을 보였다. 특히 내가 사인을 해 주면 아이들이 그것을 엄마에게 자랑하나 보다. 아이들은 내가 만든 캐릭터로 사인을 해 주고 몇 마디 적어 주는 것을 매우 유심히 살피고 즐거워한다. 내가 대학 다닐 때, 한 교수님께서 내가 쓴 과제물에 칭찬의 말을 직접 적어 주시고 첨삭을 해 주셨다. 그때 정말 기뻤다. 교수님의 글씨 몇 마디로 인해 글 쓰는 재미를 느끼게 되었다. 그 경험을 살려 나도 아이들에게 그때 그 교수님을 흉내 내려 하고 있다. 초중등 학교 시절에는 내 글에 선생님이 몇 마디라도 써 준 적이 없었다. 내가 기억을 못 할 수도 있지만, 기뻤던 추억은 확실히 없다. 도장은 찍었던 것 같다.

공책을 잘 정리하는 아이들이 꽤 있다. 내가 특별히 강조하지 않았는데도 기본으로 정리하고 있다. 참 대단한 아이들이다. 깔끔하게 정리된 몇몇 아이들 공책을 보면 감탄이 절로 나온다. 학부모 상담 때 어머니들에게 물어봤다.

"혹시 어릴 때부터 공책 사용하는 법을 특별히 교육하셨나요?"

"아니요."

아이들에게도 물어봤다.

"혹시 다른 학년일 때도 공책 사용하는 법을 배웠니?"

"아니요. 이번이 처음인데요."

그럼 어떻게 된 거지? 사실 나도 글씨를 잘 쓰거나 공책을 보기 좋게 정리하지는 못한다. 이 아이들에게서 오히려 내가 배우는 마음이다. 그래서 나는 아이들 글을 읽고 나서 항상 '네 글 잘 읽었다, 좋은 글 읽게 해주어서 고맙다'는 말을 전한다.

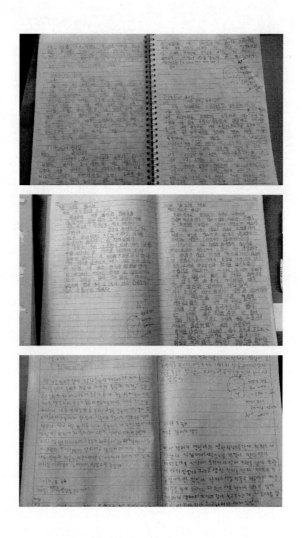

>>> 학기 초 교사회의 쟁점

　서곡초에는 민주적인 교사회의 전통이 있다. 누군가는 서곡초를 이렇게 설명한다.

　"서곡초는 일반 학교와 뭔가 다를 거라는 기대를 가지고 온다. 하지만 얼마 지나지 않아 실망한다. 일반 학교와 별반 다르지 않다는 생각을 한다. 그러나 얼마간의 시간이 지난 후에 본인 스스로 발견하게 된다. 이 학교의 주인으로서 교육 활동을 하고 있는 자신의 모습을 발견하게 된다."

　그만큼 서곡초는 교사 중심의 교육과정 운영을 하고 있다. 또 학교 운영 전반을 교사회의에서 공유하고 결정되는 구조를 가지고 있다. 올해 교사회의에서 첫 쟁점이 생겼다. 쟁점을 가지고 교사끼리 토론하는 모습은 매우 좋은 일이라고 생각한다. 이날의 쟁점들을 정리하면 다음과 같다.

내가 경험한 학교 혁신 이야기

가. 교사회의 시간이 더 중요한가? 수업 준비 시간이 더 중요한가?

- 회의가 너무 많다. 시간이 아깝다. 결정된 것도 별로 없다.
- 회의 줄이고 그 시간에 교실에서 수업 준비하고 아이들과 만나는 시간이 더 의미 있다.
- 회의에서 충분히 논의해야 구성원들의 자발성이 생긴다. 이게 혁신학교의 최대 장점이자 다른 학교와 가장 다른 점이다. 그렇게 해 왔다.
- 회의를 더 효율화하자. 의결해야 할 사항만 토론하고 나머지는 담당자가 메신저로 의견을 취합하는 방식으로 하자. 회의 전에 메신저로 안건을 꼭 알려주자. 그래야 시간이 단축된다.

나. 수업 중심의 학교냐? 아니면 여전히 행사와 업무 중심의 학교냐?

- 교사회의라는 게 여전히 행사와 업무를 논의하는 시간이다. 여전히 행사와 업무 중심의 학교 운영이다. 혁신학교는 수업 중심의 학교여야 한다. 교사가 수업을 준비하고 연구하는 데 시간을 더 써야 한다. 교사회의 시간 대부분이 수업 이야기를 하지 않는다. 행사와 업무 이야기다.
- 담당자 혼자서 결정하고 전달만 하는 것이 아니라 함께 논의하고 결정하면 학교 행사와 업무에 자발성이 생기고 효과가 더 좋았다. 그런 경험을 이 학교에서 했다. 이런 교사회의 시간은 꼭 필요한 것이다.
- 여전히 행사와 업무 중심의 학교 운영 아닌가? 예전에는 교장의 일방적 전달과 지시에 의한 행사와 업무였다면 지금은 교사들에 의한 행사와 업무 중심의 학교 운영 아닌가? 이게 정말 혁신인가? 행사와 업무 중심의 학교 운영을 수업 중심으로 바꾸는 것이 진정한 혁신이

아닌가?

- 우리 학교에서 이루어지는 행사와 업무들은 다 교육과정과 연결되어 운영하는 일들이다. 교육과정과 분리된 행사와 업무들이 아니다. 교사들이 조금 힘들지는 모르지만 모두 다 아이들에게 좋은 경험들이 되는 것들이다.

다. 민주적이면서 동시에 생산적인 회의 문화, 의사소통 방식은 무엇일까?

- 교사들이 지금껏 살아오면서 토론과 민주적 의사소통 방식에 대한 경험이 있었던가? 청소년 때, 교대에서, 그리고 학교에서 교사로 근무하면서 토론 경험이 거의 없이 살아왔다. 심지어 교사들의 학습 모임에 자발적으로 참여하는 교사도 극소수다.

- 업무 경감, 회의 경감, 교사 자율성 확대가 교사의 편의주의로 흐르지 않고, 각자 교실에서 자율적으로 알아서 하기로 흐르지 않게 하는 방안은 무엇일까?

- 회의 중 발언을 많이 하는 한둘이 분위기를 이끌고 나머지는 침묵하고 있다. 발언한 사람과 동조하는 한둘의 발언으로 의사결정을 하려는 시도는 옳은가? 좀 더 효율적이고 명료한 의사소통과 결정 방식은 뭘까?

- 온라인 메신저로 의견을 취합하여 의사결정을 하는 방식과 모두 모여 둥그렇게 앉아서 논의하는 방식. 이 둘의 단점을 최소화하고 장점을 살리는 방식은 뭘까?

- 결국 시간의 문제이다. 수업이 끝나는 3시 이후부터 5시 퇴근시간까

지, 이 한정된 시간을 어디에다가 쓸지, 무엇을 더 소중하게 여겨야
할지를 정해야 하는 문제이다. 우리는 무엇에 더 집중해야 하는가?

라. 전통인가, 변화인가

- 기존의 구성원들은 새로운 구성원들에게 "우리 학교는 이렇게 해 왔
  다. 이게 우리 학교의 전통이다."라고 말한다. 오랜 회의 끝에 그렇게
  결정되었다고 말한다. 강한 애착을 보인다.
- 새로운 구성원들은 떠나간 사람들과 합의한 것을 자신들에게 왜 강
  요하는지 이해하지 못한다. 그것은 떠나간 사람들과의 합의다. 새로
  운 사람들에게는 다르게 생각하고 다른 방식으로 하고 싶은 것이 있
  을 수 있다. 구성원에 따라 변화를 계속할 수밖에 없다.

>>> 첫 번째 교사대화모임

떨리는 마음으로 교사대화모임을 열었다. 교사들에게 미안한 마음이 있기 때문이다. 바쁜데 괜히 모여서 시간 낭비한다는 느낌을 받지 않을까……. 차라리 교사들에게 수요일 오후 여유 시간을 주는 게 좋지 않을까……. 또 형식적인 회의를 하는 느낌을 받지 않을까……. 나도 그전 학교에서 오후에 모이라고 하면 귀찮고 오기 싫었던 경험이 많았기 때문이다. 그래서 불안한 마음이 앞선다. 넌지시 6학년 손 선생님한테 메신저로 메시지를 좀 넣으라고 했다. 내가 오라고 말하는 것과 손 선생님이 연락하는 것은 무게 차이가 있을 거라고 생각했다. 적어도 여기서 모여 이야기하는 게 시간 낭비라는 느낌을 받지 않기를 바랐다. 복도에서 선생님들의 발걸음 소리가 들려오기 시작했다. 교실에 들어오는 선생님 한 분과 놀이를 하나 했다. 다리 찢기 가위바위보 게임이다. 두 사람이 발을 맞대고 있다가 가위바위보 해서 이기면 발을 뒤로 하나씩 뺀다. 그러면 진 사람이 다리를 벌려 이긴 사람 발에 갖다 대야 한다. 지면 질수록 다리가 쭉 찢어진다. 이 게임을 하니 공간이 더 환해지는 느낌이었다. 웃음이 절로 나오고 다른 분들도 웃으며 바라보았다.

둥그렇게 둘러앉았다. 내가 이런저런 너스레를 떨었다. 선생님들 마음을 좀 편안하고 유쾌하게 만들기 위해서였는데 효과가 있었는지는 모르겠다. 그러나 신경전도 좀 있었다. 아슬아슬했다. 더 가까이 앉자는 분이 있었고, 적당한 거리로 앉자는 분이 있었다. 별거는 아니지만 두 분의 사고방식과 정서가 잘 맞지 않는 부분이 있어 보였다. 이 분위기를 슬쩍 넘기려고 내가 간단히 말을 꺼냈다.

"서곡초에서 보낸 한 달, 어땠나요? 한 달 동안 파악한 서곡초 아이들의 특성과 학부모 특성이 어떤가요? 앞으로 학생 생활교육에 대해 우리가 어떻게 공동으로 대응해야 할까요? 이런 이야기를 나눠 봤으면 합니다."

이렇게 내가 제안을 했다. 올해 서곡초 교사대화모임은 원격연수를 보고 와서 이야기를 나누는 방식으로 진행하려 한다. 에듀니티에서 김현수 의사가 강의하는 '공부 상처', '교사 상처', '교사로서 교실에서 행복하게 살기' 등의 주제로 1학기 동안 이야기를 나눌 것이다. 아직 원격연수가 시작하지 않았고, 첫 주라 가볍게 서곡초에서 한 달을 보내면서 느낀 것과 개선할 것 등의 이야기를 나눴다.

먼저 손 선생님이 입을 열었다. 학급에 일어났던 사건들을 솔직하게 이야기하면서 분위기는 상당히 좋아졌고 모두들 공감하는 모습이었다. 또 다른 선생님들도 자기 학급의 이야기와 돌보기 힘든 아이들 이야기가 쏟아냈다. 학급마다 정서가 불안정한 아이들이 꽤 있어 보인다. 그런 아이들에 대한 정보와 어떻게 그 아이들을 돌봐야 할지에 관해서 자연스럽게 여러 말들이 오고 갔다. 끝 부분에는 생산적인 아이디어 몇 개가 나왔다.

하나, 학교 규칙을 자세히 들여다보고 수업을 방해하는 아이들을 지도할 수 있는 공통 규정을 넣자. 학생자치회에서 아이들과 토론하고 의견을 수렴해서 학운위 심의를 통과시키자. 예를 들면, 수업을 심하게 방해하는 아이들은 교사가 경고를 먼저 하고, 또 방해하면 교무실이나 교장실에 보내서 교감 선생님, 교장 선생님과 면담하게 하자. 이런 공통 규정을 정하고 공동 실천하자. 이건 내가 기초 안을 만들어 보기로 했다. 외국의 초등학교에서는 교장 선생님이 이런 아이들을 상담하는 게 일반적이라고 책에서 여러 번 읽은 적이 있다. 한국에서도 이런 규정이 있는 학교가 여럿 있다고 들었다.

둘, 교실에서 난리 치는 아이들은 놀이로서 그 욕구를 해소해 주자. 운동장에서 너무 축구만 하면 남학생 중 일부 아이들만 놀게 된다. 다른 아이들은 잘 놀지 못하니 이걸 개선하자. 운동장에 놀이 도구나 운동 도구를 개방해 놓고 아이들이 충분히 놀게 하자. 서곡초에는 자기네들끼리 잘 어울려 놀지 못하는 아이들이 많아 보였다. "축구를 할 때는 전체 아이들이 어울려 놀지 못했는데 긴 줄넘기를 같이 하니까 아이들이 달라지더라. 재미있게 같이 놀고, 교실에 들어와서도 아이들이 잘하더라." "운동 도구나 놀이 도구를 운동장에 개방해 놓고, 놀이판도 그려 놓아서 아이들이 놀 수 있게 해 주자. 그리고 아이들이 점점 더 잘 놀면 어른들은 살살 빠지자." "놀이도 가르쳐야 하는 시대에 우리가 살고 있다." 이런 말들이 오고 갔다.

셋, 서곡초 아이들은 도서관을 잘 이용하지 않고, 책 읽는 분위기가 아니다. 어떻게 하면 좋을지 고민해 보자. 이건 장기적으로 고민해 보기로 하였다. 도서관 리모델링이 필요하다. 예산을 받아 와야 한다.

넷, 서곡초에는 시내에서 부적응한 아이들이 전학해 온 그룹이 있고, 지역아동센터에서 보호받고 있는 아이들 그룹도 있고, 또 학급마다 ADHD 성향, 감정 조절이 잘 안 되는 아이들 그룹도 있다. 따라서 교사들이 심리적, 정서적, 가정적 어려움을 겪는 아이들을 이해하는 공부를 더 해야 한다는 생각이 들었다. 서곡초에는 공교육 내 대안학교 성격이 분명히 있다.

이런 이야기를 나누고 퇴근 시간이 되어서 흩어졌다. 선생님들 마음에 흡족함이 있었으면 한다. 흡족한 수다였다는 느낌이 생겼으면 좋겠다. 나는 좋았는데, 다른 선생님들은 어땠을까?

>>> 놀이가 밥이다

얼마 전 경향신문에서 놀이전문가 편해문 씨를 인터뷰한 기사가 있었다. 인터뷰 주요 내용을 요약하면 이렇다. 꼭 읽어 볼 만한 글이다.

놀 시간이 없는 아이들
놀 줄 모르는 요즘 아이들
자유롭게 놀이 욕구의 절대량을 채우지 못하는 아이들
그래서 수업에서 가만히 있지 못하고 산만한 아이들
양계장의 닭이 스트레스를 옆에 있는 닭을 쪼아 죽이면서 풀듯이
학교에서도 마찬가지인 상황.
학교폭력으로, 게임으로 해소할 수밖에 없는 아이들
학교에서는 이 아이들에게
성급하게 ADHD 판정을 내리고 문제아 취급하고 가정을 탓하며
끊임없이 극단적인 입시경쟁교육을 시키고 있다.
요즘 아이들에게는 놀이도 소비적이다.
아이들에게 부모는 무엇을 사 주는 사람으로
부모와 관계는 사 주는 관계로
사람과 놀고 싶은 욕구가 충족되지 못하면
갖고 싶은 욕구로 대체하려 한다.
놀이도 프로그램화해서

교육 효과를 극대화하려는 부모들 교사들

아이가 노는 것을 가만히 놔두지 못하는 어른들

편해문 씨는 '놀이밥을 꼬박꼬박 챙겨 먹는 아이들'이 희망이라고 말한다.

놀이가 아이들에겐 정말 밥인 것이다.

서곡초는 다행이다. 놀이밥을 챙겨줄 시간이 있다. 아침 운동 시간, 중간 놀이 시간, 점심시간, 방과 후 시간……. 뛰어노는 아이들이 보인다. 정말 다행이다.

서곡초로 올해 전학 온 한 아이는 이렇게 말한다.

"너, 서곡초가 뭐가 그리 좋니?"

"중간 놀이 시간이 제일 좋아요."

전국의 혁신학교에서 대부분 이런 반응이 공통으로 나온다. 그러나 우리 어른들은 이런 반응을 가벼이 여긴다. '그냥 노니까 좋지 뭐……' 하고 쉽게 넘겨 버린다. 요즘 아이들에게 진짜 필요한 것이 뭔지 모른다. 그리고 또 어떤 특별한 교육과정, 특색 있는 교육 프로그램을 만들어서 자랑할 생각에 머리가 가득 차 있다.

또는 정반대로 혁신학교는 애들을 공부 안 시키고 놀게 하는 학교라고 비아냥거린다. 슬슬 입시에 적응 가능한 아이로 만들어 달라고 눈치를 주기 시작한다.

하지만 다시 되뇌인다.

"아이들에게는 놀이가 밥이다."

이 말을 앞세워 나는 서곡초 생활을 할 생각이다. 교문 앞에서 이런 팻말을 들고 서 있고 싶다. 현수막에도 이런 말을 써서 올리고 싶다.

서곡초 아이들 중에는 밖에서 뛰어놀지 않고 교실과 복도를 오고가며 시끄럽게 놀려는 아이들이 보인다. 한 달간 참고 참았다. 나에게는 참 요상한 아이들로 보였다. 밖에서 마음껏 놀아라, 뛰어라 해도 교실과 복도를 오가며 치기 장난하고 교실 문 잠그고 놀리기 등이 더 재미있는 아이들이 있다.

심지어는 복도에서 축구공을 차면서 옆 교실을 방해하는 수준으로 실내에서 놀려는 아이들도 있었다. 한 달 가까이 지나자 도저히 못 참겠다. 그래서 무조건 아침 시간과 중간 놀이, 점심시간에 축구하러 나오라고 명령했다.

"무조건 나와."

이렇게 아이들이 점점 늘어가서 이젠 한 20명 가까이 축구를 한다. 남자 선생님 두 분도 아침에 나와서 축구를 하기도 했다. 옆 반 아이들이 나만 보면 "오늘도 축구하러 가요?" 물어본다. 그것도 날마다 여러 번 반복해서 말한다. 이 아이들은 어른이 한 번 말해서는 잘 믿지 못하는가 보다.

이 아이들은 자기네들끼리는 잘 놀지도 못한다. 어른이 한 명 있어서 같이 해 주기를 바라기만 한다. 참 답답했다. 왜 저런 관계가 되었지? 나로서는 이해가 안 된다. 다행히 5학년 아이들은 저들끼리 재미있게 잘 논다. 그래서 내가 다른 반 아이들과 놀아 줄 수 있다. 가끔 너무 승부에 집착하고, 지면 감정 조절이 잘 안 되는 아이가 보이기도 했다.

나는 그나마 한국 교육에 세 가지 희망이 아직 남아 있다고 믿는다. 나는 이렇게 외치고 싶다.

"작은 학교, 작은 학급이 희망이다."

"스스로 책 읽는 아이가 희망이다."

"자연에서 놀 줄 아는 아이가 희망이다."

>>> 단기집중 프로젝트 계절학교

새롭게 서곡초에 오신 선생님들이 가장 당황해하는 것이 계절학교다. 계절학교를 왜 하는지 잘 모르겠다고 말하신다. 매 학기 2번씩 있는 계절학교 주간에 무엇을 해야 할지 계획해야 하는 부담이 크신 것 같다. 이것 또한 행사이고 업무이고 교사를 바쁘고 정신없게 만드는 것이라고 여기는 듯하다. 특히 계절학교 후에 발표회가 있는 가을 계절학교에 대해 신경이 많이 쓰이시나 보다. 아이들이 계절학교에 배운 것들을 공유하고 전시하고 표현하는 기회를 가지고 아이들의 배움을 축하하는 자리라고 설명해도, 기존의 학예회 관행에 꽉 묶여 있는 교사들은 여전히 남에게 보여 주는 것에 대한 부담과 비교의식이 작동한다. 완성도와 완벽성을 추구하는 성향들이 초등학교 교사들에게는 여전히 많다. 한 달 전부터 아이들을 철저하게 준비시키기도 한다. 아이나 교사 모두 스트레스를 받고 열 올려야 하고, 잘 따라 주지 않는 아이들이 미워서 관계가 틀어지고 지치고 힘들어지는 경우들이 많이 있다. 발표회 하나 때문에 말이다. 완성도 있는 무대를 준비하는 것도 아이들에게는 좋은 경험이지만, 교사의 독단으로 일방적으로 밀고 나갈 때는 교사도 지치고 아이들은 수동적인 자세로 임하게 된다. 아이들의 수준과 상황을 잘 파악하고 그들의 욕구와 의견을 수렴하여 적절한 작품을 올려야 한다. 그러면 아이들은 발표를 준비하는 과정에 재미있게 참여하고 자발적으로 생기 있는 무대를 연출한다. 발표회가 계절학교의 최종 목적이 되어서는 안 된다.

고학년 선생님들은 교과서 진도를 맞추는 문제가 고민이다. 계절학교 주간에 몸으로 움직이는 체험 활동이 많다 보니 교과서 수업을 할 시간이 줄어든다고 걱정이다. 진도를 걱정하는 교사의 마음은 촉박해진다. 아이들은 체험 활동을 하다가 교과서 수업을 하게 되면 집중을 못 하고 아무래도 마음이 약간 들떠 있다. 고학년 선생님들은 이런 애로사항 때문에 계절학교가 문제가 있다고 여긴다.

아직 공교육 교사들은 교과서의 절대성, 교과 진도의 압박에서 자유롭지 못하다. 국가교육과정에서 교과서 재구성의 길을 열어 놓아도 기존 관념에서 스스로 벗어나지 못할 때가 많다. 학부모가 왜 교과서 진도를 다 나가지 않았냐고 항의하면 어떡하지? 교육청에서 감사 나오면 어떡하지? 이렇게 자기 검열에 빠지는 교사들이 여전히 많다. 실제로 교육 경력이 오래된 교사들은 교장과 선배들에게 이런 식의 공격을 받았던 경험들이 있었다고 들었다. 그래서 그런지 지금도 이런 생각들에서 벗어나기 힘들어하는 것 같다. 두려움이 아직도 남아 있는 게 사실이다.

계절학교는 교과서와 분리된 별도의 프로그램을 만들어서 하는 게 아니라 교과서에 나와 있는, 또는 교과서와 연계된 내용들을 심화해서 다양하게 학습하는 것이라고 생각하면 좋겠다. 우리 반 같은 경우는 이렇게 한다. 가을 계절학교 주간에 연극을 심화해서 체험하고 발표회 때 연극 공연을 할 것이다. 그런데 연극은 국어 교과서에 매년 나오는 단원이 있고 이 단원을 계절학교 주간에 심화시켜서 집중해서 학습하면 된다. 교과서에 나온 작품 이외의 연극을 해도 되겠지만 나 같은 경우는 교과서 작품을 연극 공연으로 올리기도 한다. 이러면 교과서 부담이 전혀 없어지고 오히려 교과서 내용을 실제적으로 충분하게 학습하는 효과를 볼 수 있다.

봄 계절학교 주간에는 생태 교육을 주제로 삼았다. 이것은 5학년 과학 교과서 '작은 생물' 단원과 5학년 실과 교과서 '식물 가꾸기' 단원을 조금만 재구성해서 배치하면 진도 부담에서 벗어날 수 있다. 마을에 있는 계곡과 산을 걸으면서 관찰하고, 학교 텃밭 가꾸기 활동으로 충분히 교과서 목표와 취지에 도달하는 좋은 학습 경험을 할 수 있다. 이런 단원들을 교실에서 교과서와 컴퓨터 자료, 교사의 일방적인 강의만으로 학습하는 것이 오히려 교육과정의 목표와 취지를 위배하는 것이다. 이런 것들을 계절학교 주간에 집중 배치해서 제대로, 실제적으로, 다양하게, 여유있게 학습하자는 것이다.

서곡초에는 4번의 계절학교 프로젝트가 있다. 봄학교, 여름학교, 가을학교, 겨울학교라 이름 붙인다. 봄학교는 주로 봄 계절을 느끼기, 생태 교육, 텃밭 가꾸기, 마을 걷기 등을 한다. 여름학교는 주로 노작 교육과 야영 활동을 겸한다. 가을학교는 여행과 공연예술 중심으로 하고, 겨울학교는 겨울 스포츠를 즐긴다.

왜 계절별로 했을까? 이런 의문이 들기도 할 것이다. 계절에 따라 자연의 흐름이 바뀌고 사람의 마음과 일상의 행동 방식도 변한다. 자연의 변화를 느끼고 그 변화에 따라 자연스럽게 삶의 방식과 태도가 변해야 사람은 건강하고 행복한 삶을 가꾸어 나갈 수 있다. 자연의 흐름에 분리된 현대인의 삶은 결코 건강하고 행복한 삶이라 말할 수 없다. 때에 따라, 때에 맞게, 때를 느끼며 일상의 삶을 전환하는 기회를 충분히 가져야 한다. 계절마다 아이들에게 계절학교 프로젝트를 체험하는 것은 이런 의미가 있다. '참삶을 함께 가꾼다'는 우리 학교의 목표와도 부합하는 것이다.

또 학기 중간이나 말에 계절학교 주간을 집중 배치하는 것은 학교 교육 과정 운영의 효율성과 효과성을 높이는 결과를 가져온다. 연휴 앞뒤나 학기 말은 학습 리듬이 끊기고, 아이들이 학업 분위기를 유지하기 힘든 게 사실이다. 학기 중간에 꼭 있는 연휴 기간 앞뒤나, 학기 말 버려지기 쉬운 시기에 가감하게 계절학교 주간을 설정한다. 아이들에게 인지적인 교과서 학습 활동에서 벗어나 다양한 체험 활동 기회를 부여함으로써 학습의 리듬, 학습의 효율성과 효과성을 유지할 수 있다. 또 학기 중간중간에 잠시 쉬어가면서 여유로운 시간을 가져볼 수 있다. 학교에서 받는 학업 스트레스를 줄이고 때때로 즐겁게 활동하는 시간을 부여해서 학생들에게 학교생활을 즐겁게 받아들이도록 할 수 있다. 학교 만족도가 높아진다.

서곡초 계절학교 프로젝트는 학습의 조화, 학습의 다양화를 지향한다. 한국 교육은 너무 인지적인 교과목에만 집중되어 있다. '국영수' 이외의 과목에 소질이 있는 학생들은 학교에서 존재감을 느끼기 어려운 구조다. 계절학교는 인지적 교과목 이외에 예체능, 노작, 발표, 공연, 전시, 몸으로 하는 공부 기회를 제공하여 다양한 아이들의 재능과 소질을 발견하고 발산할 수 있는 기회를 제공한다. 그래서 모두가 자존감을 가지고 학교생활을 할 수 있게 만든다. "나는 수학은 좀 못하지만 적어도 만들기는 자신이 있어." "난 다른 과목은 좀 못하지만 춤과 노래는 잘해." "나는 발표회 때 사회를 잘 봐." 등등 이렇게 자신이 재능을 발견하고 발전시킬 수 있는 기회가 생긴다. 이는 진로 교육 차원에서도 중요한 의미가 있다. 계절학교는 인지적 학습을 보완하여 학습 경험을 조화롭게 하는 것이며, 인지적 학습 이외의 학습 경험을 다양하게 하는 것이며, 다양한 재능의 아이들과 다양한 사고 유형의 아이들을 배려하여 그들이 자존감을 느낄 수 있게 만든다.

서곡초 계절학교 프로젝트는 단기집중학습과 주제 중심 통합학습을 지향한다. 며칠 연속으로 한 가지만 집중해서 체험한다든지, 아니면 오전에는 집중적으로 한 주제를 학습하고 오후에는 교과서 수업을 한다든지……. 보통 이런 방식으로 진행된다. 단기집중학습을 하는 이유는 아이들이 몰입하는 경험을 해 보기를 바라기 때문이다. 인간은 한 주제에 집중해서 깊게 탐구하고 체험하면서 창의성이 나오고 고등한 사고 발달이 이루어진다. 전통적인 학교 시간표처럼 분절된 시간 운영으로는 몰입과 탐구, 창의성과 사고 발달이 이루어지기 힘들다. 1교시 국어, 2교시 수학, 3학교 과학……. 이렇게 조금씩 잘라서 가르치면 학습 내용을 기억하기는 좋을지 모르겠으나 탐구력과 사고 발달, 몰입과 창의성을 기대하기 어렵다. 한 주제에 몰입하여 빠져들 때 사람은 뭔가 새로운 것을 발견하게 되고 학습의 기쁨을 맛보게 된다. 또 전통적 학교에서는 시간 운영의 분절성뿐만 아니라 분절된 교과목들로 틀이 잡혀 있다. 삶의 실제적인 문제 상황과 해결은 통합적 지식 활용, 통합적 사고와 안목, 즉 '통찰'에서 나온다. 그래서 주제 중심 통합학습(융합학습)이 중요한 것이다. 계절학교는 주제 중심 통합학습을 지향한다. 그래야 아이들이 한 주제에 대해 긴 시간을 들여 몰입하고 탐구하는 경험을 할 수 있기 때문이다.

서곡초 계절학교 프로젝트는 마을과 연계된 학습을 지향한다. 서곡초 인근에는 마을 공동체를 회복하려 노력하는 어른들이 많이 있다. 이런 마을의 인적 자원을 활용하거나 마을의 계곡, 저수지, 산 등 자연환경을 적극적으로 활용하여 학습한다. 아이들은 마을 이웃들과 어른들을 자주 만나고 교류하면서 자신이 살고 있는 마을을 이해하고 그 속에서 자신의 정체성을 느끼고 정서적으로 안정감을 가지게 된다. 교육은 기본적으로 협업이 될 수밖에 없다. 교사와 학부모, 동료 교사들, 학교와 마을이 함께 아이들을 돌보고 관심을 가질 때 비로소 교육 효과가 나타나기 시작한다. 다행히 서곡마을 둘레에는 아이들이 걸어서 만날 수 있는 마을 자원들이 풍성하다. 도자기 체험학습장, 문수사 절, 숲 체험장, 숲 학교, 공동육아 소꿉마당, 굿네이버스, 마을 기업 그리고 아이들이 걸어서 계곡과 저수지, 산을 직접 만날 수 있다.

앞으로 마을 교육과정을 더 체계화할 필요성이 있다. 아이들이 마을의 자원들을 소비만 할 것이 아니라 어른들과 함께 마을 공동체 만들기에 직접 참여하고, 어른들과 자주 만나서 그들을 관찰하고 따라 하면서 배우도록 해 보고 싶다. 마을 기업에서 인턴십을 하면서 협동조합과 사회적 기업의 개념을 배우고 익히는 진로 탐색 과정도 해 보고 싶고, 농촌과 농업 분야에 새로운 희망을 찾아보는 공부도 아이들과 함께해 보고 싶다. 마을 노인과 교류하기, 마을 자연환경을 보호하는 봉사활동도 해 보고 싶다.

요즘 계절학교에서 가장 해 보고 싶은 일은 자전거 프로젝트다. 마을 전체에 자전거 전용도로를 만들어 자전거를 타고 다닐 수 있는 환경을 만들어 보고 싶다. 이런 사회적인 일들도 아이들과 함께 공부하면서 실천해 보고 싶다. 다행히 서곡마을에는 서곡교육네트워크라는 이름으로 교육 관련 단체들이 교육공동체 모임을 가지고 있다. 공동육아 소꿉마당, 중등 대안학교이자 여행 학교인 길배움터, 마을협동조합 서곡생태마을, 숲 체험학교 자연누리, 굿네이버스 아동복지센터, 참꽃 방과후학교 등. 이들과 교류하고 협력하면서 좀 더 좋은 교육을 하고 싶다.

>>> 봄학교 걷기 여행

걸으면 걸을수록 사람은 사람은 더 사람다워진다

5학년 아이들에게 2시간을 온전히 걷게 했다. 산을 넘어 연세대 호수까지 한두 번 쉬고 쉴 새 없이 또 속도를 냈다. 아이들은 대부분 힘들어했다. 몇몇 아이들만 괜찮아 보였다. 눈물을 흘리는 아이가 2명 정도 있었고, 투정 부리는 아이도 있었고, 가슴이 아프다는 아이도 있었고, 나중에는 반란(?)을 도모하는 아이들도 있었다. 교사인 나에 대한 원망과 미움도 높아졌을 것이다. 아마 속으로는 욕했을지도 모른다. 그만큼 아이들은 힘들어했고, 몸과 마음으로 자기 한계를 느끼는 듯했다. 그래도 나는 밀고 나갔다. 자기 한계점을 느껴 보라고, 인내심의 끝을 약간이나마 맛보라고, 자기 극복의 희열을 잠시나마 맛보라고……. 한편으로는 산에 올라본 경험도 없는 아이들을, 길게 걸어본 적도 거의 없는 아이들을 내 기준대로 너무 끌어올리려는 것이 아닌가? 갈등을 좀 했다. 그래도 아이들을 더 밀어내고 싶었다. 그만큼 이 아이들을 믿었다.

아이들은 모두 2시간 이상을 다 견디었다. 나도 다리가 뻐근해 왔다. 뒤처진 아이들 몇몇은 투덜대고 반란을 도모하려 했었다. 나중에 얘기를 들어 보니 뒤처진 아이들은 힘든 데다가 자기들을 버리고 간다는 느낌이 들어서 화가 났다고 했다. 나는 너희들을 강하게 믿었고 자기 속도대로 따라올 거라 생각했다고 말해 주었다. 그들의 이야기를 들어 주고 아이스크림을 선택할 수 있는 권한을 줌으로써 스무스하게 진압했다. 다음에 걸을 때는 뒤처진 아이들을 맨 앞줄에 서게 해 주겠다고 합의했다. 순간 나도 화가 나려 했지만 잘 넘어갔다. 아이들이 힘드니까 온갖 감정을 다 드러낸다. 교실에서는 볼 수 없는 모습들이다. 아이들도 자신의 그런 모습들을 스스로 볼 수 있기를 바랐다.

도시락을 먹고 연세대 축구장에서 프로 선수 느낌으로 축구를 했다. 몇몇은 마피아 게임을 자기들끼리 조직해서 했다. 몇몇 선생님들께 걷기 이야기를 전하니 모두 놀란다. 거기까지 어떻게 아이들이 걸어갔는지 궁금해했다. 이 아이들을 올해 만난 건 나에게 참 행운이고 축복이라는 생각을 했다. 아이들에게도 이 말들을 전했다. 사실 그 다음 날, 아이들에게 걷기의 의미와 내 목적들을 자세히 이야기하고 아이들을 이해시키고 싶은 마음이 솟아났다. 힘들어하는 아이들에게 내가 좀 억울했나 보다. 정말 교육적인 뜻으로 시도를 했는데 아이들 반응이 격하니 나도 기분이 좀 그랬다. 아마 이야기를 시작했으면 엄청 길게 나왔을 것이다. 걷기의 의미, 자기 성찰, 치유, 생태, 현대 문명 등등. 하지만 꾹 참았다. 잔소리로 받아들일 수도 있고, 아직까진 힘들었다는 느낌이 우세해 보였기 때문이다. 그래도 몇몇 아이들은 걷기 경험이 있었다. 부모와 산에 오른 경험이 있는 아이들, 수십 킬로미터 도보 여행을 다녀 본 아이들, 겉으로는 얌전하고 말 없어 보이지만 의외로 내면이 강한 아이들. 이런 아이들은 거의 나와 비슷한 속도로 산길을 걸었고 산과 호수를 바라봤다. 느낌이 통하는 이 아이들에게서 일정 부분 위로를 받았다. 나를 지지하는 학부모님들에게도.

연세대에서 학교 근처까지는 버스를 탔다. 버스를 타고 돌아갈 때 아이들은 이렇게 차를 타는 것이 얼마나 편한 것인지 느꼈을까. 2시간 정도 걷고 지쳐 버리는 자신을 느끼면서 내가 얼마나 자만하며 살았는지, 얼마나 나약한 존재인지 느꼈을까. 학교 근처에 내려 다시 30분간 논길을 따라 걸어서 학교에 도착했다. 논길을 따라 걷는 아이들에게서 편안함이 보였다. 이젠 불평도 없다. 자기 속도대로 몇 그룹씩 나눠서 길게 따라 온다. "저기 학교가 보인다." 탄성을 지르고 얼굴이 환해진다. 여기저기 노래를 부르는 아이, 조근조근 이야기가 끊이지 않는 아이, 말 없이 묵묵한 아이, 여전히 빨간 얼굴로 힘든 표정의 아이⋯⋯. 지금은 이 아이들 모두에게 다 고맙다는 느낌뿐이다. 그리고 자꾸 이런 말이 내 속에 계속 맴돌고 있다.

"걸으면 걸을수록 사람은 사람은 더 사람다워진다."

아이들에게도 이 말의 느낌이 나를 통해 조용히 전해지기를 바란다.
그러면 나는 성공한 것이다.

>>> 진로 프로젝트

요리 전문가와 교류하여 진로 감각 키우기

학기 초부터 6학년 담임 손 선생님과 5학년 담임인 내가 협력해서 기획했다. 손 선생님이 요리 학원 원장님과 친구 관계여서 프로젝트를 진행하는 데 많은 도움이 되었다. 특히 학교에서 버스로 10분 정도 거리여서 이동하여 학습하기에 딱 좋았다. 손 선생님과 나는 진로 교육의 새로운 모델을 만들어 보고 싶다는 열망이 강했다.

"일회성 이벤트식 체험에서 벗어나서 지속적으로 체험하는 형식으로 하자."

"대부분의 아이들이 좋아하는 요리 분야로 진로 이야기를 해 보자."

"단순한 체험으로 끝나는 것이 아니라 현장 전문가와 교류하고 대화하는 시간을 갖자."

"아이들이 스스로 프로젝트를 기록하고 발표하는 경험을 가지게 하자."

이런 이야기가 오고 갔다. 총 4회 정도, 2주 간격으로 제과제빵 중심의 실습을 진행할 것이다. 1회는 쿠키, 2회는 머핀, 3회는 케이크, 4회는 피자 순이다. 6학년은 이 프로젝트를 1학기 프로젝트 발표회 때 발표할 예정이다. 기대가 된다.

실습이 끝나고 요리사와 인터뷰 활동을 했다. 질문과 답변이 오갔다. 요리사가 꿈이 아니더라도 아이들은 직업 현장을 진지하게 경험했고, 요리 분야 전문가와 만나서 대화하고 그들의 모습을 관찰하는 시간을 가졌다. 한 번 만나고 끝나는 것이 아니라 4회 정도 지속적으로 교류하고 관계를 맺으면서 직업 현장에 대해 감각을 키우고 자기 진로에 대해 여러 각도에서 생각해 보는 기회가 되었으면 좋겠다.

아이들은 반죽을 만지는 몰랑몰랑한 느낌을 좋아했다.

아이들은 요리 전문가가 초등학교 3학년 때부터 빵을 만들었다는 말에 놀랐다.

아이들은 요리 전문가의 말에 귀 기울였고, 관찰했고, 따라 하려 노력했다.

아이들은 요리 전문가가 반죽하는 손놀림에 감탄했다.

아이들은 쿠키가 제품으로 생산되는 과정을 체험하며, 경제 감각을 키웠다.

아이들은 요리 전문가와의 대화 시간에서 요리사가 되려면 어떻게 준비해야 하는지를 자세히 들었다.

아이들은 어느 분야든 전문가가 되려면 배우려는 마음과 태도가 얼마나 중요한지를 전문가의 입으로 듣게 되었다.

아이들은 요리란 사람이 직접 먹는 서비스이기 때문에 그것을 만드는 요리사들이 매우 엄격하게 배우고 수련한다는 걸 알게 되었다.

아이들은 요리사라는 직업을 단순히 돈벌이로 생각하는 것이 아니라 남을 위해 봉사하는 의미로 생각하는 사람이 있다는 걸 실제로 보았다.

아이들은 자신이 만든 쿠키를 가족과 학교 친구들에게 나눠 주며 나눔의 기쁨을 맛봤다.

내가 경험한 학교 혁신 이야기

>>> '반갑다, 동아리' 활동 모습

"동아리 매주 해요." "오늘 동아리 하는 날이지요?"라는 소리가 여기저 기서 들린다. 아이들이 재미있어하는 눈치다. 요리 동아리 '요리조리'는 영양사 선생님과 함께 매주 수준 높은 요리를 만들고 있고, 액세서리 동 아리 '악동'은 영양사 선생님, 3학년 선생님과 함께 아이들이 좋아할 만한 액세서리를 만들고 있고, 축구 동아리는 축구하면서 맛난 아이스크림 하 나씩 먹고 있고, 마술 동아리는 마술 해법을 탐구하고 연습해서 자기네 들만의 마술 공연을 하고 있고, 춤 동아리는 다모임 때 뽐낼 춤 공연 연 습을 열심히 하고 있고, 독서 동아리는 도서관과 정자에서 자기들끼리 독 서 토론을 하며 재미있게 지낸다.

1학기 마술 동아리는 이렇게 운영했다. 학기 초 아이들이 사달라는 마술 세트 4개를 사서 아이들에게 나눠 주고 아이들이 스스로 마술 해법을 탐구하고 연습해서 마술 공연을 해 보는 방식으로 진행했다. 20명 정도 되는 아이들을 4개 모둠으로 나누고 각 모둠마다 마술 세트 1개씩 준다. 2주에 한 번씩 모둠별로 마술 세트를 돌려가며 마술을 탐구하고 연습하는 시간을 가졌다. 아이들이 스스로 해법을 찾기 힘든 마술은 해법 영상을 가끔씩 보여 주었다. 요즘은 마술 세트를 사면 해법 영상을 인터넷으로 볼 수 있게 해 준다. 비밀번호를 치면 영상을 볼 수 있다. 몇 가지 빼고 대부분은 어떻게 마술을 하는지 스스로 알아차렸고 재미있게 연습하였다. 매주 간단한 마술 공연도 했다. 2학기에는 마술 세트를 4개 더 사기로 했다. 마술 동아리 회장과 부회장에게 필요한 마술 세트를 알려달라고 했다.

내가 경험한 학교 혁신 이야기

2학기에 바뀐 부분은 동아리 활동을 학생들 스스로 운영하도록 권한을 부여한 것이다. 내가 진행하거나 개입하지 않고 마술 동아리 회원들이 스스로 꾸려가도록 유도했다. 아이들은 2학기 동아리 첫 시간을 그들 스스로 잘 운영했다. 마술동아리 회장과 부회장이 시작 전 칠판에 그날 동아리 활동 순서를 적어 놓았다.

동아리 활동 순서는 이렇다.

1. 마술동아리 구호 외치기: "수리 수리 마수리 마술 동아리 펑~"

2. 출석 부르기: 방학 중에 전학 간 아이들이 몇 명 있었다.

3. 간단한 게임: 수건돌리기를 한다. 2학기 첫 시간이니까 서로 친해지기 위해 이런 게임을 한단다.

4. 모둠별 마술 세트 탐구와 개인별 연습

5. 마술 공연하기

6. 마치기: 이때도 "수리 수리 마수리 마술 동아리 펑~"이라고 외치며 교실로 돌아간다.

나는 마술 동아리 회장과 부회장이 진행하는 것을 지켜보기만 했다. 회원들은 회장과 부회장의 말에 따라 재미있게 활동했다. 이때 조금 놀란 점이 있었다. 회장과 부회장이 리더로서 아이들을 다루는 방식이 내가 우리 반 아이들을 다루는 방식과 유사하다는 점이다. 회장과 부회장은 둘 다 5학년 우리 반 아이들이다. 내가 정숙을 요구하는 태도, 진행할 때 했던 말들, 게임을 섞어서 진행하는 방식 등을 따라 하고 있었다. 속으로 뜨끔하기도 했고 우습기도 했다. 아이들은 알게 모르게 담임인 나를 리더의 모델로서 받아들이고 있는 것처럼 보였다. '아이들은 어른들의 거울이다.'라는 사실을 다시금 깨달았다.

이날 아이들에게 배운 것이 하나 더 있다. 아이들은 바닥에 앉아서 진행하는 걸 더 좋아했다. 회장과 부회장은 아이들 의견대로 책걸상을 양쪽으로 밀고 바닥에 모둠별로 앉아서 마술을 연습하는 개혁 조치를 시행했다. 1학기 때보다 아이들이 더 편하게 활동했다. 마술 공연을 할 때도 바닥에 앉아서 관람했다. 모둠별로 한두 명씩 나와서 준비한 마술을 공연했다. 자기네들끼리 공연해서 그런지 서로 격려하고 응원하는 박수가 컸다. 마술 공연도 1학기 때보다 더 좋아진 점이 하나 있었다. 1학기 때는 아무 말 없이 마술만 잠깐 보여 주고 끝났었는데, 2학기 때는 아이들이 마술을 하면서 준비한 멘트들이 많아졌다. 그리고 자신감이 더 커졌다. 5학년 한 아이는 공연할 때 자기가 만든 이야기를 섞어가며 했다. 스토리텔링을 시작한 것이다. 공연 후에 내가 잠깐 개입해서 이런 방식으로 마술 공연을 만들어 가자고 말해 주었다. 그리고 살짝 빠져나갔다. 그들의 시간이기 때문이다. 모두들 만족하고 흐뭇한 표정들이었다. 다음다음 주에 또 보자. 안녕.

>>> 마을학교

서곡초가 있는 서곡리에는 '서곡생태마을'이라는 마을협동조합이 있다. 외부에서 서곡생태마을에 컨설팅을 하러 온다고 해서 나와 손상달 선생님이 이리재에 갔다. 나와 손상달 선생님은 서곡생태마을의 조합원이다. 이리재는 서곡생태마을의 사무실이면서 도자기 교육이 이루어지는 곳이다. 도자기 체험교실과 도자기 판매, 마을 축제인 용수골 작은음악회 개최와 동아리 모임 운영이 서곡생태마을의 주요 사업이다. 이리재에서는 사무국장으로 일하는 반디가 여자 몇 분들과 이야기를 나누고 있었다. 서곡생태마을을 탐방하러 온 손님들이었다.

잠시 후 컨설팅하러 오신 연구원들과 몇 마디 나누었다.

"서곡초가 마을학교를 지향하면서 어떤 점이 좋았는지요?"

나는 대답했다.

"저학년 선생님들이 좋아한다. 저학년 아이들과 손잡고 걸어와서 여기 이리재에서 도자기도 체험하고, 마을 저수지와 계곡에 걸어서 놀러 갈 수 있고, 문수사라는 절에서 만드라 그리기, 연등 만들기 체험도 손쉽게 할 수 있고, 숲 학교에서 숲 활동을 지원받을 수 있다.

6학년 선생님은 매주 한 번 정도 아침에 아이들과 마을 산책을 한다.

마을 코스를 여럿 개척하셨다.

5학년 담임인 나는 마을 계곡 탐험, 마을 길 길게 걷기 등을 꾸준히 했다.

일상에서 손쉽게 마을의 자연, 문화 자원들을 만날 수 있는 게 가장 좋았다.

마을학교라는 말이 추상적이고 선언적인 언어로 그치는 것이 아니라 일상적이고 실제적인 언어로 느껴졌다."

연구원은 나의 이런 말에 크게 공감해 주었다. 일상적인 걷기 활동, 마을 사람들과 만나는 일이야말로 마을학교의 핵심이라고 말해 주었다.

올해 본격적으로 '서곡교육네트워크'라는 교육공동체를 만들어 가고 있다. 서곡리에 있는 교육기관들의 모임이다. 숲 학교(숲 유치원), 길 배움터 여행학교(대안학교), 길 배움터 협동조합, 서곡생태마을, 서곡초등학교, 굿네이버스 아동센터, 참꽃 방과후학교(부모협동조합)가 모였다. 서곡 마을 아이들을 자연 속에서 함께 잘 키우고자 하는 뜻을 지녔다. 주로 하는 일은 정기 회의, 농촌희망재단 지원금으로 하는 교육 사업, 마을공동체 활성화 사업들이다. 교사 교육과 부모 교육도 이루어진다. 올해 첫 워크숍이 열렸다. 간디학교와 간디학교가 위치한 덕산면 마을공동체 만들기 움직임을 탐방했다. 강의 하나를 듣고 서로 인사를 나누고 이야기하는 시간을 가졌다. 아직은 낯설고 어색한 분위기였지만 서로의 존재를 확인하고 공감대를 넓히는 기회가 되었다.

서곡초는 마을학교를 지향한다. "한 아이를 키우기 위해서는 한 마을이 필요하다."라는 말처럼 교육은 학교 안에서만 이루어지는 것이 아니다. 마을의 모든 어른들이 내 아이처럼 함께 돌보고 보살피는 마음을 가져야 좋은 교육이 이루어진다. 서곡 마을에는 다행히 이런 뜻을 지닌 어른들이 많이 있고, 하나의 교육공동체를 이루려 노력하고 있다. 앞으로 마을 곳곳에 있는 다양한 자원들을 활용하는 학습들을 더 체계적으로 기획하고 싶다. 또 마을과 더 자주 교류하고 협력하면서 아이들과 어른들이 함께 성장하는 학습 기획들을 해 나가고 싶다.

나는 이런 꿈을 가지고 있다. 이 작은 농촌 마을에서 큰 아이들이 나중에 어른이 되어서도 도시보다는 작은 농촌 마을에서 큰 것이 좋았다고 말하게 하고 싶다. 자연과 가까이 살고, 친구들과 마을에서 신 나게 놀고 친하게 지내는 삶이 도시에서 사는 것보다 더 좋은 삶이라는 걸 느끼게 하고 싶다. 그래서 그들이 어른이 되었을 때 농촌에서, 또는 도시에서 어떤 형태로든지 다시 마을을 이루며 살기를 바란다. 이런 모습들을 지금 우리 어른들이 아이들에게 먼저 보여 주고 싶다.

⟫⟫ 2학기 교사 워크숍

개학 하루 전 2학기 교사 워크숍을 열었다. 거의 30일 만에 다시 이 길을 걸어서 학교에 갔다. 마치 휴가에서 복귀한 군인처럼 얼떨떨했다. 교장 선생님 인사 말씀을 듣고 '문제 학생 이해와 대처'에 관한 영상* 을 보고 선생님들이 3명씩 모여 이야기를 나눴다.

영상은 송형호 교사와 서울시 교육감이었던 곽노현 씨가 진행하는 인터뷰 형식의 인터넷 방송 프로그램이다. 선생님들은 대부분 공감하는 눈치였고 몰입해 있었다. 송형호 교사가 진단한 문제 학생의 원인은 '우울'이었다. 아이의 우울은 가정의 우울, 부모의 우울, 이 시대 우울의 소산이다. 우울한 아이는 자존감이 낮다. 그래서 각종 문제 행동을 교실에서 발산한다. 이 시대 교사들은 이런 아이들에게 '교실에서 어떻게 하면 자존감과 소속감을 높여줄 수 있을까?'를 최우선으로 고민하고 최우선의 목표로 삼아야 한다고 말한다.

얼마 전 정신과 의사 김현수 씨가 쓴 책에서 읽은 게 생각난다. 미국 교장 연수 책자에 이렇게 적혀 있단다. "교장이 교사를 먹이지 않으면 교사는 아이들을 잡아먹을 것이다." 난 이 말을 이렇게 더 진전시켜 보고 싶다. "교사가 문제 학생을 먹이지 않으면 문제 학생은 친구들을 잡아먹을 것이다."

----

* 자세한 영상은 다음 YouTube 주소를 참고하기 바람: [팩트TV] 곽노현의 나비 프로젝트 '훨훨 날아봐' 14회 - 꼭찬인터뷰 2: 학교폭력 대응절차, 이대로 좋은가? http://youtu.be/DWF6FfS55Dc

이 아이들에게 먹여야 할 것은 밥과 교과 지식만이 아닐 것이다. 사춘기에 접어든 아이일수록 반드시 자존감을 먹어야 한다. 어떻게 하면 교실에서 자존감을 먹을 수 있을까? 나의 화두가 될 듯하다. 까먹고 또 까먹지만 말이다. 흔히 하는 칭찬, 흔히 하는 관심과 사랑이라는 언어가 아니라 새로운 관점과 방식으로 접근하고 싶은 생각이 굴뚝같다. 하지만 나에게 아직은 마땅한 언어가 없다.

2학기에는 일주일에 하루는 무조건 교실에 모여 아이들 이야기, 서로 노하우를 나누는 자리를 마련하기로 철석같이 약속했으나……. 또 바빠 학교 일을 하다 보면 그것이 그리될지는 두고 봐야 할 일이다. 아이들 보내고 3시부터 5시까지, 이 2시간을 어떻게 써야 할지 고민하게 된다. 결국 시간의 문제이다.

체험학습 한 번 가려면 결재해야 할 문서와 살펴야 할 일들, 정보공시 보내야 할 문서들, 전학 한 명 가면 처리해야 할 나이스, 정규적으로 회의해야 하고, 원격연수 신청한 것도 들어야 하고 사 놓은 책도 읽어야 하는데. 교실에 아이들 문제라도 하나 생기면 감정이 힘들고, 이런 상황에서 또 교내에서 교사들이 자발적으로 연구 모임을 만들어야 하니……. 참 시간이 없다. 퇴근 시간에 이런 일을 처리하기란 참 어려운 일이다. 거기다 전교조 초등지회 일까지…….

퇴근 시간 안에서도 할 수 있는 학교 혁신, 애 키우는 엄마 교사도 할 수 있는 학교 혁신, 돈 크게 들이지 않고도 할 수 있는 학교 혁신, 여유와 쉼, 느림과 기다림, 다양성, 작고 소박함을 지향하는 학교 혁신을 원하지만, 실제로 우리가 그렇게 살고 있는지는 조금 의문이다.

같은 생각으로 통일되어 한 몸처럼 움직여야 할 것 같고, 뭔가 다른 학교보다 더, 더, 더 특별해야 할 것 같고, 빨리 그럴듯한 성과를 내어 잘한다는 소리가 들려야 할 것 같고, 아이들이 많이 달라졌다는 말이 들리기를 원하고, 아이들과 학부모들이 학교에 만족했으면 하고……. 이런 마음이 은근히 드는 건 사실이다. 주위에서 자꾸 내가 이런 마음이 들도록 건드리는 듯했다. 그들이 툭툭 던지는 말 한마디에 난 쉽게 이런 생각들을 꺼내 들곤 했다.

하지만 난 다시 되새긴다. 아침에 걸을 때면 다시 본뜻대로 돌아오고 만다.

작고 소박하게

작은 것에 빛나는 것을 보자.

작은 변화를 소중히 하자.

작은 변화에 감동하자.

느리게 가자.

보이지 않는 것이 있다는 걸 믿자.

기다리고 기다리자.

다르게 가자. 다르게 갈 수 있음을 인정하자. 같아지려 말자.

이곳은 다르게 갈 수 있는 곳이다.

자율성을 더 넓히자.

그래서 모두가 자존감을 느끼게 하자.

삶에는 여유와 쉼이 반드시 필요하다.

진보와 혁신은 한 걸음이다. 딱 한 걸음. 딱 한 걸음씩만 내딛자.

옆 사람과 손잡고 딱 한 걸음씩만.

그리고 침묵하자.

말 없는 미소를 짓자.

나는 때때로 중용 23장 구절을 찾아 읽곤 한다. 가끔 생각날 때가 있다. 위안을 받는다.

"작은 일도 무시하지 않고 최선을 다해야 한다. 작은 일에도 최선을 다하면 정성스럽게 된다. 정성스럽게 되면 겉에 배어 나오고, 겉에 배어 나오면 겉으로 드러나고, 겉으로 드러나면 이내 밝아지고, 밝아지면 남을 감동시키고, 남을 감동시키면 이내 변하게 되고, 변하면 생육된다. 그러니 오직 세상에서 지극히 정성을 다하는 사람만이 나와 세상을 변하게 할 수 있는 것이다."

내가 경험한 학교 혁신 이야기

1장. 내가 경험한 혁신학교

>>> 여행학습*

10월 7~8일, 이틀 동안 여행학습을 했다. 7일에는 걸어서 마을 투어를 했고, 8일에는 기차를 타고 영월 인도미술박물관에 갔다. 지역은 영월이 지만 제천역에서 더 가까웠다. 제천역에서 30분간 버스를 타면 된다. 7일은 걷기 여행이고, 8일은 기차 여행이자 박물관 여행인 셈이다.

마을 걷기를 고집하는 이유는 걷기가 요즘 아이들에게 필요하다고 느끼기 때문이다. 학교까지 대부분 부모님 차로 이동하고 학교 끝나면 바로 차에 타서 학원과 집으로 간다. 차에서도 창밖 풍경을 보는 일은 드물다. 바로 휴대전화를 꺼내기 일쑤다. 서로 대화도 없다. 몇 년간 다닌 학교 둘레와 마을의 모습, 자연의 모습에 대해서는 관심이 거의 없다. 잘 안 걸어서 그런지 요즘 아이들은 걷는 것을 무척 힘들어한다. 조금만 걸어도 지루한 일쯤으로 여기어 불평하고 못 견뎌한다. 걸으면서 내 몸과 마음에 일어나는 신비한 일들에 대해서는 잘 알지 못한다. 자신이 살고 있는 이곳 자연의 풍경과 느낌들, 마을 사람들의 삶에 대해서는 보지 못하고 듣지 못한다. 단절되고 막혀 있다. 어른들의 삶처럼 아이들의 삶도 바쁘게 흘러가고 끊임없이 휴대전화와 텔레비전에 눈을 빼앗긴다. 하루 종일 교실과 학원 건물에 갇힌다. 그래서 아무리 "밖에서 나가 놀아라." 해도 나가서 놀기 싫어하는 아이들이 늘고 있다.

....

* 여행학습 영상 보기: 원주서곡초등학교 홈페이지 http://www.seogok.es.kr 또는 YouTube 영상 주소 http://youtu.be/F0_kK0o311o, http://youtu.be/NcqePtibYUE

내가 경험한 학교 혁신 이야기

이 가을, 걸으면 소중한 것들을 많이 보게 되리라. 아름답게 흐르는 능선들, 누런 논길들, 길가 곳곳에 만개한 들꽃들, 청량한 바람과 산뜻한 공기, 화창한 가을 하늘, 눈부신 햇살, 졸졸졸 흐르는 물소리, 다채로운 빛깔들, 날아다니는 작은 새들, 모처럼 여유 있는 시간들, 느리게 가는 느낌들, 하찮게 여기고 징그럽게 여기던 것들을 찬찬히 바라보는 느낌들…….

그래서 나는 아이들에게 걷기를 경험하게 하고 싶은 것이다. 마을을 걸으면서 자연의 흐름을 느끼고, 마을 사람들과 만나서 소통하고, 자기가 사는 마을을 알아 가는 것은 아이들에게 훌륭한 배움이 될 수 있음을 확신하기 때문이다. 걷기 여행을 통해 아이들의 몸과 마음이 부쩍 자라날 것이다. 이들이 커서 마을에 뿌리내리고 이 작은 농촌 마을을 아름답게 가꾸는 일꾼으로 자라기를 바라는 나만의 속뜻도 있었다. 이것은 아직 아이들에게 말하지 않았다.

그렇다고 무작정 걷기만 하는 여행은 싫다. 단순히 체력과 인내심을 기르고 내 건강만 챙기려는 그런 걷기는 싫다. 걷기 여행은 이야기가 있는 여행이어야 한다.

걷기만 하는 것이 아니라 마을 여러 곳을 방문하여 마을에서 일하는 사람들을 만나고, 그곳에서 하는 일과 그들의 생각들을 들어보고 이해하는 시간을 가져야 한다. 인사도 나누고 길도 물어보고 세상 사는 이런저런 이야기도 나누고 차와 음식도 나눠 먹을 수 있는 정감 어린 여행을 원한다. 마을을 걸으며 탐험하고, 마을을 만나고, 관계 맺고, 귀 기울이고, 놀고, 연대감을 느끼는 여행을 통해 배우고 성장하는 기회를 가질 수 있다. 여행은 현장에서 다양한 문화와 지혜들을 배울 수 있는 훌륭한 학습의 장이다. 다양한 만남과 관계 맺기를 통해 자기 자신을 발견하고 진로로 이어지는 길을 찾을 수도 있다. 인류 역사를 통틀어 인생의 스승은 항상 여행을 통해 만났다. 학교에서 쓰이는 '현장체험학습'이라는 말로는 이 모든 것을 담기에 부족하다는 느낌을 받는다. 그래서 '여행학습'이라는 말을 쓰고 싶다.

또 여행에서 아이들은 삶에 필요한 실제적이고 구체적인 능력을 기르게 된다. 유치원-초-중-고-대학교-대학원 풀코스를 마치고도 자기 앞가림을 하지 못하는 사람들이 수두룩하다. 경쟁 시스템의 쳇바퀴에서 정신없이, 바쁘게, 이기기 위해 뺑뺑이를 돌았을 뿐이다. 자기 입에 들어가는 먹을거리 하나 만들지 못하고, 작은 물건 하나 만들거나 고치지 못하고, 식물 하나 가꾸면서 교감을 나누지 못하고, 친구와 이웃의 마음 하나 배려하고 돌보지 못하고, 혼자서 버스 타고 기차 타고 여행을 다니지 못하는 사람들이 엄청나게 많다. 마음은 늘 불안하고 초조하고 외롭다. 자기 마음 하나 잘 알지 못한다.

삶과 동떨어진 교실 속 교과 수업, 입시 경쟁 수업으로는 삶에서 부닥치는 실제적인 문제들을 제대로 해결하지 못한다. 삶의 현장을 걷고, 기차를 타고, 버스를 타고, 사람을 만나고, 이야기하고, 부닥치고 넘어지면서 실제로 필요한 능력들을 익힐 수 있다. 요즘 학교에서 시행하는 현장체험학습과 수학여행에서는 이런 느낌들을 받을 수 없다. 60만 원 고가의 관광버스를 대절해서 손쉽게 아이들을 이동시킨다. 버스 안의 아이들은 온갖 소란으로 남에 대한 배려 하나도 없고, MSG 가득한 과자를 입에 집어넣느라 창밖 풍경을 바라볼 새도 없다. 휴대전화를 꺼내 혼자 게임하느라 친구와 정감 있는 대화도 나누지 않는다. 사실 어디를 왜 가는지도 잘 모른 채 아이들은 무작정 따라간다. 들러리 관광객처럼 말이다.

가는 곳곳마다 돈을 쓰고 먹을 것을 사 먹고 소음과 쓰레기를 양산한다. 너무 쾌락적이고 낭비하는 느낌이 물씬 드는 게 사실이다. 교육적 분위기는 찾아보기 힘들다. 소비적이고 경쟁적인 한국 사회의 주류 문화에 너무 빨리 물들어 가는 것이 아닌가 걱정이 된다. 학교 교육이 이것을 조장하고 있는 것이 아닌가? 절망감마저 들기도 한다.

북유럽이나 남미, 아시아 등 여러 나라 사람들의 삶에 눈을 잠시 돌려보자. 이곳을 여행하고 온 사람들의 이야기를 들어 보면 한국 사회의 삶이 정말 이상하다는 걸 깨닫게 된다. 의외로 이 세상에는 소박하게, 개성 있게 자신의 삶을 살아가는 사람들이 많다는 걸 알게 된다. 돈과 성공, 경쟁보다는 내적 충만감과 행복을 추구하는 사람이 그 사회의 주류를 이루고 있다는 것도 알게 된다. 내가 덴마크를 여행하면서 받았던 가장 큰 충격은 대부분의 사람들이 자전거를 타고 출퇴근을 한다는 사실이었다. 자전거가 레저 생활이 아니라 교통수단인 것이다. 도로의 차선 하나가 당당히 자전거 도로였다. 자동차도 소형차가 대부분이고, 세차도 잘 안 하고, 사람들의 옷차림도 수수하고 검소했다. 도시 공기가 참 맑았다. 사람들이 참 여유로워 보였다.

사람으로서 사람답게, 행복하게 사는 길은 여러 가지다. 이처럼 여행을 통해 사람은 자기가 사는 곳을 다른 시각으로 새롭게 보기 시작한다. 자기 객관화, 자기 정체성을 갖게 하는 데 여행보다 더 좋은 것은 없다. 삶을 행복하기 가꾸기 위해 가장 중요한 뿌리인 것이다. 자기 정체성이 있는 사람은 삶이 쉽게 흔들리지 않는다. 어떤 어려움도 헤쳐 나갈 수 있다. 남들이 하는 걸 따라 하느라 인생을 낭비하지 않는다.

그래서 우리는 현장체험학습이 아니라 여행을 떠난다. 아직은 여건상

이틀이라는 짧은 여행을 떠나지만 말이다. 다행히 우리 서곡마을에는 '길배움터'라는 여행학교가 있다. 서울 하자센터에는 '로드스꼴라'라는 여행학교도 있다. 이들과 교류하고 이들의 앞선 경험을 배워 더 알차게 아이들과 여행을 떠나고 싶다.

여행 일정은 아래와 같다.

여행 1일 차, 마을 투어

9시에 학교에서 출발했다. 학교에서 서곡마을 이리재까지 걷기. 이리재는 서곡생태마을이라는 마을협동조합이자 사회적 기업으로 인증받은 곳이다. 이곳 일꾼인 반디에게 이야기 하나를 들었다. '나무를 심는 사람'이라는 이야기와 마을협동조합이 하는 일을 설명해 주었다. 인사를 나누고 다시 길을 나섰다.

이리재에서 치악고 가는 길을 걸었다. 뱀도 보면서 재미있게 걸었다. 우리 반 성지 부모님이 운영하시는 '커피하우스'에 잠시 들렀다. 차를 얻어 마셨다. 성지네 부모님과 이웃에 사시는 할머니와 이런저런 이야기를 나눴다. 그리고 다시 길을 나섰다.

남원주중학교를 지나 롯데시네마로 가서 영화 한 편을 보고 감동을 받았다. 점심을 먹고 근처 '방방이장(트램펄린 기구)'에 가서 신 나게 놀았다. 예전에 혼자서 온 아이도 있었는데 이렇게 반 전체가 다 같이 와서 노니까 더 신 나고 재미있어하는 표정이었다. 그리고 북새통 서점에서 책을 좀 보다가 버스 타고 집으로 갔다. 3시 40분에 학교 방향으로 가는 32번 버스가 있었다.

내가 경험한 학교 혁신 이야기

여행 2일 차, 인도미술박물관

8시 20분까지 원주역에서 모이자고 했다. 아이들은 시간 맞춰 잘 도착했다. 카풀로 몇몇 부모님이 수고해 주셨다. 도시락은 각자 준비했다. 기차를 타고 한 50여 분 갔다. 제천역에 도착해서 제천 장터를 구경했다. 반 아이들이 아침 일찍 단체로 장을 구경하니 시장 상인분들이 말을 걸어 주셨다. 아이들도 넙적넙적 인사를 하고 인사말을 나누었다. 제천에서 꼭 먹어 봐야 한다는 닭강정과 어묵을 맛보았다. 아이들은 잘려 있는 소머리를 보고 소리를 질렀다. 몇몇 아이들은 유심히 살펴봤다. 한 아이는 이 장면을 보고 자기는 채식주의자가 될 거라고 다짐했다.

제천역 버스 타는 곳에서 340번 버스를 타고 주천면 금마리로 갔다. 30분 정도 걸린다. 11시에 인도미술박물관에 도착했다. 박물관에는 관장님과 큐레이터 두 분이 계셨다. 참 자상하고 다정한 분들이라는 느낌을 받았다. 큐레이터가 우리 아이들을 인도 미술의 세계로 안내해 주었다. 차분하고 단정한 분이어서 전문가답게 보였다. 아이들은 꽤 집중해서 이야기를 들었다. 안내 설명을 듣고 자유롭게 전시실을 둘러봤다. 그리고 인도 문양을 꾸미는 체험을 했다. 몇몇 아이들은 인도 의상을 입어 봤다. 오늘의 하이라이트였다. 마치 인도 왕자, 인도 공주가 된 듯했다. 옷 하나가 사람을 이렇게 다르게 보이게 하며 몸가짐을 다르게 만든다는 사실을 발견했다.

점심을 먹고 다시 버스를 타고 제천역으로 왔다. 2시 55분 기차를 타고 원주로 왔다. 입석 표를 끊고 카페 열차 칸에 서서 왔다. 제천에서 원주로 올 때는 40분밖에 안 걸린다. 정차를 하지 않아서 그런 것 같다. 기차 비용은 입석 1,000원 정도이고 좌석도 2,000원이 안 된다. 어른 좌석이 2,000원 정도였다. 매우 저렴하고 실속 있고 알찬 여행이었다. 무엇보다도 화창한 가을날이 가장 좋았다. 4시에 원주역에 내려서 각자 집으로 갔다.

내가 경험한 학교 혁신 이야기

>>> 아침 열기*

날마다 아침 운동, 아침 독서, 책 나누기, 글 나누기, 노래와 시 낭송, 교실 놀이 등으로 아침을 시작한다.

* '아침 열기' 영상 보기: 원주서곡초등학교 홈페이지 www.seogok.es.kr 또는 YouTube 주소 http://youtu.be/ry2k60c6qjs

1장. 내가 경험한 혁신학교

>>> '1학기 돌아보기' 교사 워크숍

○ 좋았던 점

1. 체험학습: 계절학교, 진로 체험, 마을 자원 활용(용수골, 백운산, 이리재 등)

2. 자유롭고 민주적인 교사 분위기: 교사회의 분위기, 업무 경감, 수업 집중

3. 지원 시스템: 풍부한 예산, 서곡교육네트워크 등 마을 자원 풍부

4. 프로젝트 발표회: 자율적으로 학생들 발표, 결과물 나옴

5. 학생들의 자유로운 분위기, 밝은 느낌, 다양한 색깔을 보이는 아이들, 충분히 놀 시간, 동아리

○ 개선해야 할 점

1. 기본 생활교육: 급식 시간, 복도 뛰기, 학교 행사 질서, 예의 부족, 듣기 태도, 감정 조절 문제, 실내화 신고 밖에 나가기

2. 야영 일정과 시기, 방법: 시기 변경 필요(비), 다음 날 일정 문제, 잠자리 문제, 모기

3. 학기 초 학부모 상담 기간과 교육과정 설명회 일정 조정 필요

4. 학생 수 증가로 학년군 단위(스몰 스쿨) 운영 필요, 학년 간 정보 공유 필요

5. 교사연수 강화 필요: 비전 공유, 힘든 아이 문제, 수업연구

6. 프로젝트 발표회를 저학년, 고학년으로 나누는 것이 어떨지

7. 여유롭고 쉼이 있는 교육과정 운영 필요, 더 심플하게

8. 힘든 아이들 지원 시스템 필요, 교장·교감의 관심과 역할 필요

9. 복도 도색 및 게시물 정비 필요

○ 2학기 구체적 액션플랜(모든 교사 공동 실천): 개학 전날 교사회의 때 결정

1. 식당에 줄 서서 기다리는 시간을 줄이기 위해 학년별 시간 조정
2. 프로젝트 발표회를 저학년과 고학년으로 나눠서 실시
3. 복도와 교실에서 노는 아이들을 운동장과 강당에서 놀도록 유도하기
4. 교감, 교장의 학생 상담 역할 강화
5. 복도 도색, 게시물 정비

내가 경험한 학교 혁신 이야기

>>> 공개수업

5학년 학부모 공개수업 - 사회

단원	2. 고려의 발전
학습 주제	무신정변과 백성들의 봉기

수업 흐름	1. 마음 모으기: 돌림노래 2분
	2. 전 시간 복습: 모둠학습 3분
	3. 교과서 읽기(질문하며 읽기): 전체학습 15분
	4. 교과서 내용 파악(모둠 스피드 퀴즈): 모둠학습 10분
	5. 토론: 모둠 토론 및 전체 토론 10분 / 역사 글쓰기 과제 부여(숙제)
	   - 만약 내가 그 당시 고려인이라면 무신과 백성의 반란에 찬성할 것인가?
	    반대할 것인가?
	   - 지금 우리 사회에는 신분 차별과 권력 독점으로 인한 횡포가 없을까?

수업 의도	1. 협력 수업: 대화 / 경청 / 서로 배우는 관계 만들기 / 사고 발달 2. 읽기의 중요성: 기록하며 읽기 / 질문하며 읽기 / 배움의 기초 3. 내 삶과 연결: 역사는 과거와 현재의 대화 / 감정 이입과 상상력 / 사실의 기억과 더불어 판단과 해석의 중요성

윤하림	김민수
한준희	정윤서

연제웅	
이아라	선생님
김성지	김동연

박경은	정재용
양준모	김민지

강길준	
허채운	김세은
김민선	강해담

칠판

5학년 공개수업 - 수학

단원	5. 소수의 나눗셈
학습 주제	소수 ÷ 자연수를 계산할 수 있다.
수업 흐름	1. 전 시간 복습(짝 활동): 소수 나눗셈 오류 찾기 5분 2. 학습과제 해결하기(모둠 활동) 25분 3. 학습과제 해결한 것 공유하기(전체 활동) 10분
수업 의도	1. 수업 디자인: 1) 소수 덧셈 뺄셈, 소수 곱셈 나눗셈, 분수의 나눗셈 곱셈, 통계까지 활용하여 　문제를 해결하도록 유도함 2) 소수가 아이들의 실제 생활과 가장 밀접하게 연결되고, 　아이들이 가장 흥미 있어 하는 문제 상황(강아지)을 제시하려 노력함 2. 모둠 협력 수업: 1) 서로 물어보고 듣고 대화하는 관계 만들기 2) 친구들과 즐겁게 공부하는 분위기 속에서 사고력 발달 유도

김동연	선생님
김민지	강해담

김민수	이아라
정재용	윤하람

정윤서	김성지
연제웅	김민선

박경은	허채운
김세은	양준모

<u>칠판</u>

내가 경험한 학교 혁신 이야기

(　　)네 집에는 갓 태어난 보더 테리어 강아지가 4마리 있습니다. 4마리 강아지의 이름은 로이, 레나, (　　), (　　)입니다. 그중 로이와 레나의 몸무게를 20일 동안 측정하여 표를 만들었습니다.*

시간	로이의 몸무게	레나의 몸무게
태어났을 때	0.25kg	0.15kg
5일째	0.40kg	0.20kg
10일째	0.65kg	0.30kg
15일째	0.75kg	0.45kg
20일째	1.00kg	0.60kg

1. 로이와 레나의 몸무게 꺾은선그래프를 그리세요.

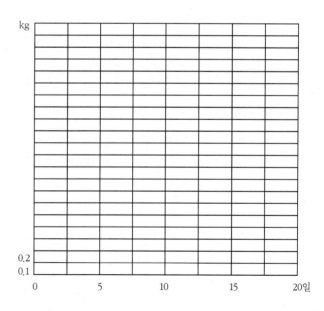

---

* WSOY pro. Ltd, 『핀란드 초등 수학교과서 LASKUTAITO 5-1』, 문보람·도영 옮김, 솔빛길, 2012.

2. 로이의 무게는 얼마나 늘었습니까?

   1) 태어난 후 5일째 날까지

   2) 10일째 날에서 20일째 날까지

3. 레나의 무게는 얼마나 늘었습니까?

   1) 태어난 후 5일째 날까지

   2) 10일째 날에서 20일째 날까지

   3) 20일째 레나의 몸무게는 태어났을 때 몸무게의 몇 배입니까?

4. 로이의 무게는 레나의 무게보다 얼마나 더 무겁습니까?

   1) 태어났을 때

   2) 태어난 지 20일 후

   3) 5일째 로이의 몸무게는 레나의 몸무게의 몇 배입니까?

5. 20일째 로이와 레나의 평균 몸무게는 몇 kg입니까?

6. 20일째에 나머지 2마리의 몸무게를 더했더니 1.84kg이었습니다. 그렇다면 20일째 4마리의 평균 몸무게는 몇 kg입니까?

7. 5번과 6번 문제 중 하나를 소수 나눗셈이 아니라 분수 나눗셈으로 고쳐서 계산해 보세요.

학교 혁신,
중학교에서 시작하기

북원여자중학교 과학교사 **최규수**

신림중학교 영어교사 **전인호**

>>> 배움이 있는 과학수업 이야기

북원여자중학교 과학교사 **최규수**

* 이 글은 나의 공개수업을 관찰자 입장에서 기록해 본 것이다.

수업은 학교 교육의 핵심이다. 학생은 수업을 통해 자신의 성장을 경험하고 교사는 수업을 통해 교사로서의 보람을 찾는다. 그러나 오늘날의 교실은 학생에게도 교사에게도 배움이 일어나기 어려운 현실에 처해 있다. 많은 선생님들은 교실에서 수업의 어려움을 호소하고 있고 학생들 또한 수업에 흥미를 잃고 있다. 나는 이런 교육 현실을 극복할 수 있는 대안을 찾아보고 싶어 B 여자중학교(이하 B 여중)의 공개수업을 참관하고 선생님들을 만나 보기로 했다. 특히 수업 공개 교과가 과학이라서 오늘 방문이 더더욱 기대가 된다.

B 여중에 들어서니 학교 건물은 전형적인 슬라브 건물로, 주변의 주택가처럼 3층 건물이 두 동으로 앞과 뒤에 배치되어 있고 운동장이 넓은 것이 눈에 들어왔다. 넓은 운동장이 있다는 것으로 보아 이 학교의 연륜도 30여 년은 족히 된 듯하다. 운동장 수업을 하는 아이들이 유난히 재잘거리고 신이 나서 체육 활동을 하는 모습이 인상적이다. B 여중에서 만난 아이들은 밝게 인사를 잘하는 모습이 새삼스럽다. 물론 아이들은 선생님에게 습관적으로 인사를 하는 것이 능사이지만, 여기 학생들은 외부인이

나 선생님을 구분하지 않고 매우 친절하게 인사를 한다.

학교 뒤편에 위치한 행복더하기센터에서 오늘 공개수업과 수업연구회가 연이어 열린다는 안내 표시를 따라 건물 안으로 들어서니 아이들이 벌써 자리를 잡고 앉아 있다. 아까 마주친 아이들과 마찬가지로, 수업하는 교사와 밝은 표정으로 대화를 하는 모습이다. 교사와 학생 사이의 친밀감을 엿볼 수 있었다. 그런데 과학 수업을 왜 여기서 하나? 과학 수업은 과학실에서 해야 하는 것이 아닌가? 아이들의 좌석 배치가 'ㄷ'자 형태로 되어 낯설게 보였다. 이런 형태의 자리 배치가 이 학교의 특징인가 보다.

미리 온 선생님들이 자리를 잡고 앉아 있어서 나도 참관하기 편한 창가 앞자리에 앉아 오늘 수업지도안을 살펴보았다. 빛의 단원은 내 수업에서 다루어 본 부분이라 수업 내용이 쉽게 눈에 들어온다. 지도안의 형식과 내용이 매우 간결해서 살짝 놀랐다. 이번 차시 제목, 수업 흐름, 수업자의 의도 그리고 활동지가 있다. 활동지의 내용은 레이저 포인터와 각도기 그리고 거울을 이용해 입사각과 반사각을 측정하고 빛의 반사를 이용한 '잠망경 만들기' 과제, 그리고 만든 잠망경을 통해 보이는 사물을 관찰하여 잠망경 안의 빛과 사물의 모양을 해결하는 문제를 제시한 것이 전부였다. 내 수업에서는 굳이 잠망경을 만들지 않는다. PPT나 영상으로 보여 주면 아이들이 빛의 반사법칙을 쉽게 이해할 수 있다. 굳이 잠망경 만들기 과정이 들어간 것은 공개수업이라서 그런 것일까? 그사이 60여 개의 의자에 선생님들이 빼곡히 앉아 있었다. 수업 컨설팅을 위해 초대된 손우정 교수와 B 여중 선생님들이 사진과 동영상 촬영을 준비하고 있다.

수업이 시작되었다. 아이들은 고개를 돌려 선생님을 주시하고 선생님은 수업 주제를 제시한다. 수업 목표가 아니라 '수업 주제'이다. 선생님은 모니터에 그림을 띄워 놓고 빛의 직진과 반사를 알아보는 실험을 하란다. 그리고 실험 도구는 앞에 준비되어 있으니 모둠별로 실험을 하고 데이터를 활동지에 기입하고 결론을 내려서 소칠판에 쓴 뒤 교실 칠판 앞에 올려놓으라는 것이 전부였다. 실험 과정을 자세히 말해 주지도 않고 애들끼리 해 보라고? 단지 레이저 포인터를 친구들에게 직접 비추면 실명의 위험이 있으니 주의하라는 말밖에 하지 않고 시작을 하다니!

그사이에 B 여중 선생님들은 아이들을 관찰하기 좋은 위치에서 수업 장면을 진지하게 보고 있다. 선생님의 수업 장면을 보지 않고 애들만 보고 있는 모습이 지금까지 익숙한 공개수업과는 차이가 난다. 기존의 공개수업이라면 선생님의 움직임과 적절한 발문, 수업 목표 제시, 적절한 경어 사용, 아이들의 대답, 발표, 판서 등이 중요한 기준이 된다. 하지만 여기는 그렇게 하지 않았다.

아이들이 여기저기 다양한 방법으로 빛의 반사 실험을 하고 있는데 제대로 수업 주제의 방향을 잡고 실험을 수행하는 모둠은 한두 개 정도로만 보였다. 아이들이 어떻게 해야 하는지 곤란해하고 선생님에게 질문하기 시작했다. 지금까지 유심히 지켜보던 선생님은 아이들에게 모니터를 다시 보게 했다.

"오늘은 빛의 성질 중 이전 시간에 배운 직진성과 그에 따른 빛의 반사성이라는 주제를 배웁니다. 빛은 거울에 비치면 반사를 하는데 어떻게 반사를 하는지 알아보는 겁니다. 그래서 활동지에 여러분이 빛의 입사각과 반사각을 측정하도록 안내했습니다. 빛의 입사각과 반사각을 측정하려면 거울 면과 수직인 법선을 기준으로 각도를 잽니다. 여러분 활동지를 잘 읽어 보셨나요? 빛의 입사각과 반사각을 어떻게 측정해야겠습니까?"

그러자 여기저기서 "아!" 하는 탄성이 나왔다. 거울을 바닥에 놓고 각도기를 수직으로 세우고 레이저를 비춘다. 이제 일곱 개 모둠 중 한두 모둠을 빼고는 실험을 하고 실험 결과로 결론을 도출하고 있다. 선생님은 아직도 머뭇거리는 모둠에 가서 아이들 이야기를 듣고 함께 실험을 하도록 도와주고 있다. 그사이 실험이 끝난 모둠들은 소칠판에 실험 관찰 데이터와 결론을 적어 앞에 세워 두고 있었다. 아이들은 소칠판의 사용이 매우 익숙하다. 이번 시간만 특별히 사용하는 것이 아닌가 보다.

선생님은 앞으로 나가 아이들에게 "여기 좀 볼까요?" 하고 크지 않은 목소리로 아이들을 집중시켰다. "자 여러분, 소칠판을 모두 찬찬히 살펴보세요. 그리고 공통점이 있거나 다른 점이 있으면 말해 보세요." 그러자 아이들이 여기저기서 "똑같아요."라는 말이 나왔다.

"그래요. 실험 관찰한 데이터와 내린 결론이 똑같이 일치하네요. 빛의 입사각이 0°이면 반사각도 0°, 입사각이 20°이면 반사각도 20°, 입사각이 40°이면 반사각도 40°로 입사각과 반사각의 값이 똑같은 것으로 일치하네요. 그럼 이렇게 같은 조건에서 어떤 사람이 실험을 해도 일치하는 결과가 나오는 것을 무엇이라고 하는지 아시나요?"

순간 조용하다. 아이들을 한동안 지켜보던 선생님은 펜을 하나 들었다.

"자, 제가 이 펜을 손에서 놓아 보겠습니다. 밑으로 떨어지네요. 여러분이 펜이나 공, 무엇이든 물건을 높은 곳에서 놓으면 떨어지죠? 왜 떨어질까요?"

아이들 중 여기저기서 "중력 때문에요." "만유인력 법칙 때문에 떨어져요." "뉴턴이 발견한 만유인력 법칙."이라는 말이 나온다.

"그래요. 만유인력 법칙이에요. 지구 중력과 물체가 서로 끌어당겨 높은 곳에 있는 물체가 떨어지는 것입니다. 누가 실험을 해도 결과가 일치하는 현상에 우리는 '법칙'이라는 말을 씁니다. 그럼 여러분이 실험한 결론에서도 빛의 성질 중 굉장히 중요한 법칙이 있군요. 빛의 입사각과 반사각이 일치하는 법칙. 무슨 법칙이라고 이름을 붙이면 좋을까요?"

"반사의 법칙이요!"

아이들에게서 '반사의 법칙'이라는 말이 나오도록 20분 가까이 수업을 하다니! 그냥 얘기해 주면 안 되나?

선생님은 아이들에게 활동지를 뒷장으로 넘기라고 하면서, 이제부터 빛의 반사 법칙을 활용한 잠망경 만들기를 할 테니 조별로 나와서 활동 바구니와 전개도, 백도화지, 유리를 가지고 가란다. 그리고 잠망경을 만들어 친구나 사물을 보고 활동지 문제를 풀어 볼 것을 주문했다. 활동지에 나와 있는 '잠망경 만들기' 안내는 매우 간단했다. 전개도를 백도화지에 붙이고, 실선은 자르고, 점선은 접고, 사각 통을 만들어 거울을 두 개 붙여 간이 잠망경을 만들면 된다고 단 세 줄로 나와 있다.

아이들은 붙이고 오리고 접기 시작한다. 바로 전 레이저 실험에서는 수업에 적극적으로 참여하지 않던 아이들이 간혹 보였는데 오리고 붙이고 만드는 과정에서는 모두 열심이다. 단지 소곤소곤 대는 이야기만 들릴 뿐이다. 선생님은 아이들을 관찰하다가 손을 드는 학생에게 다가가 몸을 굽혀 아이들 말을 듣고 설명해 준다.

그사이 B 여중 선생님들은 학생들 모둠에 둘러서거나 쪼그려 앉아 아이들의 활동과 대화를 경청하고 있다. 아이들은 시선에 아랑곳하지 않고 잠망경 만들기에 열중할 뿐, 참관하는 선생님을 의식하지 않는다. 이렇게 B 여중 선생님들이 수업자를 보지 않고 계속 아이들만 관찰하는 것이 나는 낯설다.

시간이 15분쯤 더 흐르니 잠망경을 완성한 아이들이 친구나 사물을 관찰하면서 "보인다!"고 탄성을 지르며 뿌듯한 얼굴로 말한다. 아직 완성되지 못한 아이들은 고개를 빼고 부러운 듯 쳐다본다. 선생님은 아이들을 돕다가 완성된 잠망경으로 사물을 보는 모임에 다가가 칭찬해 주고 선생님도 잠망경으로 아이들 얼굴을 보기도 한다. 그러면서 활동지의 문제도 해결하라고 유도한다. 주어진 문제는 잠망경을 통해 보이는 상을 그리는 것인데 두 개의 거울을 통해 물체가 눈에 보이기까지 과정을 나타내는 것이다. '직접 잠망경을 보고 경험한 것으로 문제를 해결하라는 수업자의 의도인가?'

잠망경을 다 완성한 아이들은 다른 모둠의 아이들이 물으면 대답하고 도와주기도 한다. 수업 중 자연스럽게 이동하는 것을 보니 선생님은 이런 이동을 허용하나 보다. 거의 모든 아이들이 잠망경을 만들어 사물을 관찰하는 중에 수업이 끝났다. 아무래도 손이 빠르고 눈썰미가 있는 아이와 더딘 아이가 있을 테니 각자 한 개씩 만드는 것에는 차이가 있다. 여기에 대해 수업자는 개의치 않는 눈치다.

수업자는 아이들에게 활동지를 제출한 후 수업 중에 생긴 종이는 분리해 달라고 당부하고, 모둠별 활동바구니는 잘 정리해서 제자리에 놓고, 만든 잠망경은 여러분이 만든 것이니 가지고 가라면서 수업을 마쳤다. 뒷정리를 끝낸 학생들의 얼굴이 무척 환하다. 잠망경에 비치는 상을 보기 위해 친구의 얼굴에 가까이 대기도 하면서 재잘재잘 교실을 나선다.

이후에 선생님들의 수업연구회가 진행되었다. 사회자와 수업자 그리고 컨설턴트가 앞에 앉고 B 여중 선생님들은 자기가 관찰한 모둠 자리에 앉은 형태였다. 사회자가 수업자의 수업 공개를 치하하고 수업자에게 수업 의도와 소감을 물었다. 수업자는 이번 수업에서 실험 안내를 자세히 하지 않은 것은 의도적이었다고 말했다. 만약 자세하게 순서를 정해 주면 그저 설명대로 따라 하는 것이지 학습자가 생각하고 고민할 기회가 없으니, 다소 더디더라도 직접 옆 동료와 고민하는 기회를 제공하고자 했다. 마찬가지로 잠망경 만들기도 만드는 과정을 스스로 생각하게 했던 것이 수업 의도라고 했다.

B 여중 선생님들은 아이들을 관찰한 모습에서 아이들이 배우는 자세와 어디서 주춤하는지, 어디서 배움이 일어나는지를 모둠별로 10분 정도 토의한 후, 모둠의 대표 선생님이 정리해서 돌아가면서 발표했다. 발표에서는 수업의 부정적인 모습은 말하지 않고 아이들에게서 새롭게 발견한 점이나 이번 수업에서 배운 점을 이야기했다.

이후 컨설팅이 이어졌다. 컨설턴트로 초청된 손우정 교수는 과학 교과의 수업 목표는 실험과 관찰을 통한 탐구활동이라고 하면서, 선생님들은 질문이 있는 수업, 활동이 있는 수업, 대화가 있는 수업을 추구하는 학생 중심의 수업을 구성하라고 주문했다. 그런 면에서 이번 과학 수업은 과학 교과의 목표에 잘 부합하는 수업이었다고 정리했다.

기존 공개수업과의 큰 차이는 수업을 바라보는 관점에 있다. 학생의 배움에 초점이 맞추어져 있었다. 연출되지 않은 일상의 수업 모습을 있는 그대로 드러냈다. 외부인에게 보여 주기 위한 수업이 아니었다. 아이들의 수업 참여가 자연스럽고 즐거워 보인다. 기존의 지식을 무조건적으로 받아들이는 것이 아니라, 직접 관찰하고 실험하면서 아이들이 스스로 지식을 구성하였다. 수업자는 철저한 구성주의 입장을 견지했다. 교사는 아이들이 요구하지 않으면 자세히 설명해 주지 않고 기다리는 모습이 보인다. 아이들이 질문을 해도 바로 답을 알려 주지 않고 스스로 질문에서 답을 찾도록 유도하였다. 아이들의 생각을 끊임없이 불러일으키려는 의도였다.

또 수업 중 잠망경을 만드는 과정이 있는 게 인상적이다. 손으로 조작하고 관찰하고 경험하는 활동이 많아야 하는 것이 과학 수업의 본질이다. 그러나 기존의 과학 수업은 실험 관찰을 잘 하지 않고 PPT, 동영상, 그림 등으로 쉽게 대체하고 있다. 과학 수업은 어떻게 해서든 탐구활동이 포함되어야 한다. 이번 공개수업을 참관하면서 내 수업을 다시 되돌아보는 기회가 되었다.

"B 여중의 과학 수업에서 배울 점은 무엇인가? 내 수업의 장점은 무엇이고, 실험과 관찰에 의한 탐구활동이라는 과학 교과의 목표 실현을 위해 나는 수업 디자인을 어떻게 해야 하는가?"

>>> 자발성이 교육의 생명이다

신림중학교 영어교사 **전인호**

2013년도에 원주시 외곽에 있는 한 작은 학교로 부임했다. 주로 시내에 있는 학생 인원이 천 명에 가까운 큰 학교에서 근무하다가 전교생이 50여 명도 채 안 되는 작은 학교로 오니 좀 살 것 같았다. 치악산 자락에 자리를 잡고 있는 농촌의 작은 학교인지라 학생들도 소박하고 성실하며 착했다. 요즘은 많은 선생님들이 이런 작은 학교를 선호하는 추세다.

작은 학교에서 근무를 시작한 지 얼마 안 되어서 느낀 점은, 공부의 생명은 자발성이라는 것이다. 스스로 하고자 하는 마음이 있어야 공부가 잘된다는 사실을 다시 한 번 절감하게 되었다. 어디 공부뿐이겠는가? 모든 일이 하고 싶은 마음이 들 때 잘될 수밖에 없다는 것은 너무나 당연한 것이다. 그럼에도 불구하고 그동안은 하고 싶은 마음보다는 억지로 동기를 유발하거나 강제하는 형식으로 학교의 교육 활동을 해오지 않았나하는 반성을 하게 되었다.

새 학기가 시작된 지 한 달가량 되었을 때 아이들의 학습 환경을 살펴보았다. 아이들은 학교에서 수업이 끝나고 가정으로 돌아가서 특별하게하는 일이 없었다. 시내 아이들 대부분은 학교 수업이 끝나자마자 학원에 가느라 저녁 식사마저 대충 때우거나 늦게 먹는 일이 일상화되어 있는데 여기는 그렇지 않았다. 시내 아이들은 학원 수업이나 개인 과외를 받을 뿐 아니라 학원에서 내주는 숙제를 하느라 학교에 와서도 쉬는 시간이 모자를 지경이다. 심지어는 수업 시간에 학원 숙제를 하는 아이도 있다.

하지만 여기는 달랐다. 학원도 없을 뿐 아니라 학교 외에는 달리 갈 곳도 마땅치 않았다. 기껏해야 친구 집에 놀러 가거나 주말에 교회 또는 시내로 나가는 일이 고작이었다. 아이들에 따라서는 독서에 관심이 많아 학교 도서관에서 책을 빌려다 보는 아이들도 있긴 하지만, 전반적인 학습 환경이 그다지 좋은 편은 아니었다. 학원이 없기 때문에 학습 환경이 안 좋다는 뜻은 전혀 아니다. 학원은 적을수록 좋다. 다만 자라나는 청소년들이 경험할 수 있는 다양한 환경이 적절하게 갖추어지지 못했음을 이야기할 뿐이다.

아이들에게 유의미한 시간을 갖게 해 주고 싶은 마음에 일주일에 하루, 저녁에 영어신문을 사용해서 시사영어를 공부하는 동아리를 만들어 보지 않겠냐고 제안을 했다. 내가 영어교사이긴 하지만 학원과 같은 영어 수업은 피하고 싶었고, 아이들이 모둠을 만들어 협력하면서 스스로 공부하는 계기를 마련해 주고 싶었기 때문이었다. 2학년과 3학년 학생들에게만 제안을 하면서 많아야 5명 정도 참여할 거라고 예상했는데 결과는 예상을 빗나갔다. 3학년의 절반 정도와 다수의 2학년 학생들이 신청을 해서 신청자가 18명이나 되었다. 어째서 이런 일이 일어날 수 있을까? 시내 같으면 아이들을 직접 만나서 신신당부를 해도 될까 말까 한 일이 아닌가? 곰곰이 생각한 뒤, 마치 먹이를 찾던 물고기가 낚싯밥을 덥석 물은 것과 같다고 나름대로 결론을 내렸다.

진행 역시 순조로웠다. 매주 월요일이면 신청 학생들이 방과 후에 자발적으로 조별로 옹기종기 모여 앉아 영어신문을 읽으면서 내용을 파악하고, 마지막으로 돌아가면서 발표도 하는 재미있는 공부가 계속되었다. 교사가 수업 시간처럼 지도할 일은 전혀 없었다. 자기들끼리 이야기하면서 거의 완벽하게 과제를 완수할 수 있었다. 다만 필요한 경우에 개입해서 적절하게 안내하면 되는 정도였다. 수업 시간에는 사용할 수 없는 스마트폰을 자유롭게 사용하면서 단어도 찾고, 서로 묻고 답하면서 협력하는 모습이 정말 아름다웠다. 잘 모르는 아이들은 친구한테 묻는 일이 쑥스럽지 않았고, 잘 아는 아이들도 친구에게 가르쳐 주는 일을 즐거워했다. 다 끝난 후에는 컵라면을 먹으면서 배움의 즐거움을 더했다. 학창 시절 일주일에 한두 번, 방과 후에 학습 동아리 모임을 갖고 친구들과 배움의 질을 높이면서 우정을 쌓아가는 활동은 평생 잊지 못할 좋은 추억거리로도 이미 제값을 하고 있다는 생각이 든다. 수학 선생님도 같은 모임을 만들어 화요일에 수학 동아리를 운영하게 되었고 학생들의 호응이 매우 좋았다.

자발성을 적절하게 활용하는 일은 학교 교육 활동에서 매우 중요하다. 아무리 좋은 일이라도 억지로 시켜서는 효과를 기대할 수 없다. 설혹 효과가 있다 할지라도 지속될 수 있을지 의심스럽고 교육적이라 할 수 없다. 스스로 좋아서 하는 일은 효과가 더디더라도 그 자체로 이미 성과를 보고 있는 것이다. 교사는 아이들이 무엇을 갈급하고 있는지 파악해서 그것을 교육적으로 어떻게 채워줄지 고민하고 틀을 갖춰 주면 되는 것이다. 물론 쉽지만은 않겠지만, 무엇을 하든지 자발성이 생명이라는 것에는 추호의 의심도 없다. 학원 수업이나 학교 수업이 효과적이지 못한 가장 큰 이유는 자발성이 없는 강제 수업이기 때문일 것이다. 호기심이 생기기 전에 선행학습이란 이름으로 먼저 가르쳐 주는 학원 수업이나, 학원에서 미리 맛본 것을 재탕할 수밖에 없는 학교 수업은 학생 편에서 보면 참으로 무의미하지 않을 수 없다.

교육은 기다려야 한다. 아이들이 알고 싶어 하는 호기심이 발동할 때까지 기다려야 한다. 알고 싶은 마음이 들면 스스로 배움의 길로 들어서기 마련이다. 교사는 이때를 잘 포착해야 된다는 생각이 든다. 동기 유발도 이런 차원에서 하면 훨씬 효과적일 것이다. 핀란드, 덴마크의 학교들의 지향점이 바로 이런 것이라고 여겨진다. 목표를 향해 무조건 달려가는 우리나라와 같은 교육방식이 아니라 왜 공부하는지, 인생이 무엇인지, 어떻게 사는 것이 바람직한 인생인지를 끊임없이 고민하고 생각하는 핀란드, 덴마크식 공부야말로 자발적인 마음에서 우러나오는 공부가 분명하다. 삶에 대해 진지하게 고민을 한 후 스스로 하는 공부야말로 목표와 이유가 분명한 가장 좋은 공부 방법이 아닐 수 없다. 이제 우리의 교육도 일대 전환점을 마련해야 한다. 무조건 공부만 하라고 강요할 것이 아니라, 왜 공부해야 하는지 스스로에게 묻고 생각하고 결정한 후, 자발적으로 공부할 수 있는 환경을 만들어야 한다. 이럴 때 교육이 힘든 노동이 아니라 행복을 향해 나가는 즐거운 배움의 과정이 될 것이다.

≫ 학교 부적응 학생 문제,
덴마크 에프터스콜레에서 길을 모색하다

신림중학교 영어교사 **전인호**

자라는 아이들이 모여 있는 학교는 항상 여러 문제를 안고 있기 마련이다. 더군다나 매년 새로운 세대의 아이들이 입학하면서 매년 새로운 문제를 갖고 들어온다. 요즘 학교의 문제는 카오스의 상태로 가고 있는 게 아닐까 염려가 될 정도로 점점 복잡해지고 있다. 무한경쟁과 승자독식과 같은 정글의 법칙이 어느덧 우리 사회를 유지하는 기본 법칙으로 자리를 잡다 보니, 더불어 사는 행복한 사회를 위한 교육은 멀어질 수밖에 없다. 무엇보다도 우리 교육이 갖고 있는 고질적인 문제는 입시 위주 교육에서 출발한다. 학교 수업이 끝나자마자 학원에 가서 밤늦게까지 소위 공부 노동에 시달려야 하고, 항상 등수 스트레스에 벗어날 수가 없으니 공부나 학교생활이 즐거울 리가 없다. 그뿐만 아니라 이런저런 이유로 가정이 해체되거나 가정답지 못하게 변질됨으로 인해서 그 피해가 고스란히 아이들에게 전달되어 속병을 앓고 다닐 수밖에 없는 게 우리 아이들의 현실이다. 다행스럽게도 올바른 교육철학을 제시하는 진보 교육감들이 많아지면서 다양한 변화가 시도되고 있긴 하지만, 근본적인 문제는 여전히 남아 있는 게 현실이다.

이렇게 여러 문제들을 안고 있는 학생들이 아무렇지 않게 학교를 잘 다니고 있다면 그것이 더 이상한 일일 것이다. 당연히 학교에 적응하지 못하는 학생들이 생길 수밖에 없고 이러저러한 문제들을 일으킨다. 친구를 괴롭히기도 하고, 특히 중학생 교실에서는 교사들이 수업을 하기 힘들 정도로 어려운 일들이 벌어진다. 이러한 아이들에 대해 사실상 현재의 학교는 뾰족한 대책을 갖고 있지 못하다. 각종 규제와 위원회를 만들어 애를 써 보지만 변화무쌍하게 문제를 일으키는 아이들을 당해낼 재간이 없는 게 현실이다. 오죽하면 '북한이 남한의 중학교 2학년 학생이 무서워서 전쟁을 하지 못한다'는 웃지 못할 말이 나올 정도로 청소년 문제는 심각하다. 현재의 학교는 문제가 생기면 일반 학생을 보호한다는 명분으로 문제 학생들을 격리하는 조치밖에 할 일이 없다. 대개 중학교의 경우에는 등교를 정지시키고, 고등학교의 경우에는 자퇴나 퇴학 조치를 취한다.

그렇지만 등교정지나 자퇴 또는 퇴학이 과연 문제를 해결하거나 아이들에게 긍정적인 변화를 가져다줄 수 있을까? 학교로서는 다수의 아이들을 위해 불가피한 조치이긴 하지만, 당하는 아이들의 입장에서 보면 그냥 버려진다고 해도 과언이 아니다. 학생이 등교정지나 자퇴 또는 퇴학을 당하면 학교의 영향권에서 벗어나게 된다. 그러면 학교는 이런 아이들을 위해서 아무런 교육적 조치나 교육적 지원을 취할 수 없게 된다. 그렇다고 그들의 부모가 아이들을 위해서 무엇인가 할 수 있다고 생각한다면 큰 오산이다. 그럴 처지가 되는 부모라면 처음부터 그런 문제를 만들지도 않았을 것이기 때문이다. 먹고살기 바쁘고 또는 가정이 온전한 역할을 하지 못하는 경우도 많기 때문에 어떠한 기대를 하기가 어렵다. 지역사회 역시 마찬가지이다. 지역사회가 청소년들을 위한 교육시설을 마련하고 있긴 하지만 대부분은 학교에 잘 다니는 아이들에게 적합한 교육시설일 뿐이다. 일단 학교에서 멀어지면 그냥 방치된 상태로 있게 되고, 여기서부터 또 다른 문제가 시작될 수밖에 없다. 또한 학교 안에서도 방치되어 있는 아이들은 수없이 많다. 수업에 아무런 흥미를 느끼지 못하고, 스스로를 포기하고 엎드려 자기만 하는 학생들이 얼마나 많은가? 이들은 강하게 반항 한번 하지 못하고 수동적으로, 무기력하게 학교생활을 때우고 있는 셈이다. 대학 입시 과목 이외의 분야에 재능과 소질을 보이는 학생들은 철저하게 학교 교육에서 소외되고 방치되기 마련이다. 이와 같이 여러 가지 이유로 학교에 적응하지 못하여 학교 안팎에 방치된 아이들을 위한 대안으로 덴마크 에프터스콜레를 소개하고 싶다.

요즘 우리나라에도 경쟁 위주의 미국식 교육보다는 복지 국가를 이루면서 잘살고 있는 북유럽식 교육이 많이 소개되고 있다. 이는 매우 바람직한 현상이라고 여겨진다. 특히 국제학업성취도 평가에서 우수한 성적을 내면서도 공부가 즐거운 핀란드나, 행복지수가 가장 높은 덴마크의 교육이 지속적으로 소개되고 있다. 핀란드나 덴마크로 교육연수를 떠나는 교사들이 늘고 있다.

덴마크의 에프터스콜레는 그룬트비와 콜의 교육철학에 따라 설립된 학교로서 9학년과 10학년 학생들이 11학년에 진학하기 전에 1년 단위로 다니는 기숙형 학교를 말한다. 자신의 진로를 결정하기 전에 1년 정도 집을 떠나 자립적인 생활을 한다. 자신이 관심 있는 분야를 경험해 보면서 인생을 설계하는 시간을 가진다. 덴마크어, 외국어, 수학, 과학 등 필수 과목만 수강하고 나머지 시간은 자신이 좋아하는 분야를 심화시켜 학습한다. 스포츠, 외국어, 음악, 여행 등 다양한 분야의 중점학교가 있으며, 학생들은 에프터스콜레 협회 홈페이지에서 학교 정보를 얻고 학교를 선택한다. 교육비는 지자체에서 모두 지원한다. 덴마크에는 250여 개의 에프터스콜레가 있고, 3만 여 명의 학생들이 다니고 있다. "덴마크인들은 자기 인생을 어떻게 살지 여유를 두고 스스로 선택합니다. 국가와 사회가 그런 환경을 보장해 줍니다. 대표적인 예가 에프터스콜레죠."*

우리에게도 에프터스콜레와 같은 학교가 준비되어 있다면 방황하는 청소년들에게 사막의 오아시스와 같은 배움터가 될 것이다. 국영수 공부는 아니지만 자신이 좋아하고 배우고 싶은 것이 분명 있을 것이다. 또 무엇인가 다른 방향으로 삶을 개척하고 싶은 욕망도 있을 것이다. 학교에 적응하지 못한다고 하여 인생의 '루저'나 '찌질이'로 취급해서는 안 된다. 다만 현재의 학교 제도가 그들과 잘 어울리지 않을 뿐이고, 현재의 학교 제도가 그들에 맞는 지원을 제대로 하지 않고 있을 뿐이다. 그들도 교육받을 권리가 있다. 쌍둥이도 성격이 다르고 취향이 다를진대, 하물며 수많은 아이들은 말할 것도 없을 것이다. 이처럼 다양한 아이들을 한 교실에서 똑같이 대학 입시 교육을 받게 하는 것 자체가 무리라고 여겨진다. 사회는 점점 다원화되고 있다. 학교에 적응하지 못해서 학교 밖으로 나올 수밖에 없는 청소년들에게도 그들에게 적합한 교육적 대안을 국가가 제시해 주어야 한다. 학교 안팎의 아이들을 이대로 방치한다면 앞으로 우리 사회가 치러야 할 사회적 비용은 엄청나게 늘어날 것이다.

덴마크 에프터스콜레와 같은 대안적 교육모델을 만들어 1년 단위로 위탁 운영하는 방안을 검토해 볼 필요가 있다. 등교정지나 자퇴 또는 퇴학을 당하는 아이들을 위해 도보 여행, 자전거 여행을 하면서 인생을 고민해 보는 에프터스콜레, 특정 분야에서 심도 있게 진로를 모색해 보는 에

---

* 오연호, 『우리도 행복할 수 있을까』, 오마이북, 2014.

프터스콜레 등을 설립하여 운영하는 것을 제안하고 싶다. 강원도 교육청에서 설립 중인 학생진로교육원 운영에 덴마크 에프터스콜레와 같은 사례가 적극적으로 반영되기를 바란다. 작게는 공립학교 안에서 대안교실을 에프터스콜레 개념으로 운영해 볼 수 있겠다. 간디학교와 같은 기존의 대안학교 형태로는 특화된 진로, 직업 교육에 발 빠르게 대응하기 어렵고, 학교를 유지하기 위해 엄청난 비용이 들기 마련이다. 가정이 어렵고 학비를 감당하기 힘든 아이들은 혜택을 받지 못하는 한계가 있다. 지자체와 협력해서 하자센터와 에프터스콜레가 결합된 모델을 각 시도에 설립하고 학교 부적응 학생들을 우선해서 위탁받아 운영하는 방안이 더 효과적일 것이다.

남들을 따라가기 바쁜 행진에서 잠시 멈추어 서서 지나온 나날을 되돌아보며 삶이 무엇인지 고민하고 인생을 설계하도록 돕는 덴마크 에프터스콜레 같은 학교가 지금 우리 청소년들에게 꼭 필요한 학교이다.

내가 경험한 학교 혁신 이야기

학교 혁신 단상

- 학교 혁신에 담아야 할 가치와 방향

원주중학교 도덕교사 **박정운**

>>> 여유와 쉼

내가 사는 곳은 지방의 작은 도시이다. 일 년 전부터 자동차를 타지 않고 걸어서 출퇴근을 하게 되었다. 살이 찐다는 아내의 핀잔이 가장 큰 이유이지만, 내친김에 굳은 각오로 걸어서 출퇴근하기로 마음먹었다.

그러다 보니 자동차로 지나칠 때는 보이지 않았던 것들이 보이기 시작했다. 큰 도로를 따라 걷는 것은 자동차 매연과 소음 그리고 붐비는 인파 때문에 이만저만 고역이 아니었다. 지나가는 택시가 걸어가는 나를 보고 손님이 아닌가 하여 잠시 멈칫거릴 때는 택시 기사를 실망시켰다는 부담감마저 떠안아야 했다. 그래서 자동차가 잘 다니지 않는 골목길이나 한가한 강가로 나만의 노선을 개척했다.

이때 나는 주변의 풍경이 새롭게 다가오는 느낌을 받았다. 차로 가면 20분도 되지 않는 거리를 한 시간이 넘게 걸으면서 풀 한 포기, 나무 한 그루도 여유를 갖고 자세히 볼 수 있었다. 주택들의 모습, 거리 상점들의 모습, 나와 한 도시공간에서 숨 쉬는 다양한 사람들의 모습, 그리고 그 속에 있을 법한 이야기까지도 느껴지는 듯했다.

지금 이 도시의 거리에 달리고 있는 자동차는 무슨 일로 이처럼 분주하게 이동해야 하는 것일까? 순간적으로 괴이하다는 생각이 들었다.

우리는 언제부터인가 여유와 쉼보다는 속도와 바쁨에 더 열광하고 있다. 집을 지을 때도 빨리 지어야 하고, 식사를 할 때에도 빨리 끝내야 하며, 결혼식이나 장례식도 빨리 끝내야 한다.

속도가 빨라지다 보니 꼼꼼함과 여유는 사라져 버렸다. 맛을 음미하기 전에 음식을 삼키는 것에 길들여져야 했다.

왜 우리는 이렇게 서두르는 것일까? 무엇이 우리를 이렇게 조급하게 하는 것일까? 그것은 두려움이 아닐까? 서두르지 않는다면 기회를 잃어버릴 것 같은 두려움, 빨리하지 않으면 경쟁에서 뒤처질 것 같은 두려움, 도망치지 않는다면 적이나 맹수에게 죽임을 당하지 않을까 하는 동물처럼 말이다.

두려움은 우리를 조급하게 하고 우리에게서 여유와 쉼을 빼앗아 버린다. 지금 우리 사회는 두려움을 극복하지 못하고 쫓기는 상태에 놓여 있는 것 같다. 두려움은 마음에서 마음으로 전염된다.

우리는 이런 전염된 의식으로 인해 왜 서두르는지도 모른 채 남들처럼 서두르고 있다. 매사에 조급하게 서두르는 사람과 사회는 꼼꼼하고 튼튼하게 일을 처리하기 어려우며 대충대충 빨리빨리 처리하게 된다.

또한 조급증은 욕심과도 연관되어 있다. 욕심은 우리를 더 조급하게 한다. 과도한 욕심으로 인해 여유와 꼼꼼함이 사라져 버렸다.

이제 우리는 자신의 불행을 인식할 만큼의 여유도 없는 것 같다. 그 불행은 피할 수 없는 운명과 같은 것이 아니고 스스로 얽어매는 올가미 같은 것임을 언제쯤 우리는 인식할 수 있을까?

교육에서도 예외가 아니다.

우리 아이들은 학교에 가기도 전에 학원에서 선수 학습이라는 것을 한다. 남들보다 더 빨리 배워서 경쟁에서 이기기 위함이다. 문제를 풀 때에도 남들보다 더 빨리, 더 많은 문제를 풀어야 한다.

그래서 문제를 풀 때 그 문제를 충분히 검토하고 즐길 여유가 없다.

시험 시간 안에 모든 문제를 풀려면 같은 유형의 문제들을 기계적으로 반복 훈련해야 하기 때문이다. 새로운 유형의 문제는 축복이 아니라 재앙이다. 새로운 유형의 문제에 도전하고 즐길 여유가 없다.

한국 학생들은 새로운 것들을 배우고 즐길 만큼 여유 있지 못하며, 그래서 다른 것들을 수용하는 것도 인색하다. 기억해야 하는 것들을 너무나 많이 알려 주느라 정작 스스로 반성적으로 사고할 시간과 여유는 주지 못했다.

우리 교육은 비우는 연습을 시키지 않는다. 그 대신에 남보다 더 많이 채우라고만 한다. 그러다 보니 배움의 즐거움은 잃어버렸다. 우리가 학교에서 정말 혁신해야 할 것은 교사와 학생들에게 쉼과 여유의 시간을 가감하게 확보해 주는 것이 아닐까? 이런 날이 오기를 바란다.

내가 경험한 학교 혁신 이야기

>>> 다름

요즘 아이들은 남과 다른 경쟁력을 얻기 위해 여러 학원에 다니며 다양한 것들을 배운다. 악기 하나는 다룰 수 있어야 한다기에 피아노 학원에서 피아노를 배우고, 운동 하나쯤은 해야 한다기에 태권도 학원에서 태권도를 배우고, 국제화 시대에 외국어 하나는 해야 한다기에 영어 학원에서 영어를 배운다.

이렇게 다양한 것들을 배웠으니 남과 다른 경쟁력을 갖추었겠지? 그러나 천만의 말씀이다. 요즘 시대에는 누구나 하는 것들이기에 이것만 가지고는 남과 다른 경쟁력을 갖추었다고 할 수 없다. 그래서 피아노를 넘어 바이올린을 배우고, 태권도를 넘어 발레나 승마를 배우고, 영어를 넘어 불어나 중국어를 배운다. 우리는 남과 다른 차별화를 위해 남보다 더 많은 것들을 스펙으로 쌓아 가야 한다.

그러나 잠시 멈추어서 다시 한 번 곰곰이 생각해 보자. 정말 남과 달라지기 위한 방법이 이처럼 끊임없이 남보다 더 많은 것들을 쌓아 가는 것일까? 그리고 꼭 남과 달라져야 좋은 것일까?

다양한 색의 물감을 섞으면 점점 검은색으로 변한다. 다양한 색의 물감을 섞으면 남과 전혀 달라지겠지, 하고 물감을 섞어가는 사람들은 모두 요상하게 점점 검은색을 닮아가게 된다.

이것이 지금 우리 청소년들의 모습이다. 남과 다르다는 것이 무엇을 의미하는지 깊이 성찰해 봐야 한다. 다름은 남을 흉내 내서는 도무지 찾을 수 없는 것이다. 오히려 진정으로 자신을 찾았을 때 남과 확연히 구별된 자신의 색채를 가지게 된다. 가장 자기다운 것 그래서 남이 흉내 내기 어려운 것, 그리고 가장 자기답기 때문에 가장 자연스럽고 잘 어울리는 것, 그것이 개성이고 남과 다름이다.

내가 남과 구별되는 분명한 색채를 가질 때 타인의 다름이 더 의미 있게 다가온다. 남이 나와 다르다는 것은 내가 그 다름을 배울 수 있는 축복이다. 나와 같은 것을 만나면 이미 그것은 내 안에 있기 때문에 특별히 배울 것이 없다. 그러나 나와 다른 것을 만날 때는 그 다름을 배울 수 있으며 그 배움으로 인해 성장하게 된다. 따라서 나와 다름은 배척할 대상이 아니라 서로 공존해야 할 상대임을 분명히 인식해야 한다.

다른 것과 만나지 않은 교육은 성장할 수 없다. 인격도 그렇고 문화도 그렇다. 개개인 간에도 서로 다름을 존중하며 만나야 하며, 다른 계층 간에도, 다른 문화 간에도 서로 다름을 존중하며 만나야 한다. 다른 대상과 대면하는 것을 피하고 거부하면 스스로 고립되어 약화될 뿐이며 성장을 멈추게 된다.

≫ 대화와 변증법

우리는 언제나 어디서나 대화를 한다. 그러나 그 대화를 통해 진정한 만남을 하는 사람은 드물다. 우리는 대화를 통해 타자와 진정한 만남을 할 수 있고, 진정한 만남이 가능할 때 행복감을 느끼게 된다. 우리가 만약 상대방과 온전히 같다면 우리는 그 상대방과 대화할 이유가 있을까? 대화를 지속하려면 상대방은 나와 다른 존재여야 한다. 나와 다른 부분이 많을수록 대화거리도 많고, 질문과 대답도 많아지고 다양해지는 것이다.

여기서 또 한 가지 중요한 원리를 발견하게 된다. 그것은 상대의 다름을 배척할 것이 아니라 즐길 줄 알 때 진정한 대화가 성립한다는 것이다. 다름이 저주가 아니라 서로에게 주어진 축복으로 인식할 때 그 만남은 소중한 만남이 된다.

철학을 공부해 본 사람이라면 헤겔의 변증법이라는 것을 한 번쯤 접해 보았을 것이다. 헤겔은 인간의 의식이나 사람들 사이의 대화, 그리고 역사의 발전 과정뿐만 아니라 만물의 변화가 이런 변증법적 과정을 거쳐 변화해 간다고 주장했다.

한 가지 예를 들어 설명해 보자. 사춘기 전까지 어린아이들은 보통 부모님 말씀에 순종하는 것이 효도라고 생각한다. 그런데 자녀가 성장하여 결혼 적령기에 이르렀다고 가정해 보자. 부모는 부모가 바라는 상대와 자식이 결혼해 주기를 바란다.

하지만 자식은 자신이 사랑하는 사람과 결혼하고자 한다. 이때 부모가 원한다고 자신의 뜻을 버리고 부모가 원하는 상대와 결혼하는 것이 효도라고 할 수 있는가? 결코 그렇지 않다. 자식은 부모의 뜻을 따를 것인가 아니면 자신의 뜻대로 할 것인가 갈등하게 된다. 이렇게 고민하다가 결국 부모가 진정 원하는 것은 부모가 선택한 그 상대와 결혼하는 것이 아니라 자식이 행복해지기를 바라는 것이었다는 결론에 도달하게 된다. 그리고 자신이 행복해지는 길은 자신이 사랑하는 사람과 결혼하여 행복한 가정생활을 누리는 것이라고 결심한다.

여기서 헤겔의 정반합의 변증법이 이 자식의 의식에 작용했다고 볼 수 있다. '정'이란 부모의 말씀에 순종하는 것이 효라는 생각이다. 그런데 여기서 '반'이 튀어나온다. 부모의 말씀에 무조건 순종하는 것이 효인가 하는 생각이다. 그리고 '합'이란 일반적으로는 부모님 말씀에 따르는 것이 효이지만, 부모님의 잘못된 말씀에 무조건 따르는 것은 오히려 불효일 수도 있고, 그러니 부모의 숨은 의도까지 파악해서 순종하는 것이 진정한 효도라는 생각이다. 여기서 눈여겨볼 것은 정에 대한 반의 생각이 결코 부정적이지 않다는 것이다. 반은 오히려 정을 새로운 합으로 이끄는 촉매제 역할을 함을 알 수 있다. 그리고 새로운 합은 처음의 정보다 훨씬 정교해지고 강해진 모습으로 등장한다. 이것이 반의 공헌이다.

만약 우리가 학교에서 회의를 한다고 해 보자. 교장 선생님이 처음으로 낸 의견에 아무런 반도 없다면 그 정이 모두의 의견으로 굳어진다. 하지만 그 문제점을 지적하고 반을 제시하는 어떤 사람이 있다면 교사들은 다른 시각으로 정을 볼 수도 있을 것이고, 그렇게 도출된 합은 처음의 정보다 훨씬 정교해지고 강해진 의견으로 바뀔 것이다. 우리가 서로의 다름을 존중해야 하는 근본적인 이유가 여기에 있다. 다름은 배척하거나 거부해야 할 것이 아니라 우리가 조화를 이뤄야 할 기회이고 축복인 것이다. 따라서 반대 세력이나 자신과 대립하는 사람을 미워하지 말라. 그들을 포용하고 이해할 때 우리는 더욱 강해질 것이기 때문이다.

교육 현장도 마찬가지이다. 몇 년 전에 하버드 대학교 마이클 샌델 교수의 정의에 관한 강의가 EBS 방송에서 시리즈로 방영된 적이 있다. 이 교수의 강의는 학생들에게 매우 인기가 있어서 하버드의 큰 홀에서 이루어졌다.

그런데 강의 방법은 특별한 것이 아니라 학생들과 질문과 답변을 주고받는 방식이었다. 나는 이 강의를 지켜보면서 최고의 교수 방법은 질문과 답변이라는 생각을 했다. 이것을 소크라테스의 문답법이라고 부른다.

질문을 통해 끊임없이 학생들을 자극하고 답을 스스로 찾아가게 하는 방식인 것이다. 나도 수업 중에 질문을 통해 학생들의 호기심과 탐구욕을 일으키려고 노력하고 있다.

그런데 우리의 교실에서는 학생들이 답변하는 모습을 쉽게 찾아볼 수 없다. 아이들은 답변하는 것 자체를 꺼리거나 낯설어한다. 대부분의 수업들이 강의식으로 진행되는 상황에서 자유롭게 질문하고 대답하는 것이 훈련되지 않았기 때문인 것 같다.

나는 수업 중에 교사와 학생 간 질문과 답변이 오가는 상황을 흔히 탁구에서 탁구공이 오고 가는 상황과 연결 짓곤 한다. 탁구공이 네트를 넘어 상대방에게 가고 상대방이 적절하게 받아서 그 공을 쳐 주었을 때 경기는 박진감이 넘치고 재미가 있다. 그런데 실력 차이가 커서 상대방이 공을 잘 받아치지 못하면 박진감과 재미는 반감된다.

수업에서도 질문에 대한 적절한 반응이 있을 때 수업이 재미있고 생생하게 살아있는 느낌이 든다. 이처럼 수업이란 질문과 답변의 끊임없는 변증법적 과정인 것이다.

교사 간에도 변증법적 과정이 필요하다. 그러기 위해서는 교사들 간에 상호작용이 쉽게 일어날 수 있는 조건이 갖추어져야 한다. 교무실에서도 서로서로 의견을 나눌 수 있는 구조가 되어야 하며, 교사 동아리나 교직원회의 같은 곳에서도 활발한 대화가 오갈 수 있는 조건이 갖추어져야 한다.

우리가 관례적으로 해 왔던 교육을 정답으로 고착화하지 말자. 수많은 반이 등장해야 하며, 수많은 합에 이르러야 한다. 교육 현장도 변증법적 과정을 무수히 반복하면서 성장할 것이다. 이 과정은 매우 긴 여정이 될 수도 있다.

>>> 배움과 공부

우리 조상들이 가졌던 '공부'의 개념은 우리가 요즘 흔히 생각하는 지력만을 키우는 것을 의미하지 않았던 것 같다. 장인이 심혈을 기울여 도기를 빚는 것도 공부요, 무인이 몸을 단련하여 무술을 익히는 것도 공부였다.

다시 말해서 우리 선조들의 '공부'는 정신과 몸을 구분하지 않고 모든 것을 아우르는 개념이었다. 그러나 요즘 사람들이 생각하는 공부는 균형을 잃고 지적 능력만을 증진하는 것으로 축소되지 않았나 하는 생각을 지울 수가 없다. 이렇게 공부 능력이 균형을 잃고 한쪽으로 치우치는 것은 부모의 이기적인 욕망이 공부에 과도하게 투영된 결과이다. 그래서 요즘 아이들은 공부하라는 부모의 소리에 거부감을 강하게 일으키는지도 모르겠다.

나는 개인적으로 공부라는 개념보다는 '배움'이라는 개념을 더 좋아하게 되었다. 배움을 언제나 자신을 낮추고 상대방의 의견에 귀를 기울이는 것으로 받아들이기 때문이다. 배움은 기본적으로 겸손의 표현이다. 그렇지만 공부에는 겸손의 향기가 나지 않는다. 특히 요즘 시대에는 남보다 높아지고자 하고 더 높이 올라가고자 한다는 욕망의 표현으로 공부라는 말이 쓰이고 있다. 그것은 겸손과는 정반대의 지향점 즉, 교만의 다른 표현인 것이다. 남보다 더 많이 공부해서 남을 지배하고 남을 무시하고 남위에 군림하려는 생각, 이것이 교만이 아니고 무엇인가? 그런 사람의 눈

에 참된 진리의 빛이 비칠 수 있을 것인가? 그런 사람에게 최고의 깨달음
이 올 수 있는 것인지? 자문해 봐야 한다.

사실 우리는 배움이 됐든지 공부가 됐든지 그 자체를 좋아하지 않는지
도 모른다. 좋아하지 않지만 경쟁에서 도태되지 않기 위해서 어쩔 수 없
이 해야 하는 것이 공부라고 생각하고 있는지도 모르겠다. 마음속으로
는 좋아하지 않는데 그것을 잘하고 싶은 욕망이 있다. 이것은 모순이다.

>>> 의무교육

의무교육을 고등학교까지 확대하자는 논의가 최근 몇 년 사이에 있었던 것으로 알고 있다. 그런데 정말 의무교육을 고등학교까지 확대하는 것이 정당한 것인지 진지하게 논의해 볼 필요가 있다.

우리 사회는 의무교육과 무상교육을 구분하지 못하는 것이 아닌가 하는 생각이 든다. 만약 중학교까지 의무교육을 한다고 국가가 정했다면 당연히 그에 소용되는 비용은 국가가 전액 국비로 부담해야 한다. 그래서 돈이 없어서 학교에 다니지 못하는 상황이 없도록 해야 한다. 무상교육이 전제되지 않는 의무교육은 의무교육이라고 할 수 없다. 그런데 우리의 경우, 학비는 국민의 부담으로 남기면서 교육을 의무화한다는 이상한 논리가 통하는 것 같다.

나는 초등교육을 제외한 그 이상의 단계에서는 의무교육을 확대해서는 안 된다고 생각한다. 왜냐하면 첫째로, 교육은 기본적으로 의무적으로 해야 할 그 무엇이 아니라고 생각하기 때문이다. 교육은 의무이기 전에 권리이다. 교육이 인간에게 반드시 필요한 것이라는 것에 동의한다. 그러나 아무리 좋은 음식이라도 원하지 않으면 그것을 강요할 수 없듯이, 그리고 그것을 강요하는 순간 폭력이 될 수 있듯이, 교육도 이와 같다고 생각한다. 물론 초등교육은 예외적인 상황이라고 볼 수 있다. 아직 어린아이들은 무엇이 자신을 위해 좋은 것인지 나쁜 것인지 구별하는 것이 쉽지 않다. 따라서 인간으로서 갖추어야 할 기본적인 사항들에 대해 초등

교육 단계에서 의무적으로 배우는 것은 더 나은 판단을 위해 반드시 필요하다고 생각한다.

배움은 인간의 본능이며, 인간을 인간답게 하는 필수적인 요소이다. 그렇기 때문에 배움은 저주가 아니라 축복이다. 인간은 누구나 태어날 때부터 배움의 욕구를 가지고 있으며 죽을 때까지 그 욕구는 식지 않는다.

그리고 배움이 있는 순간 끊임없이 성장하며, 배움이 멈추는 순간 성장도 멈춘다. 인간은 불완전한 존재로 태어나지만 끊임없이 자신을 완성하고자 노력하는 집념의 존재이다. 따라서 배움을 의무화할 필요도 없다.

둘째로, 의무교육을 확대하려는 것은 권력자들의 불순한 의도가 있다고 생각하기 때문이다. 요즘 학생들을 지도하는 일선의 교사들은 학생지도가 예전처럼 쉽지 않다고 한목소리를 낸다. 교실 붕괴니 수업 붕괴니 하는 말이 여기저기서 들려온다.

온갖 학교폭력과 학생 비행 문제가 끊임없이 매스컴에서 흘러나온다. 이런 상황에서 학교는 근본적으로 사회에서 풀어야 할 문제들을 모두 떠안아야 하는 기관이 되었다. 사회에서 발생한 문제를 학교에 떠넘기는 논리로 의무교육의 확대를 제시하는 것이 아닌지 의심하게 된다.

셋째로, 교육과정을 국가가 독점하는 지금의 교육 시스템에서 의무교육을 확대한다는 것은 개인의 자유로운 교육 선택권을 지나치게 제한한다는 점 때문이다. 내가 배우고 싶은 것을 선택해서 배우는 것이 아니라 국가가 정한 과목을 교과서로 정해진 테두리 안에서 배우는 것은 개인의 성장 가능성과 자유롭게 탐구하는 기쁨을 빼앗는 것이다.

왜 대다수의 학생들이 학교 공부를 재미없다고 생각하는지 깊이 성찰해 봐야 한다. 단지 교사가 그 내용을 재미있는 방법으로 가르치지 않아서라고만 생각하는 것은 본질을 흐리는 것이다. 아이가 흥미를 느끼는 분야라면 기본적으로 아이 입장에서는 재미있을 수밖에 없다고 나는 생각한다. 관심 있는 분야에는 탐구욕이 생기며 배움의 기쁨이 저절로 생기기 마련이다.

하지만 의무교육이라는 이름으로 이 모든 것을 제한하는 결과를 가져온다.

>>> 교과서

"교과서가 필요할까요?" 하고 교사들에게 물어보면 어떻게 대답할까? 아마 대다수의 교사들은 필요하다고 대답할 것이다. 많은 교사들은 교과서가 각각의 연령에 맞는 내용을 단계별로 잘 조직해서 아이들에게 제시할 수 있다고 대답할 것이다. 그런데 교과서가 존재함으로써 오히려 많은 문제들이 생겨난다. 이게 무슨 말인가?

첫째로, 교과서는 교과서 집필자의 관점에 의해 어떤 내용은 선택되고 어떤 내용은 빠지는 경우가 많다. 경우에 따라서는 덜 중요한 것을 더 자세히 다루고 더 중요한 것은 자세히 다루지 않거나 생략함으로써 교과서 내용을 손상하거나 왜곡시킬 수 있다.

특히 사상이나 이념, 역사적 사건을 다루거나 정치적인 사안을 다룰 때는 이러한 현상이 더 심각하게 나타난다. 사회적으로 합의되지 않은 내용에 대해 단지 교과서의 집필자라는 이유만으로 그 교과서를 사용하는 모든 교사나 학생들에게 그들의 관점을 천편일률적으로 강요하는 막강한 권한이 주어진다.

역사적으로 지배자나 권력자에 의해 역사가 왜곡되어 기록된 경우를 많이 보아 왔다. 가깝게는 정권이 바뀔 때마다 교과서 내용이 수정되거나 바뀌는 경우도 허다하게 보았다. 교과서를 경전처럼 가르쳐야 할 이유가 과연 무엇이란 말인가?

둘째로, 교사를 교육 전문가로 보는 것이 아니라 교과서를 가르치는 하급 기능인으로 보는 관점이다. 의사가 환자를 치료할 때 의사는 자신의 권한 안에서 자신의 판단에 의해 약을 선택하거나 치료 방법을 독립적으로 선택하지 않는가? 의사의 처방이나 치료 방법에 대해 일반 사람들이 그 전문성을 의심하여 이렇게 처방하라거나 이렇게 치료하라고 요구하지 않는다.

그런데 왜 교사에게는 국가가 원하는 대로 교과서를 제시하여 그렇게 가르치도록 강요하는가? 이것은 교사의 전문성을 무시하는 단적인 예이다. 단순 기능직 노동자는 그 사람이 몸이 아프거나 개인적인 사정이 있어서 그 일을 그만둔다고 할지라도 언제든지 다른 사람으로 그 사람을 대체할 수 있다. 그렇지만 전문가는 그 사람이 그 분야의 전문가이기 때문에 쉽게 대체할 수 없다. 전문가는 쉽게 만들어질 수 없기 때문이다.

교사는 단순 기능직 노동자인가 아니면 전문가인가? 난 전문가라고 믿고 있지만, 통치자나 대다수의 국민들은 그렇게 보지 않는다. 이 점이 교사들을 한없이 슬프고 비참하게 만든다.

셋째로, 국가가 국민을 통제할 효과적인 수단으로 교과서를 활용한다는 점이다. 통치자는 똑똑한 국민을 원할까? 아니면 적당히 속일 수 있는 국민을 원할까? 국민이 똑똑하여 통치자의 잘못을 정확히 지적하고 감시하는 상황을 통치자는 원할까? 아니면 자신의 잘못을 잘 파악하지 못하여 적당히 무마시킬 수 있는 어리석은 국민을 원할까? 난 가끔 이런 생각을 해 본다. 국가는 국민의 의식을 정말 깨우려고 국민을 교육시키는 것일까? 아니면 국민의 의식을 잠들게 하고 우매화시키려고 교육시키는 것일까? 많은 국민들은 전자라고 믿고 있겠지만, 왠지 후자의 주장에 자꾸 마음이 쏠리는 것은 지나치게 의심이 많은 성격 때문일까?

한 가지 예를 들어 보자. 사회 교과서는 우리나라 헌법이나 법률에 어떤 조항들이 있으며, 법원에서 어떤 일들을 하고 우리가 억울한 일을 당했을 때에 어떻게 대처해야 하며, 재판을 하게 될 때 어떻게 대처해야 하는지에 대해서 구체적으로 가르쳐 주지 않는다.

또한 사법기관의 권위적인 구조와 인권을 유린한 사례들도 잘 다루지 않는다. 이런 것들은 개인적 호기심이나 필요에 의해서 조금씩 습득될 뿐이다. 체계적으로 교육시키지는 않는다. 왜일까? 왜 국민들에게 직접적으로 필요한 것들을 가르치는 일을 꺼리고 회피하는 것일까? 국가는 정말 국민들의 의식을 깨우기 위해 교육하는 것일까? 아니면 국민들에게 진실을 감추기 위해 교육이라는 명분을 활용하는 것일까?

과연 교과서가 없다면 학교에서 교사들은 학생들을 가르칠 수 없는 것일까? 내가 알기로 유럽의 많은 국가에서는 교사가 직접 교재를 만들어 활용하고 있다.

다시 말해 교사에게는 자신의 판단에 의해서 가르칠 내용을 선별하고 조직해서 가르칠 수 있는 권한이 주어진다. 국가 교육과정은 총론 수준에서만 제시하고 있다. 교사들은 교과서 없이 국가 교육과정을 참고하여 학교 상황에 맞게 교육 내용을 선별하고 교재로 재구성해서 가르칠 수 있다. 이것이 선진 교육의 상식이다.

>>> '국영수' 문제

우리나라 중·고등학교에서 국어와 영어와 수학의 비중이 얼마나 큰지는 누구나 아는 바이다. 왜 우리나라 모든 학생들이 '국영수'에 목을 매고 공부해야 하는지, 국영수에 전력 질주를 해야 하는지 진지하게 생각해 본 적이 있는가? 혹자는 이렇게 말할 것이다.

국제화 시대에 영어는 꼭 필요한 세계 공통어이고, 수학은 현대 문명의 기초와 같은 과학 기술의 밑바탕이 되는 학문이라고. 하지만 이런 거창한 이유로 모든 국민이 영어와 수학을 잘해야 할까? 아니다. 솔직히 좋은 대학에 들어가기 위한 수단일 뿐이다. 학교 영어 성적과 사회에서 영어 잘하는 것과는 뚜렷한 상관관계가 있는 것 같지는 않다. 토익 성적이 높은 학생이라도 외국인과는 의사소통이 잘 되지 않는 경우를 우리는 얼마나 많이 접해 왔던가? 나는 영어 교육의 방향을 근본적으로 바꾸어야 한다고 생각한다.

첫째로, 시험 성적 위주의 영어 교육을 과감하게 전환하여 의사소통에 기반을 둔 영어 교육이 되어야 한다고 생각한다. 의사소통이 되지 않는 영어 공부를 언제까지 밀고 나가야 할지 답답한 노릇이다. 10년을 넘게 공부해서 자신의 의견 하나 영어로 제대로 표현하지 못하는 공부가 과연 정상적인 길에 있다고 할 수 있는가? 영어를 공부하는 목적이 무엇인지? 공부하기 전에 반드시 되물어야 할 것이다. 그렇지 않으면 많은 시간과 노력과 돈을 낭비하게 된다.

둘째로, 학교에서 영어 시간을 늘리려고만 하지 말고 영어 교육의 질적인 도약을 꾀해야 한다. 혹자는 외국어를 잘하려면 그 언어에 노출되는 시간이 충분히 확보되어야 한다고 주장한다. 맞는 말이다. 하지만 일상생활에서는 전혀 접하지 않으면서 학교 수업에서만 노출 시간을 늘린다고 충분한 노출 시간이 확보되는 것은 아니라고 생각한다. 오히려 학교 영어 수업은 적절히 줄이면서 질적 향상에 힘을 쏟아야 한다. 충분한 외국어 노출 시간을 확보하고 싶다면, 학교 영어 수업 시간을 늘릴 것이 아니라, 지상파 공영방송에서 영어로 제작된 다양한 프로그램을 영어 자막과 한글 자막을 동시에 넣어서 충분히 방송해야 한다고 본다.

그래서 일상생활에서 국민들이 자연스럽게 외국어를 접할 수 있는 기회를 최대한 확보해야 한다.

셋째로, 수능에서 영어 시험을 없애야 한다. 혹자는 이런 주장에 대해서 만약 수능에서 영어 시험을 없앤다면 학생들이 영어 공부를 하겠는가 하고 반문할 것이다. 하지만 그 주장에 대해서 이렇게 반론하고 싶다. 영어 시험이 없어진다고 영어 공부를 하지 않을 학생이라면, 영어 시험이 있다고 하더라도 정말 실력이 되는 영어 공부를 하기는 어렵다고 답하고 싶다.

국제화 시대에 영어 시험이 없어진다고 영어 공부를 하지 않을 것이라고 생각하는가? 외국에 여행을 가거나, 외국으로 유학을 가거나, 외국인과 만나서 사업을 하는 사람들이 영어 시험이 없다고 영어 공부를 게을리할 것이라고 생각하는가? 우리 사회는 시험만능주의 논리에 갇혀 있다는 생각이 든다.

시험이 오히려 중요한 가치를 놓치게 만드는 장애물이 된다는 생각을 왜 하지 못하는 것일까? 영어뿐만 아니라 정작 중요한 과목들은 시험을 과감하게 없애는 것이 어떨까? 수학이 정말 중요한 과목이라면 시험을 없앤다고 해서 수학 공부를 하지 않겠는가? 시험이 없다면 오히려 편안한 마음으로 그 교과목의 본질을 물을 것이고 그 본질에 맞게 공부 방향을 잡을 것이다. 시험이 강력한 위력을 발휘하는 순간 모든 교과목의 본질은 사라지고 시험 성적에만 맞추어질 것이다.

넷째로, 국어와 같은 몇몇 과목을 제외한 학교의 모든 과목을 영어로 진행하는 영어몰입교육을 확대하자. 혹자는 이런 교육은 국어를 파괴하고 국어의 순수성을 해친다고 반론할 것이다. 그러나 그렇지 않다. 내가 볼 때에는 이런 교육을 받은 학생들은 우리말도 잘하고 외국어도 잘하는 이중 언어를 사용할 수 있는 학생이 될 가능성이 크다. 일본의 '카토 학원'이 방송에 소개된 적이 있다. 이 학교는 초등학교부터 중·고등학교까지 있는 학교인데, 영어몰입교육을 하는 학교로 꽤 알려진 학교이다. 이 학교는 수업 시간을 제외한 쉬는 시간이나 점심시간 등 일상적인 생활 속에서는 일본어를 사용하고, 수업 시간에만 영어로 수업을 진행한다. 그런데 이 학생들은 영어로 의사소통을 하는데 크게 어려움을 느끼지 않으며, 일본어도 모국어로 잘 구사하는 이중 언어 사용자가 되는 것을 보았다.

다섯째로, 지금의 영어 교육은 소수 특권층의 기득권을 유지하기 위한 방편에 불과하다. 소수의 유학파나 영어를 쉽게 배울 수 있는 소수 특권층의 사람들은 대다수 국민들이 영어에 대해서 극심한 열등감에 시달리는 것이 자신들에게 유리하게 작용한다는 것을 잘 알고 있다. 그들은 영어를 잘하기 때문에 어디에 가든지 실력자로 인정을 받는다.

다시 말해서 그들에게 주어진 계급적 우월감과 특권의식을 정당화시켜

주는 좋은 요소가 되는 것이다. 만약 모든 국민들이 영어로 의사소통이 가능한 상황을 상상해 보자. 그들은 더 이상 영어로 그들의 우월감과 특권의식을 정당화할 수 없다. 그때는 또 다른 제이, 제삼의 외국어가 등장할지도 모른다. 하지만 최소한 영어로 그 우월한 지위를 사회적으로 유지할 수는 없을 것이다. 그들은 이것을 가장 두려워하고 있는지도 모른다. 그래서 지금의 영어 교육은 영어 교육에 열심을 기울인다고 호들갑을 떨지만 정작 영어를 잘하지 못하도록 적당히 방해하고 있는지도 모른다. 내가 볼 때 이것이 문법 위주 영어 교육을 고집하는 이유이며, 시험 영어를 고집하는 근본적인 이유이다.

마지막으로, 재미없는 영어 교과서 문제를 이야기하고 싶다. 영어 교육에 있어서 꼭 교과서가 있어야 하는가에 대해서 의심하지 않을 수 없다. 언어를 처음 익히는 아이들이 교과서를 통해서 모국어를 접하지 않는 것처럼 주변의 모든 사회적 환경이 언어의 재료가 될 수 있기 때문이다. 진정한 영어 교과서는 지금 학교에서 사용하는 책으로 된 교과서가 아니라 미드, 텔레비전 쇼, 뉴스, 신문기사이며 광고지이고 다양한 분야의 안내책자이다. 이런 교재를 통해 생생한 현지 영어를 접할 수 있을 것이다.

다음으로 수학 교육의 문제를 논하고자 한다. 지금의 수능 시스템이 없어진다면 가장 큰 타격을 받을 과목이 수학이라고 생각한다. 만약 수능에서 수학 시험이 제외된다면 그 많은 학생들이 수학을 지금처럼 열심히 공부할까? 대부분의 청소년들에게 수학의 의미는 좋은 명문대에 입학하기 위한 관문 정도에 지나지 않을지도 모른다. 미술대학에 진학하는 학생이 그 많은 시간을 수학 공부에 투자해야 하는 이유를 나는 아직 모르겠다. 수학이 전혀 필요하지 않은 대학의 전공을 위해서 왜 그 많은 시간과 노력과 돈을 투자해 수학 공부에 매달려야 하는지 심히 의심스럽다. 과연 수학 공부를 열심히 하게 만드는 것이 공부하는 수험생들을 위함인지, 아니면 수학 덕분에 기득권을 유지하거나 밥벌이를 할 수 있는 학교와 학원, 그리고 수학으로 개인과외를 하는 사람들을 위함인지 되묻고 싶다.

그렇다고 수학이 중요하지 않다는 이야기는 결코 아니다. 수학은 우리의 현대 문명이 눈부실 정도로 발전하도록 기술혁신과 과학혁명을 가능하게 한 기초학문임에는 분명하다. 인간이 발명한 어떤 언어보다 정밀하고 명확한 언어이고, 자연세계를 가장 객관적으로 표현할 수 있는 도구가 수학인 것은 자명하다. 그렇지만 안타까운 것은 진정한 수학자를 길러내기 어려운 환경에 우리가 살고 있다는 점이다. 우리는 열심히 수학을 공부하게 하지만, 정작 수학을 점점 싫어하는 다수의 아이들을 양산해 내고 있다. 아무리 많은 시간과 돈을 투자하면 무엇하랴? 졸업하는 순간 수학과는 영원히 담을 쌓겠다는 학생들의 신념은 확고해진다. 내가 생각하는 수학 교육의 문제점을 몇 가지 말해 보겠다.

첫째로, 학교에서 가르치는 수학이 너무나 어렵다. 혹자는 수학이 어렵지 않으면 수학이냐고 반문할 수도 있다. 그러나 정말 그런가? 우리의 수학 교육 정책은 마치 수학을 더 어렵게 만들기에 혈안이 된 것처럼 진행되어 온 느낌이 든다. 예전에는 중학교 과정에서나 접했던 내용이 슬그머니 초등학교로 내려오고, 예전에는 고등학교 과정에서나 접했던 내용이 슬그머니 중학교로 내려왔다. 고등학교 수학도 예전에는 대학교 수학과에서나 배울 법한 내용이 어떤 해명도 없이 슬그머니 고등학교 수학으로 내려왔다. 이것은 무엇을 말하는가? 이처럼 수학 내용이 자꾸 어려워지는 것은 예전과 같은 내용으로는 학생들을 시험으로 선별할 수 없기 때문이다. 누구나 선수 학습을 하고 누구나 학원에 가는 상황에서 예전에는 소수만 풀었던 문제들도 이제는 다수가 풀 수 있는 상황이 되었다. 다시 말해서 예전의 내용으로는 더 이상 변별력이 없어졌다. 수학이 어려워지는 근본 이유는 수능과 같은 입시 체제에서 수학이 가장 손쉽게 학생들을 변별할 수 있는 도구로 사용되기 때문이다.

둘째로, 수학의 원리를 발견하거나 어떤 법칙을 증명하려는 시도보다는 이미 밝혀진 수학 법칙을 응용하여 문제를 푸는 데 관심이 집중되어 있다는 문제이다. 다시 말해서 수학의 법칙을 이용하여 계산하는 능력을 증진하려는 데 관심이 집중되어 있다. 그렇지만 이런 계산 능력은 우리가 그처럼 많은 시간을 들여서 할 필요는 없다. 어려운 수학적 계산은 컴퓨터와 같은 기계가 인간을 대신할 수 있기 때문이다. 따라서 학생들에게 많은 시간을 들여서 수학 계산 능력을 높이려는 시도는 정작 중요한 수학 본질은 멀리하고 수학의 주변 문제에만 관심을 집중시키는 어리석음을 범한다. 따라서 수학 내용의 난이도를 대폭적으로 낮추면서 수학의 원리를 발견하게 하는 데 교육을 집중시켜야 한다.

셋째로, 수능 시험에서 모든 학생에게 수학 시험을 필수화하는 것을 지양해야 한다는 것이다. 특히 수학과 아무런 연관이 없는 대학의 전공에서는 수학 시험 성적을 요구해서 안 된다.

넷째로, 중·고등학교에서 다른 과목에 비해 상대적으로 비대해진 수학 시수를 줄여야 한다는 점이다. 국어와 영어 시수도 마찬가지다. 만약 어떤 학생에게 특정 과목이 중요하다면 그 학생은 개인적으로 선택해서 수강할 수 있는 교육 시스템이어야 한다. 왜 수학을 한문보다 더 많은 시간을 들여서 배워야 하는지 나는 납득할 수 없다. 누가 수학이 한문보다 더 중요하다고 선언했는지 알 수 없다. 어디 그것이 한문만 해당하는 것이랴? 왜 중·고등학교에서 철학을 가르치지 않는지 나는 알 수 없다. 과연 누가 국영수는 중요하고 다른 과목들은 덜 중요하다고 선언한 것인가? 우리가 이런 국가의 결정에 동의한 것인가? 어찌 보면 국가가 결정한 것도 아니다. 어차피 국가는 실체가 없는 존재이므로 국가를 전면에 내세운 지배층의 주장일 가능성이 크다.

다음은 국어 교육의 문제점을 살펴보고자 한다. 수능에서 의외로 국어 때문에 어려움을 겪는 상위권 학생들이 많은 것 같다. 우리나라의 말과 글인데 수능에서 국어가 어려운 점은 무엇 때문인가?

첫 번째 이유는 순수한 국어 시험만 출제되지 않는다는 점이다. 경제 지문을 가져와도 국어 문제가 될 수 있고, 환경 문제를 가져와도 국어 문제가 되며, 종교 문제를 가져와도 국어 문제가 된다. 온갖 다양한 학문이나 분야에서 문제의 지문을 가져올 수 있다. 그런 의미에서 국어 문제는 더 이상 국어 문제가 아닌 것이다. 그것은 과학 문제이며, 사회 문제이며, 인간의 전 영역에 해당하는 문제다.

두 번째 이유는 지문이 점점 길어진다는 점이다. 국어 문제는 지문이 길다 보니 시간 안에 모든 문제를 풀기가 매우 어렵게 되어 버렸다. 이것을 옹호하는 사람들은 학생들이 주어진 지문을 얼마나 빠르고 정확하게 파악할 수 있는지 그 능력을 측정하기 위해 불가피하다고 주장하기도 한다. 그러나 이 주장은 옳지 않다. 학문은 속도가 중요한 것이 아니기 때문이다. 학자는 어떤 중요한 부분을 오랜 시간 동안 사색하거나 관찰해

야만 자신이 원하는 바를 얻을 수 있는 경우가 많다. 대학이 학문적 소양을 기르는 교육기관이라고 볼 때 스피드가 중요하게 측정되어야 한다는 논리가 합당하다고 생각하지 않는다.

세 번째 이유는 국어 교육이 지향해야 하는 목표를 정확하게 잡지 못하는 점이다. 국어 교육이란 말하고 쓰고 듣고 읽는 능력을 골고루 기르는 것이라고 할 때, 수능은 이런 능력을 골고루 측정하지 못하기 때문이다. 국어 시간이 그렇게 많은 비중을 차지해야 하는 이유가 과연 무엇이라고 생각하는가? 국어 시간에 인문 고전들을 자유롭게 읽을 수 있는 시간을 주는 것인가? 국어 시간에 글쓰기를 통해 자신을 충분히 표현하게 한다고 생각하는가? 국어 시간에 자신의 의견을 조리 있게 발표하는 시간을 얼마나 가진다고 생각하는가? 국어 시간이 다른 사람의 말을 얼마나 잘 경청하게 만든다고 생각하는가? 나는 국어 시간이 지금처럼 많이 할애되어야 한다고 생각하지 않는다. 국어 시간을 쪼개서 독서를 하도록 하고, 국어 시간을 쪼개서 연설이나 연극을 하게 하고, 국어 시간을 쪼개서 수필이나 시, 소설을 쓰게 하고, 많은 대화를 통해서 다른 사람을 잘 이해하게 할 수는 없는 것인가? 고등학교 국어 수업 시간에 교실 풍경을 보라. 수능 문제 풀이 위주의 수업이 대한민국 대부분의 학교 모습이 아닌가? 우리는 깊이 성찰해 봐야 한다.

>>> 개념의 혼란

우리는 요즘 '민주'니 '자유'니 공공성'이니 '협력'이니 '권위'니 이런 말들을 많이 쓴다. 그런데 그 개념이 사람마다 조금씩 차이를 보이면서 혼란을 겪는 모습을 자주 보게 된다. 이런 개념들에 대한 깊은 성찰이 없다면 우리는 더 큰 혼란이 빠질 것이다. 그래서 여기서는 이런 개념들이 진정 무엇을 의미하는지 다시 생각해 보고자 한다.

먼저, 민주이다. 민주는 모든 평범한 국민이나 시민이 주인이라는 뜻이다. 여기서 시민이란 도시에 사는 도시민을 의미하지 않는다. 이것은 신민에 대비되는 개념으로, 신분제 같은 억압적인 계급적 제도에서 벗어나 자유롭게 개인의 권리를 누리며 살아가는 평범한 사람들을 의미한다.

그리고 이 시민들은 민주적인 제도 아래 있기 때문에 자신의 운명을 스스로 결정할 수 있는 권한이 주어진다. 이것이 시민 주권 개념이다.

다시 말해서 왕이나 소수 귀족들이 국가의 운명을 결정하는 것이 아니라 시민 한 사람 한 사람이 주권을 가지고 그 운명을 결정할 수 있다는 개념이다. 학생들은 이 민주라는 개념을 자신에게 적용하여, 자신이 학교의 주인이기 때문에 자신이 하고 싶은 대로 어떤 행동도 할 수 있는 것이 아니냐고 반문한다. 하지만 이것은 치명적인 오류가 있는 주장이다.

민주는 결코 개인이 하고 싶은 대로, 마음대로 하는 것을 의미하지 않는다. 민주는 모두 다 주인이므로 어떤 주인에게도 피해를 주지 않아야 하기 때문이다. 교실에서 한 학생이 주인이라면 다른 학생들도 그 학생과 똑같은 권한을 가진 주인들인 것이다. 따라서 공동 소유인 교실에서 함부로 마음대로 할 권리는 아무에게도 없다. 만약 자신의 행동이 다른 학생들에게 영향을 줘야 하는 경우라면 항상 전체의 의견을 물어서 결정해야 한다. 이것이 민주적인 것이다.

둘째로는 자유이다. 우리는 흔히 우리 자신이 원하면 무엇이든지 할 수 있는 자유가 있다고 착각한다. 하지만 그런 자유는 지금까지 어떤 개인도 누릴 수 없었고 앞으로 있을 수도 없는 자유이다. 그런 자유는 허상이지 실제가 아니다. 한 가지 예를 들어 보자. 기찻길 위에 기차가 달린다. 만약 그 기차가, 어느 날 자신이 그 레일 위에만 있는 것이 너무 부자유스러워서 기찻길이 없는 다른 곳으로 방향을 틀었다고 가정해 보자. 그 자유는 어떻게 될까? 탈선하여 더 이상 움직일 수 없는 신세가 되지 않겠는가? 그 기차는 레일 위에서만 자유롭게 이동할 수 있는 것이 아닌가? 다시 말해서 기차의 자유는 레일 위의 자유이지 무한한 자유가 아닌 것이다. 이것이 자유의 진정한 모습이다. 강력한 독재가 지배하는 독재국가를 상상해 보자. 그 독재자가 무서워 국민들은 숨조차 제대로 쉴 수가 없다. 독재자가 명령하면 거부할 수도 없다. 거부하는 것은 곧 죽음을 의미하기 때문이다. 반대로 그 독재자는 그 나라에서 자신이 하고 싶은 것을 뭐든지 할 수 있다. 그 사회에서는 독재자 한 명만 자유롭고 나머지는 자유롭지 못한 사회이다. 독재 국가를 학교 교실에 비유해 보자. 한 명의 일진이 다른 아이들 위에 군림한다면, 그 교실에서는 그 일진 한 명만 자유롭지 않겠는가? 어느 한 개인이 불합리하게 자신의 자유를 확대하는 것은 다른 사람의 희생을 담보로 이뤄진다는 것이다. 다른 사람들의 자유를 파괴한 대가로 자신의 자유를 확대하는 자는 모든 사람들의 적이라고 볼 수 있다.

셋째로, 공공성이다. 우리는 흔히 공과 사를 잘 구분하지 못하는 경우가 많다. 공무원이 공적인 자원을 사적으로 유용하는 경우가 얼마나 많은가? 공적인 시간에 사적인 일을 하면서도 죄책감을 잘 느끼지 못한다. 세금을 마음대로 빼돌리는 정치인들도 마찬가지이다. 교육과 관련하여, 수업은 교사의 사적인 일인가? 아니면 교사의 공적인 일인가? 물론 공적인 일이다. 그렇다면 왜 대다수의 교사들은 수업 중 교실 개방을 꺼리는 것일까? 교실과 공공 도서관을 비교해 보자. 우리가 책을 읽고자 한다면 누구나 제한 없이 공공 도서관에서 가서 책을 볼 수 있다. 그렇지만 조건은 있다. 사람에게 피해를 주거나 공공성을 파괴하는 행동을 하지 않아야 한다는 조건이다. 공공 도서관에서 책을 보고 싶다면 누구나 제한 없이 볼 수 있는 것처럼, 수업을 듣고 싶은 사람이 있다면 그 수업에 방해가 되지 않는다는 조건 아래 해당 수업 교사의 동의를 받고 누구나 들어가 볼 수 있어야 한다.

넷째로, 협력이다. 지금까지 교육의 중요한 모토는 경쟁이었다. 그런 경쟁체제에서 우리는 누가 더 앞서는지 알아야 했으며, 그 효과적인 수단이 시험이었다. 우리는 국어 시간에 자신의 의견을 글로 잘 표현하고 제시하는 능력을 익히기보다는 국어 시험에서 누가 일등을 했고 누가 이등을 했고 누가 꼴등을 했는가가 더 중요했다. 우리는 할 수만 있다면 모든 수단을 동원해서 경쟁에서 이기는 것이 옳다는 교육을 받았다. 그렇지만 이런 학생들이 만들어 내는 사회는 그리 바람직한 모습이라고 보기 어렵다. 남을 짓밟고 경쟁해서 이기는 연습을 숱하게 한 우리가 갑자기 사회에 나가서 남을 배려하고 남과 협력하고 손해를 보더라도 국가와 사회를 위해 양보하는 모습을 보이기 쉽겠는가? 그래서 '협력'이라는 가치는 중요하다. 교실에서 협력적인 배움의 모습은 어떤 것일까? 내가 모르는 것은 남에게 물어보고 또 내가 아는 것은 남이 물어볼 때 알려 주는 모습, 내가 알고 있는 유용한 정보를 아무런 대가 없이 서로 공유하는 모습, 못하는 아이를 무시하거나 소외시키지 않고 도와주고 배려하여 함께 가는 모습, 잘하는 아이를 깎아내리거나 따돌리지 않고 그 아이의 장점을 공동체의 장점으로 흡수하는 모습, 언제나 배움의 장에서 묻고 대답하고 대화하는 것이 일상화된 모습, 이런 것들이 아닐까? 협력은 혼자만 잘살고자 하는 것이 아니라 모두가 잘살고자 노력하고 그 방법을 찾는 것이라고 볼 수 있다. 그래서 협력은 공존이고 공생이고 공영인 것이다. 지금 우리 사회를 보라. 이기적인 개인들이 저마다 자신만 잘 먹고 잘살고자 이웃들에게 못할 짓을 하는 경우가 얼마나 많은가?

다섯째로, 권위이다. 혹자는 지금이 어느 시대인데 권위를 논하느냐고 반문할지도 모른다. 그렇지만 권위가 죽은 사회는 혼돈만이 가득한 사회가 된다. 어떤 권위도 용납하지 않는 사회에 질서가 있겠는가? 쉬운 예를 들어 보자. 경찰관의 권위를 인정하지 않는 사회에 치안이 바로 서겠는가? 교사의 권위를 인정하지 않는 사회에 교육이 올바로 이뤄지겠는가? 교사의 권위를 인정하지 않는 학생이 수업에 충실할 수 있겠는가? '권위'와 '권위적'이라는 말을 혼동하는 경우가 많다. '권위'는 반드시 필요한 것이며, 꼭 부정적인 것도 아니다. 하지만 '권위적'인 것은 반드시 필요한 것도 아니며, 부정적인 의미를 강하게 내포하고 있다. 권위는 존중하되 권위적인 것은 배척해야 하는 것이다. 그렇다면 교사의 권위는 어디에서 오는지 쉬운 예를 들어보자. 만약 어떤 환자가 알지 못하는 병으로 오랜 시간 동안 고통스럽게 생활하는데, 어떤 의사를 찾아가면 그 병을 치료할 수 있다는 소문을 들었다고 가정해 보자. 아마 그 환자는 물에 빠진 사람이 지푸라기 하나라도 붙잡는 심정으로 그 의사를 찾아가 볼 것이다. 그리고 소문처럼 그 의사를 통해서 병을 치료받을 수 있다는 확신이 생겼다고 가정해 보자. 환자는 의사의 권위를 인정하고 그 의사가 제시하는 치료 방식대로 자신의 몸을 맡겼을 것이다. 이때 의사의 권위는 어디에서 오는 것인가? 다른 사람이 잘 알지 못하는 병의 치료 방법을 알고 있다는 사실이 그 권위의 근원이 아니겠는가? 그럼 교사의 권위는 어디에서 오겠는가? 환자와 의사의 이야기처럼 학생이 알지 못하는 지식이나 원리나 방법을 교사가 알고 있다는 데서 교사의 권위가 서는 것이 아니겠는가? 따라서 교사는 스스로 배움을 게을리해서는 안 되며, 스스로 자신의 행실을 살펴서 올바르게 해야 한다. 교사는 지식을 연마하고 인격을 갈고 닦는 일에 열심을 다해야 할 것이다. 이것이 교사 권위의 근원이다.

요즘 교육 현장에서 교사의 권위가 도전받는 상황이 자주 등장하는 것 같아 안타까운 생각이 든다. 교사에게 말대꾸를 하거나 무례하게 구는 학생을 학교 현장에서 쉽게 찾아볼 수 있다. 그럼 그 아이들은 왜 교사의 권위에 저항하는 것일까? 다양한 이유 중에서 한 가지를 유추해 보자.

현대의 가정에서는 교육비와 양육비가 많이 든다는 이유로 자녀를 많이 낳지 않고 한 명의 아이만 가진 경우가 많다. 형제자매가 없는 외톨이 아이들은 상대방을 배려하는 법을 잘 배울 수 없으며 이기적으로 성장하는 경우가 많을 수밖에 없다. 그래서 부모는 그 아이들에게 전적으로 투자하고, 원하는 것을 대부분 들어 주다 보니 상대방이 거절하거나 수용하지 않을 때 그것을 참지 못하는 경향이 많아지는 것이다. 이런 아이들이 교실에서도 다른 학우들을 잘 배려하지 못하고 이기적인 행동을 하는 경우가 많은 것 같다.

그렇다면 교사는 이런 아이들을 어떻게 대해야 하는 것일까? 요즘 교사들은 학생들의 인권을 존중해야 한다는 신념 아래, 이런 학생들에게 엄하게 대하는 것을 꺼리는 경향이 있는 것 같다. 그렇지만 배우는 입장에 있는 청소년기의 학생들에게 자신의 잘못에 대해서 적절하게 지적하고 고치도록 하는 것은 교사의 중요한 임무가 아니겠는가? 다시 말해서 교사는 권위를 갖고 아이들을 올바로 지도해야 하는 사명이 있는 것이다. 만약 교사의 권위가 무너진다면 이런 학생지도활동은 결실을 맺기 어렵다고 생각한다. 나는 교육 현장에서 학생의 인격이나 인권이 존중되면서도 교사의 권위가 침해되지 않고 아이들을 교육적으로 잘 양육하는 그런 학교를 꿈꾸어 본다.

내가 경험한 학교 혁신 이야기

>>> 규율을 벗어나는 아이들

요즘 수업에 집중하지 못하는 아이들이 점점 늘어나고 있는 것 같다. 수업 시간에 유난히 산만하거나 잡담을 하는 아이들, 자는 아이들, 그리고 태연하게 수업을 방해하는 아이들, 이런 아이들을 보고 있노라면 저들이 학생이 맞나 하는 생각이 교사로서 문득문득 들 것이다. 어떤 아이는 부모가 이혼한 후 마음을 추스르지 못해서 방황하기도 한다. 아침에 깨워 줄 엄마가 없어서 늦잠을 자고 지각을 하거나 아침밥도 먹지 못하고 등교하는 아이들도 있다. 이런 아이들을 교사가 교육으로 모두 변화시킨다는 것이 가능한 것인가? 어떤 아이는 학교 규칙을 수시로 어기고 다른 학생들을 괴롭히거나 금품을 갈취하기도 한다. 그렇지만 반사회적인 모습을 보이는 학생에 대해서 학교에서는 뾰족한 대처 방법이 없다. 처벌도 한계가 있어서 솜방망이에 그치는 경우가 많으며, 피해 학생이 가해 학생과 계속 같은 교실이나 학교에서 생활해야 하는 경우도 너무나 많다. 전학을 시키는 것도 만만치 않아서 부모가 동의하지 않으면 이뤄지기 어려운 것이 현실이다. 의무교육인 중학교까지는 퇴학을 시킬 수도 없다. 지금 교사들은 학교 현장에서 이런 아이들 때문에 혼란을 겪고 있다. 그럼 무엇이 문제인가?

첫째로, 학교에서는 이런 문제 행동을 보이는 학생들을 모두 교육적 처방으로 접근하려는 오류를 범하고 있지 않나 하는 생각이 든다. 심리적 치료로 접근해야 하는 아이도 있고, 다른 아이들에게 지속적으로 피해를 주거나 학교 규칙을 어기기 때문에 격리가 필요한 아이도 있다. 또 학교 공부보다도 따뜻한 가족의 사랑이 절실한 아이도 있을 것이고, 경제적으로 지속적인 지원이 필요한 아이도 있을 것이다. 우리의 학교 현실은 이런 학생들에게 효과적으로 대처하지 못하고 있다.

둘째로, 사회가 함께 가져가야 할 부담을 학교에만 전가하고 있다는 생각이 든다. 중학교까지는 의무교육이어서 학생이 어떤 잘못을 하든지 퇴학을 시킬 수 없다. 의무교육이 국민들에게 교육의 혜택을 골고루 주는 측면보다는 사회가 함께 부담해야 할 역할을 학교에 일방적으로 떠넘기기 수월한 도구로 작용한다.

셋째로, 형사처벌 연령을 지금보다 대폭 낮추어야 한다는 점이다. 많은 비행 청소년 중에는 만 14세 미만의 중학교 이하 학생이 많이 포함되어 있는데, 이들은 자신들이 어떤 중죄를 범한다고 할지라도 이런 조항 때문에 처벌받지 않는다는 것을 알고 악용하기도 한다. 형사처벌 연령을 아예 없애는 방법도 고려해야 할 상황이 되지 않았나 하는 생각이 든다. 자신의 행동이 고의에 의한 범죄일 경우에는 아무리 그 나이가 어리다고 할지라도 처벌되어야 정의로운 것이 아닌가? 어떤 근거로 그 나이를 만 14세로 정했고, 누가 그렇게 정했는지 되묻고 싶다. 과연 이런 조항에 대해서 국민들 대다수가 동의하는지도 궁금하다.

넷째로, 자신이 원하지 않는다면 학교에 다니지 않을 자유도 허용했으면 한다. 자신이 필요성도 느끼지 않고 다니고 싶지도 않은 아이들을 무조건 반강제적으로 학교에 보내기 때문에 학교에서 많은 문제가 발생하는 것이 아닐까? 배움이 중요하고 절실한 아이가 학교에서 수업 시간마다 딴짓을 하고 수업을 방해할 수 있단 말인가? 지금은 교육이 부족한 시대가 아니라 과잉된 시대라고 진단하고 싶다. 아이들은 학원에서, 과외에서, 인터넷이나 텔레비전이나 스마트폰에서 배울 수 있는 것을 학교에서도 또 배운다. 이런 아이들에게 학교 교육은 꼭 들어야 할 이유가 별로 없는 것이다. 이런 아이들이 학교 교육에 몰입하기를 기대한다는 것이 어불성설이다. 지금은 아이들이 제대로 소화하지 못하는 상태로 끊임없이 새로운 것을 주입하기에 혈안이 된 교육을 하고 있다는 생각이 든다.

마지막으로, 학교에서 자신의 행동에 반드시 책임을 묻는 문화를 만들어야 한다. 남에게 피해를 주는 어떤 행위도 용납해서는 안 된다. 이것이 민주주의이고, 시민사회의 규칙이다. 만약 지속적인 경우에는 학생이라도 그 책임을 물어야 한다. 이렇게 된다면 어떤 학생도 함부로 문제행동을 지속하지는 않을 것이다. 만약 이런 학생들을 학교에서 용납한다면 사회에서는 이런 학생들로 인해서 더 큰 위기에 봉착할 것이다. 북유럽 같은 선진국들은 수업 중에 문제행동이 발생하면 학생을 학교장에게 보내서 면담하게 하고, 이후에 또 발생하면 학교장이 부모와 학생을 대상으로 면담하며, 그러고도 계속 반복되면 다른 학교로 전학을 보내는 방법을 쓰기도 한다. 이른바 삼진아웃제도라고나 할까? 물론 엄한 처벌만이 능사는 아니다. 누구나 실수를 하면서 큰다. 그러나 자신의 잘못을 인식할 수 있는 나이의 아이가 같은 잘못을 반복한다는 것은 실수가 아니라 명백한 과실인 것이다. 그리고 잘못에 대해서 그에 상응하는 대가를 치르게 하는 것이 정의로운 것이고 그 아이의 장래를 위해서라도 좋다. 이런 정의감을 어릴 적부터 심어 주어야 아이들이 올바른 민주시민으로 성장할 수 있다. 물론 교육선진국처럼 학교 부적응 학생이나 문제 학생에 대한 대안적 교육지원시스템도 더불어 지원되어야 한다.

>>> 교사들의 번아웃(Burn-out)

　요즘 부모들은 한 아이도 키우기 힘들다고 한다. 예전처럼 청소년들이 어른에게 고분고분하지도 않을뿐더러, 어른들이 자신의 생각과 다른 이야기를 하면 무조건 저항하고 보는 경향이 강해진 시대에 살고 있기 때문이기도 하다. 이처럼 주관이 강하고 자신의 생각과 반대되는 이야기를 거부하는 이런 아이들이 한두 명도 아니고 삼십 명 가까이 모여 있는 교실에서 매시간 수업을 하고 함께 생활해야 하는 교사들의 고충은 실로 상상조차 하기 힘들 것이다. 날마다 아이들과 실랑이를 하다 보면 하루가 어떻게 지나갔는지, 수업을 어떻게 했는지 기억조차 가물가물해지면서 녹초가 되는 경우가 한두 번이 아니다.

　세상 사람들은 "교사들은 방학이 있어서 좋지 않으냐? 평생직장이 보장되니 좋지 않으냐?" 하며 교사에게 부럽다는 말을 서슴지 않게 한다. 하지만 그런 사람들에게 한번 제안하고 싶다. 한 달 만이라도 직장을 바꿔 생활해 보면 그런 소리가 쏙 들어갈 것이라고 말이다.

　난 지금까지 교사 출신인 교육부 장관이 발탁된 경우를 본 적이 없다. 교육 관련 부처의 고위직들이 교사가 아닌 일반 행정직 공무원이거나, 아니면 전혀 엉뚱하게 사법고시로 출세가도를 달렸던 사람들이나 언론인, 그리고 초·중등교육과 아무런 연관이 없는 대학의 교수로 채워질 때마다, 현장 교사의 입장에서 현장의 고충을 해결할 수 있는 정책들이 얼마나 나오겠나 하는 자괴감에 사로잡혔다.

외국의 무슨 교육이론이 유행을 하면 우리나라의 실정을 전혀 고려하지 않은 채 그대로 직수입하여 교육 주체들의 심도 있는 논의도 거치지 않고 어느 날 갑자기 중요 정책으로 입안될 때마다, 우리나라 초·중학교들은 외국 교육이론의 시험장이 아닌가 하는 의구심을 지울 수 없다. 정권이 바뀔 때마다 수시로 바뀌는 입시제도를 더 이상 논하는 것은 입만 아플 뿐이다. 어떻게 정권이 바뀐다고 중요 입시제도가 깡그리 바뀌고 교육과정이 쉽게 바뀌는 사태를 교육적이라고 말할 수 있겠는가? 일년이 멀다 하고 바뀌는 교육제도를 아이들에게 어떻게 설명해야 할지 난감하다.

교실은 하루하루가 교육의 장이 아니라 마치 처절한 전쟁터와 같다는 생각이 문득문득 든다. 총과 칼로 싸우지는 않지만 수시로 총탄처럼 날아오는 비수 같은 아이들의 욕설과 거친 말들, 수류탄이 터지듯 화를 바락 내면서 교실을 뛰쳐나가는 학생들, 전의를 상실한 탈영병처럼 가출해서 연락도 할 수 없는 가출 청소년들, 여러 명의 적군에 포위되어 무장해제를 당하는 것처럼 탈탈 털리면서도 목소리 하나 내지 못하고 조용히 눈물지으며 숨죽이는 왕따 학생들, 전쟁터처럼 예측 불가능한 수많은 사건과 사고가 난무하는 이곳이 전쟁터가 아니고 무엇이겠는가?

만약 교사에게 방학 시간의 휴식이라도 주어지지 않는다면 많은 교사들은 우울증과 스트레스, 그리고 각종 정신적 질병으로 괴로움을 당할 것이라고 나는 확신한다. 지금 현장의 교사들은 학생들 앞에 서서 올바른 길로 인도하는 인도자가 아니라, 학생들 뒤에서 묵묵히 따르며 학생들이 폐허로 만든 교실과 학교 현장을 추스르는 청소부와 같은 역할을 하고 있다고 보면 너무 심한 생각일까?

그래서 그런지 요즘 교사들이 즐겨 듣는 연수 주제에 교사 치유니 교사 힐링이니 하는 말들을 쉽게 접할 수 있다. 교사도 정신적으로 휴식이 필요하고 힐링이 필요하고 영적인 안식이 필요하다는 것을 단적으로 보여 준다. 교사가 행복하지 않으면 학생들도 행복할 수 없고 올바른 교육도 하기 힘들다는 것은 너무 쉬운 공식이다.

그럼에도 불구하고 사회는 싸늘한 시선과 의심의 눈초리로 교사들을 다그친다. 마치 오늘날 심각한 청소년 문제가 교사의 전적인 책임이라도 되는 양 말이다. 교사는 언제나 약자였고 앞으로도 약자일 것이다. 대한민국 교사는 학생들을 교육하지만 한 번도 소신껏 자신이 가르치고 싶은 것을 자신의 방식대로 자유롭게 가르친 적이 없었다.

이것이 대한민국 교사의 현주소이다. 외부에서 교사들에게 너무 많은 것들을 요구하지 말고, 교사의 역량을 자발적으로 발휘할 수 있는 길이 무엇인지 찾아봐야 한다.

내가 경험한 학교 혁신 이야기

≫ 교사학습공동체와 새로운 교사 교육

요즘 인문학에 대한 관심이 어느 때보다 한층 고조되어 있다는 생각이 든다. 서점에 가 봐도 인문학과 관련된 책들이 많이 쏟아져 나와 있는 것을 쉽게 알 수 있다. 왜 이처럼 인문학에 대한 관심이 점점 커지는 것인가? 예전에는 자연과학이나 실용적인 학문에 비해 인문학에 대한 관점이 그다지 좋지 않았다. 인문학이란 무엇인가? 인문학은 철학, 역사, 문학으로 대표된다. 다시 말해서 인간에 관한 학문이다. 철학은 인간의 사고를 다루고, 역사는 인간이 지나온 행적을 다루며, 문학은 인간의 꿈과 상상의 세계를 다룬다. 인문학은 인간을 깊이 이해하려는 시도에서 비롯된 학문이라고 볼 수 있다.

그럼 왜 지금 시점에서 인문학에 대한 관심이 고조되는 것일까? 사람들은 경제적으로 풍요롭고 윤택해지면 그 삶이 행복해질 것이라고 쉽게 생각했는지도 모른다. 그렇지만 경제적인 풍요를 추구하는 과정에서 지켜야 했지만 지키지 못했고, 잃어버리거나 파괴해 버린 가치들이 너무나 많았다는 것을 조금씩 깨닫게 되었다. 인간성 파괴, 생명에 대한 경시 풍조, 생태계 파괴, 배금주의 풍조 등 부작용이 말할 수 없이 심각해졌다. 만약 이런 문제들을 방치한다면 우리의 삶을 풍요롭게 하기 위해 시도했던 그 모든 것들이 도리어 우리의 삶을 뿌리째 파괴하는 원인으로 작용할 것이라는 위기감이 많은 사람들에게 공감을 불러일으키고 있다.

교육계도 예외는 아닌 것 같다. 교사 연수나 교사 교육에 인문학에 대한 강좌들이 여럿 개설되어 있는 모습을 보게 된다. 교사들도 이제 학교 현장의 문제점들에 대해서 근본적인 성찰이 필요하다. 단지 수업을 잘하기 위한 기술적인 방법을 배우는 것만으로는 한계에 부딪힌 것이다. 예전처럼 아이들이 교사에게 고분고분하지 않는다. 교사의 말마다 '왜요.' 하며 토를 다는 경우가 많다. 그렇기 때문에 철학적 기반이 약한 교사들은 이런 학생의 반응에 적절히 대응할 수 없다. 예전처럼 권위적으로 이런 도전적 질문들에 대해서 묵살하거나 누를 수 없게 된 것이다. 그리고 교육 전문가로서 원칙과 소신을 가지고 교육을 지속적으로 수행하기 위해서는 인문학에 대한 깊은 이해와 높은 수준의 교양이 요구된다. 그래서 교사학습공동체에 대한 이야기들이 많이 나오고 있다.

그러나 현재의 교사모임들은 주로 친목이나 취미 활동 또는 이익을 중심으로 결합하는 모습들이다. 교사학습공동체를 통해 교사들은 자신이 학교 현장에서 안고 있는 문제점들을 논의하여 그 대안을 찾고 좋은 수업 방식과 자료들을 공유하거나 개발해야 한다. 그리고 우리 시대에 교육이 나아가야 할 방향을 철학적으로 탐구하고, 교사들 간에 공감대를 넓혀 가는 일도 해야 한다. 교사학습공동체는 단위학교 내에서 빛을 발한다. 교내에서 작고 다양한 교사학습공동체들을 만들고 지원하고 격려해야 할 필요가 있다. 교내 교사학습공동체는 올바른 학교문화 형성과 교육계의 중요한 이슈들에 대한 건전한 여론을 형성하는 데 더없이 귀중한 자원이 될 것이다. 파편화된 교사문화를 개선하고 교사들의 공동 관심사에 대해서 공동으로 대응하고 공동으로 고민하고 풀어갈 수 있다. 교사 개인들의 대응만으로는 교육계의 고질적인 관행과 문제점들을 근본적으로 해결할 수 없다.

교사 교육도 교사학습공동체에서 주도해야 한다. 이제까지 교사연수는 교사들이 주도한 것이 아니라 교육청이 주도하여 이루어진 것이 대부분이었다. 그런데 최근에 변화가 일어나기 시작했다. 교사들이 현장에 필요한 연수를 개설해 달라고 요구한다든지, 교사학습공동체가 연수를 직접 조직하여 운영하기도 한다. 이것은 대단히 의미 있는 변화이다. 향후 모든 교사연수는 관 주도의 연수가 아니라 이런 방식으로 변화해야 한다고 본다. 교사들의 자발성과 협력이 살아나지 않는 교사 교육은 실패할 수밖에 없다는 점을 명심해야 한다.

>>> 교사 주도 학교 혁신

혁신학교 운동이 일어난 지 몇 년 지나지 않았다. 혁신학교 운동은 경기도를 중심으로 일어나기 시작하여 그 성과가 조금씩 축적되자 전국적으로 확산된 운동이다. 지역마다 혁신학교를 부르는 용어가 동일하지는 않다. 전남에서는 무지개학교, 강원도에서는 행복더하기학교라고 명명하였다. 명칭이야 다를 수 있지만 그 근본 취지는 동일한 것이라고 볼 수 있다.

혁신학교는 우리나라 교육 시스템이 많은 문제점을 안고 있다는 사실에서 출발한다. 과도한 입시 경쟁 중심의 학교 교육, 천문학적인 사교육비 지출, 획일적인 강의식 수업 방식, 권위주의적인 교육계 및 학교문화 등 우리가 안고 있는 문제는 산더미 같다. 이런 문제의식으로 출발한 혁신학교 운동의 가장 큰 특징은 아래로부터 혁신을 시도하고 있다는 점이다. 학교 혁신은 정부 주도나 관 주도로 이루어질 수 없다고 판단하고 교사가 주체가 되어 학교 혁신을 이끌어 가자는 것이다. 초기의 혁신학교 운동을 주도했던 경기도 남한산초등학교나 이우학교가 이런 가치를 표방하고 학교 혁신을 주도하였다. 그리고 많은 성과가 나타나기도 했다. 학생들은 조금씩 더 행복한 모습을 보였고, 경쟁 위주의 입시 교육에서 벗어나 자유롭게 배울 수 있는 분위기가 조성되었다. 이런 변화의 움직임은 몇몇 진보교육감의 등장과 함께 탄력을 받게 되었다.

강원도에서도 그런 흐름에 동참하는 혁신학교 운동이 일어나게 되었다. 강원도 행복더하기학교는 모두가 행복할 수 있는 교육을 실현하고자 했다. 처음에는 교사들의 이해 부족으로 행복더하기학교가 연구학교의 일종이 아닌가 하는 오해를 사기도 했다. 하지만 교육청은 뒤에서 지원만 할 뿐 학교 혁신 방향과 구체적인 혁신 계획은 교사로부터, 다시 말해 아래서부터 취합되어 반영된다는 것을 안 교사들은 조금씩 마음을 열었고, 자발적으로 동참하게 되었다. 그러나 행복더하기학교가 단기간에 성과를 내는 것은 매우 어려운 일이었다. 오랜 시간 관행화된 학교 문화가 순식간에 변화하기를 바라는 것은 너무 성급한 마음이다. 그렇지만 행복더하기학교들의 변화는 조금씩 그 모습을 드러내고 있었다. 어떤 교사들은 너무나 더딘 변화에 이것이 무슨 혁신학교인가 하고 분통을 터뜨리기도 할 것이다. 하지만 잠시 뒤돌아보라. 예전의 학교와 얼마나 많이 변화되었는가를. 교사가 업무 부담을 줄이고 수업에 전념할 수 있도록 학교마다 교무행정사를 두어 공문 처리와 행정 업무 부담을 대폭으로 줄여 준 모습, 수업 혁신을 위해 배움의 공동체 수업 모형을 도입하여 학생 상호 간에 대화적인 배움을 교실에서 실현하고자 하는 모습, 매주 한 번은 수업 연구를 위해 공개수업을 하고 학생들이 어떻게 배우는지 연구하는 교사문화의 모습 등. 예전에는 상상하기 어려웠던 변화의 모습들이다.

한 숟가락에 배부를 수는 없다. 처음부터 혁신이 쉽지 않은 길임을 우리는 알고 있었다. 그렇지만 지금의 변화들은 분명 의미 있는 변화들이다. 혁신학교 운동을 통해 교사들이 살아 움직이고 있는 모습이 보이지 않는가? 교사들이 주도해서 자발적으로 움직이기 시작했다는 것은 새로운 변화이며 희망찬 변화임이 분명하다.

>>> 학력 논쟁

한국에서 학력이란 시험에서 몇 점의 점수를 획득했는지를 지표로 나타낸 것이다. 잘 배웠다면 시험 성적이 반드시 높을 거라는 가정이다. 이 말은 역으로 아무리 수업을 잘 받았고, 배움에 몰입했어도 시험 성적이 낮으면 잘 교육받은 것이 아니라는 것을 의미한다. 나는 이것을 교육의 시험만능주의라고 부르고 싶다. 완전히 주객이 전도된 것이다. 시험이 교육을 위해 존재하는가? 아니면 교육이 시험을 위해 존재하는가? 지금 우리는 어처구니없는 상황에 처해 있다. 심지어 혁신학교조차도 좋은 교육을 한 결과가 학력 향상에 있다고 생각하는 교사들이 다수인 것을 볼 때 혁신의 길은 멀기만 하다는 생각을 지울 수 없다.

진정한 학력이란 무엇일까? 나는 진정한 학력이란 시험으로 측정될 수도 없고 측정해서도 안 된다고 생각한다. 핀란드를 보면 중학교까지는 우리처럼 모든 학생이 동일한 시간에 일제히 치르는 시험이 없다. 만약 우리에게 시험이 없다면 학생들이 공부를 할까? 핀란드 학생들은 시험이 없는데도 불구하고 즐겁게 공부한다. 왜 그러는 것일까? 그들은 학력이 시험 성적이 아니라는 것을 누구보다 깊이 인식하고 있는 것이다.

지금의 학력 개념은 계산 능력이나 암기 능력 등 우리의 지적 능력 중 극히 일부분만을 측정한다. 측정하기 용이한 것만 측정한다는 점에서 편파적이다. 측정할 수 없는 다양한 능력과 재능은 무시하고 있다. 또 지금의 시험 제도는 학력의 부족한 부분을 측정하고 보충해 주기 위한 수단이 아니라 선별해서 구분 짓기 위함이다. 그리고 이것을 근거로 사회적 차별을 정당화하기 위한 구실을 쌓는다. 학교에서는 기존의 학력 개념을 그대로 수용할 것이 아니라 재개념화해야 한다.

>>> 운동부 특혜

야구부 학생들은 일반적으로 오전만 수업하고 점심 식사 이후에는 운동장에 나가서 야구를 한다. 교실에서 하루 종일 공부만 하는 학생들은 이들을 부러워하기도 한다.

그런데 이렇게 운동부 학생들에게 정규 수업 시간을 빼고 운동을 시키는 것이 편법이 아닌가 하는 생각이 예전부터 들었다. 왜냐하면 다른 학생들은 국가가 정한 정규 수업 시간에 모두 참석해야 졸업을 인정하는데, 운동부 학생들은 오전 수업만 하고도 졸업을 인정하기 때문이다.

운동부 학생들이 오전만 수업하고 오후에는 자신이 원하는 운동을 하는 것이 정당하다면, 미술부 학생이나 음악부 학생들도 오후에 그들이 원하는 활동을 하게 해야 한다. 만약 국가가 오전만 수업에 참가해도 충분히 졸업 자격이 있다고 생각하는 것이라면 지금 일반 학생들도 오후까지 꼭 수업을 할 필요가 없게 된다.

나는 기본적으로 운동부 학생들이 오후에 운동을 하며 자신의 재능과 진로에 도움이 되는 일을 하는 것이 바람직하다고 생각한다. 그리고 국가는 특정한 몇몇 운동부 학생들에게 이 특혜를 주지 말고 모든 학생들이 골고루 누리도록 해야 한다고 생각한다.

교육과정을 고쳐서 지나치게 비대한 국영수 과목 수업시수를 지금보다 대폭으로 줄이고, 모든 학생들이 자신에게 맞는 진로를 탐색하고 미래를 준비할 수 있도록 국가와 학교는 그런 시간과 공간을 충분히 제공해야 한다. 자기 자신에 맞게 교육받을 수 있는 시스템을 만들어 그들을 적극적으로 도와야 할 것이다. 미국의 공교육 모델인 메트스쿨에서는 이런 학교 시스템을 운영하고 있다. 한국에서도 하자센터에서 이런 시도들을 벌써 하고 있다.

4장

학교 혁신,
북유럽에서 배우다
- 북유럽 탐방기

북원여자중학교 과학교사 **최규수**

원주중학교 도덕교사 **박정운**

서곡초등학교 5학년 담임교사 **김경우**

북원여자중학교 과학교사 **최규수**

드디어 여행의 시작

세상의 변화를 확인하고 싶은 욕망이 강해서인지 하루하루가 지루해지던 어느 날 반가운 메시지를 받았다. 연구회 회원 4명이 의기투합해서 신청한 북유럽문화탐방계획서가 도교육청에서 받아들여졌다. 탐방 기간은 15일. 나라는 2개국 내외로 한정하고 주로 민박이나 호스텔을 숙소로 하면서 경비는 최소화했다. 북경-암스테르담-브레멘-오덴세-코펜하겐-스톡홀름-헬싱키의 경로가 가장 적합해 보였다. 너무 길게 늘어지는 일정이 마음에 좀 걸렸다.

아침 일찍 7:10에 출발하는 비행기를 타려고 인천공항 게스트하우스에서 일박을 하고 8월 24일 아침에 비행기 표를 구입해서 북경행 비행기에 올랐다. 맑은 날씨로 비행기 밖 세상을 물끄러미 내려다보면서 낯선 이국들을 생각해 보았다. '어떤 모습의 풍경과 얼굴들을 대하게 될까?' 맛있는 아침 기내식은 나의 상상을 더욱 기분 좋게 상승시켰다. 기분 좋은 느낌이 여행 내내 계속되기를 마음으로 빌었다.

그러나 북경에 도착한 후 트랜스퍼 센터에서 일이 벌어졌다. 암스테르담행 비행기 표를 발급받을 수 없는 상황에 처했다. 북경행만 발급된 상태에서 비행기에 탑승한 것이 실수였다. 원래 우리는 북경과 암스테르담을 경유해서 헬싱키에 도착하는 비행기를 예약했으나 일정을 살짝 바꿔 암스테르담에 내려 일정을 시작하려 했다. 그러나 중국 항공사는 중간경유지에서 하선하는 것이 불가하다는 것을 우리는 모르고 있었다. 인천공항 비행기 표 발급 창구에서는 이것이 가능하다고 우리에게 안내해 주었다. 북경에 가면 암스테르담행 비행기 표를 발급해 줄 것처럼 친절하게 말해 주었다. 결과적으로 그들이 안내를 잘못한 것이다. 북경공항 항공사 창구에서 우리는 항의를 해 보았으나, 그들이 보기에는 중간경유지에서 내리겠다는 무모한 주장을 하는 몰상식한 승객으로 보았을 것이다. 2박 3일간 밤을 지새우면서 그들에게 우리의 사정을 호소하고 항의한들 그들이 급히 손을 쓸 이유는 없었다는 것을 나중에야 알았다. 그들은 우리가 비행기를 시간에 맞춰 타지 못한 것이라고 주장했고, 우리는 항공사 직원이 우리에게 안내를 잘못한 것이라고 주장했다. 결국 그들은 자리가 비면 태우겠다고 했다. 하지만 이틀이 지나도 빈자리는 나지 않았다. 우리는 시종일관 영어로 항의했는데 지금에 와서 생각하니 그들의 언어인 중국어를 한마디도 하지 않았던 것이 좀 찜찜하다. 조금이라도 중국어를 구사하고 중국어로 대화하려는 노력을 보였다면 그들이 우리에게 편의를 제공해 주지 않았을까? 이런 생각까지 들었다. 결국 우리는 북경공항에서 이틀을 먹고 잤다. 그리고 나서 스위스 항공편으로 취리히를 거쳐 목적지인 암스테르담에 도착했다.

북경을 뒤로하다

북경공항에서 스위스 비행기는 아침 6시 정시에 출발했다. 우리는 부석부석한 얼굴을 마주하면서 웃었다. 그러나 속은 편치 않았다. 추가로 부담된 비행기 표값은 170만 원에 이르고, 베이징공항에서의 체류, 남방 항공사 직원들의 처사, 치밀하지 못한 여행 계획 등이 우리의 마음을 심란하게 했다. 당초 계획한 암스테르담 일정은 겨우 하루로 축소되었고 원래 묵고자 했던 아파트는 가 보지도 못했다.

옆 좌석에 피렌체에 산다는 이탈리아 청년이 앉아 있었다. 한 달여의 여행을 마치고 집으로 간다고 했다. 그가 식사하는 모습을 잠시 훔쳐보았다. 그는 음식에 소스를 발라서 플라스틱 나이프와 포크로 조금씩 그리고 천천히 먹고 있었다. 비록 기내식이지만 자신의 식습관에 따라 맛을 음미하면서 음식을 먹는 모습이었다. '나도 이번 유럽 여행을 천천히 음미하고 잘 살피고 비교하면서 제대로 즐기는 과정으로 삼아야겠다.'라는 생각이 들었다.

아침 10:50에 취리히에 도착해서 바깥 풍경을 보았다. 아름다운 스위스라는 형용사가 늘 붙는 나라라서 기대했지만 비행기에서 내려다보는 모습은 우리나라 평창 정도의 산록이 펼쳐진 풍광이라서 조금 실망했다. '그래도 이 나라 전체가 대관령 지대의 모습이라면 아름답기는 하겠구나.'라고 혼자 생각했다. 비행기를 암스테르담행으로 바꿔 타려면 트랜스퍼 데스크에서 간단한 입국심사를 받아야 한다. 어느 나라든 입국장 검사원은 뻣뻣하고 고압적이다. 스위스도 예외가 아닌 듯 무어라 묻는다. 잠시 다른 생각을 하다가 유리 창구 너머에 있는 그녀의 말을 듣지 못해 "Pardon?"이라 말하니, 눈을 치켜뜨며 "What travel for? Work or tour?" "Just tour!" 여권에 도장을 찍어 주며 웃는다. 그런데 나는 별로 마음이 편치 않다. 유색인종이라서 그러나? 유색인종은 불법체류하려는 사람으로 보이는가?

취리히발 암스테르담행 비행기를 기다리고 있다 보니 젊은 친구들이 눈에 많이 보인다. 어디서나 대학생 또래의 청년들은 자유롭고 싱싱하다. 말도 많다. 담배도 많이 피우고 피어싱도 흔하다. 옆자리에 앉은 다정한 노부부의 희끗희끗한 머리카락은 그동안의 연륜이겠지? 부부가 서로 얼굴도 닮아 가고 행동도 말투도 비슷한 것은 동양이나 서양이나 같은 것인가? 입가의 미소와 여유로운 행동거지를 보면서 나도 아내와 함께하는 여행을 생각했다.

흐린 날씨에 빗방울이 창을 스치던 스위스 취리히 공항을 이륙하면서 비행기는 고도를 올린다. 앞자리에 앉은 박정운 선생님은 옆의 승객과 이야기 중이다. 아마도 박 선생님은 낯선 외국인과 대화하려고 마음먹고 온 듯하다. 연신 웃음이 보인다. 그는 콜롬비아인으로 의사인데, 암스테르담 세미나에 참석하려고 온 것이란다. 비행기에서 내려다보이는 풍경이 눈길을 끈다. 하늘에서 땅을 내려다보는 것은 즐겁다. 지금처럼 맑은 날씨에 상공에서 지상을 볼 수 있는 흔치 않은 기회다. 반듯하고 잘 정돈된 길 그리고 울창한 숲. 유럽의 농촌 풍경들. 우리나라에서는 제주도 정도를 제외하면 이렇게 잘 가꾸어진 농촌 모습을 보기 힘들다는 생각을 했다.

유럽 대륙 북쪽 저지대로 비행이 계속되면서 넓은 농토가 보이기 시작한다. 유럽은 공업이 발달한 나라라기보다는 농촌이 안정되고 농업이 선진국인 나라라는 생각이 든다. 책에서 보았는지 누군가의 이야기를 전해 들었는지 모르지만, 선진국은 식량자급률이 70%가 넘는다는 것이 생각났다. 맞는 이야기이다. 우리나라의 식량자급률은 30% 이하이다. 선진국은 대부분 농촌이 아름답고 잘 가꾸어져 있다.

넓은 대지에 수로가 밭 사이로 나 있는 상공을 지난다. 아마 네덜란드

상공인가 보다. 비행 조종사가 네덜란드어, 영어, 독일어 그리고 스페인어로 네덜란드 공항에 접근하고 있음을 알린다. 드디어 우리의 첫 번째 방문지에 도달하는구나!

네덜란드 암스테르담 공항에 도착했다. 그런데 입국 심사가 없다. 당황스럽다. 이런 경우는 해외 여행하면서 한 번도 경험하지 못한 일이다. '스위스에서 간단히 입국 심사를 한 것이 다인가? 참 태평한 나라다, 네덜란드는!' 짐을 찾을 때쯤 전인호 선생님의 딸이 나와 반긴다. 그녀는 우리의 유럽 여행 일정을 조정해 준 사람이다.

공항을 나서면서 사람들의 큰 키에 놀랐고 담배 피우는 사람이 많아서 놀랐다. 여기저기 담배 연기가 자욱하고 냄새가 코를 자극한다. 길에 널브러진 담배꽁초는 우리나라 대합실 후미진 벤치에나 있을 법하다. '아, 담배를 정말 많이 피우는구나!' 우리가 타고 갈 승합버스의 여성 운전자는 키가 180cm는 족히 된다. 네덜란드 사람의 평균 신장이 세계에서 가장 크다고 하던데 실감이 났다. 그녀는 밝게 웃으며 신 나게 차를 몰아 우리를 힐튼 아너스 호텔에 내려놓는다. 방은 간소한 2인실로 우리나라의 관광호텔과 비슷했다. 그런데 창호가 차이가 있다. 시스템창호라 불리는 3중 로이유리와 방음·단열 방범유리가 달려 있다. 이곳은 겨울이 길고 추운 지방이라서 에너지를 아껴야 하는 나라여서 이런 설비가 필요한 것으로 짐작했다. 방 안에서 다관절 전기스탠드에 시선을 주다가 옷장에 걸려 있는 접이식 다리미대와 다리미 세트를 보고 감탄했다. 이런 제품을 우리 집에 두면 편하고 공간을 효율적으로 쓸 수 있겠다는 생각에 사진을 여러 장 찍었다.

　짐을 정리하고 암스테르담 시내로 향했다. 튤립과 운하의 나라, 일본의 근대화에 영향을 준 나라, 구한말 이준 열사가 생각나게 하는 네덜란드. 우리는 숙소에 인접한 전철을 타기로 했다. 여기서는 자전거를 탄 사람을 흔히 볼 수 있다. 길은 철저하게

　자전거 인도, 차도로 구별되어 있고 특히 교차로에는 자전거 신호등이 따로 설치되어있다. 자전거를 타다가 멈추거나 다시 출발하는 데 불편함이 없도록 별도의 시설이 확보되어 있고 인도와는 확연히 구분되어 있다. 참 신기했다.

　전철은 우리와 비슷하고 트램이나 버스와 연동되어 있다. 한 시간 이내에 다른 교통수단을 활용할 수 있는 표를 사서 전철을 탔다. 좌석이 우리나라와는 다르게 서로 마주 보고 배열되어 있고 일반석과 일등석으로 구분되어 있다. 일등석은 빨간색 의자이고, 일반석은 파란색 의자로 되어 있다. 단지 전동 유리문으로 구분되어 있을 뿐 다른 편의사항은 없는 듯하다. 우리는 현지 여성에게 일등석과 일반석을 나누어 놓은 이유를 물었다. 그녀의 답은 이랬다. "단지 더 돈을 내고 — 약 3배 정도 — 편히

가겠다는데 뭘 그리 이상하게 생각하느냐?" 민주주의 모범 국가 네덜란드에서 벌어지는 차등을 나는 이해할 수 없었다.

　마주 보는 형태의 대중교통 좌석은 우리가 여행한 모든 북유럽 국가가 채택하고 있었다. 사람 간의 소통을 지향하는 정서가 버스 좌석에도 적용되었다고 생각한다. 우리나라에서는 서로 낯선 얼굴을 마주하는 것에 익숙하지 않아 애써 피하곤 하는데 말이다.

　암스테르담 구시가지에는 오래된 건물과 그 사이로 트램이 자유롭게 다니는 모습이 정겹다. 많은 사람으로 시끌벅적한 암스테르담 중앙역은 우리네 모습과 크게 다르지 않다. 그런데 자전거를 타는 것은 우리와 다른 점이다. 남녀노소 구별 없이 누구나 자전거를 탄다. 옷차림새가 꾸밈

이 별로 없고 대체로 반바지를 입은 사람이 대다수다. 자전거 뒷바퀴 부분에는 물건을 넣는 가방을 매달 수 있게 되어 있고 실제로 많은 사람들이 가방을 뒤에 달고 다닌다. 자전거 체인에는 우리네 70년대 자전거처럼 보호대가 있어 긴 바지를 입고 자전거를 타도 체인 기름이 묻거나 옷이 끼지 않도록 되어 있다.

암스테르담 사람들은 아주 빠른 속도로 자전거를 타서 우리가 보기에는 무슨 경주하는 듯하다. 무겁고 큰 자전거를 빠른 속도로 타서 그런지 대부분의 네덜란드인은 날씬하고 건강하다. 여기도 자전거 분실을 막기 위해 큼지막한 자물쇠를 단 자전거가 거리 곳곳에 서 있었다. '어디에나 훔치는 사람은 있기 마련이구나. 여기도 사람 사는 곳이구나.'라는 생각이 들었다.

자동차를 타고 덴마크로

오늘은 암스테르담-독일 브레멘-덴마크 오덴서에 이르는 길을 가야 한다. 아침 식사가 참 마음에 든다. 빵과 치즈, 요구르트와 싱싱한 사과와 자두 그리고 커피가 준비되어 있다. 아주 맛있게 먹었다. 네덜란드는 농산물이 저렴하고 풍부하면서 맛이 좋다. 렌트한 자동차에 짐을 모아 싣고 네덜란드를 뒤로하고 독일 브레멘으로 달렸다. 주변의 풍광은 넓고 평온하고 잘 정돈된 농지와 초지 그리고 나무들이 눈에 들어온다. 마치 숲속의 요정 마을 같은 꿈속의 동화 나라를 보는 듯하다. 네덜란드의 고속도로와 우리의 그것은 큰 차이가 없는 듯하다. 그러나 농촌은 많이 다르다. 농촌이 잘 정리 정돈되어야 농촌 사람들뿐 아니라 도시민들도 심신을 달래고 재충전하지 않겠는가? 왜 우리는 농촌 투자에 이리도 인색한

가? 이 나라 정부는 농촌 살리기와 자연 보호에 많은 돈과 노력을 들이는 듯했다. 선진국은 농업의 가치를 제대로 매김하고 꾸준히 돌보는 것이 눈으로 확인된다. 우리도 농촌을 살리고 보살펴야 한다. 김경우 선생님은 '우리나라 농부를 공무원화해야 한다.'라고 주장한다. 나도 이 말에 적극적으로 동감한다.

독일 국경으로 진입하자 자동차의 속도가 120km/h로 상향 조정되고 1차선은 차들이 매우 빨리 달린다. 분명 120km/h인데……. 독일의 차들은 고속도로 1차선에 웬만해서는 끼어들지 않는다. 1차선은 급한 볼일이 있는 사람을 위한 배려인가? 캠핑카가 유독 많이 보이는 것이 독일 고속도로의 특징인 것 같다.

브레멘은 나이 든 할머니 할아버지도 자전거를 탄다. 네덜란드 이상으로 자전거의 천국인 듯하고 너나없이 자전거의 물결이다. 사람보다 자전거가 우선인 세상. 자동차 도로는 매우 좁아도 자전거 도로는 확보해 주었다.

브레멘의 강은 푸르고 수량이 풍부하다. 중심가는 중세 이후의 모습이 잘 보존되어 있고 실제로 그곳에 주민이 산다. 우리는 박제화된 가옥과 기념물뿐인데 실제로 사람들이 거주하는 모습이 매우 큰 차이로 다가온다. 브레멘의 강변을 따라 시민들이 나와 맥주를 곁들여 음식을 먹으며 강을 즐긴다. 강변에 자전거와 보행자가 북적거린다. 역시 선진국은 자전거를 많이 탄다. 인간 중심, 탈에너지, 여유, 평등사상이 자전거 타기로 나타나는 것은 아닐까? 너나 나나 할 것 없이, 남녀노소 구분 없이 자전거를 탄다.

함부르크에서 온 은퇴한 교사 부부에게서 브레멘의 자랑을 들었다. 16세기 이후에 항구 중심 도시로 시작되어 모든 물건의 값어치를 정하고 인증하는 기관이 브레멘이었고, 이를 토대로 부를 쌓아 오늘날 볼 수 있는 도시의 윤곽과 다리와 건물이 들어섰다고 한다. 좁은 브레멘의 골목길에서 우리의 골목길을 생각한다. 우리는 골목을 다 없애고 재개발로 아파트를 층층이 짓는데 이들은 왜 남겨 놓고 좁고 불편하게 살까?

골목 안쪽에 작은 화랑이 보여 들어갔다. 화랑에는 이 지역 출신의 작가들을 후원하고 작품을 전시하고 있다고 당번 화가는 말한다. 작은 도시도 문화와 예술을 지원하고 장려하는 정책은 동화 '브레멘 악대'의 고향을 더욱 빛내고 있다는 생각이 들었다.

브레멘 시청광장에서 점심을 먹었다. 광장은 150년 이상 된 맥주 회사(벡스)의 본점과 시청광장 상공회의소 호텔 그리고 브레멘교회로 둘러싸인 곳으로 근래에 지은 상공회의소 건물도 주변과 조화를 이룬다. 광장 한쪽으로 트램이 조용히 지난다. 신구의 조화가 잘 이루어지고 오래된 건물에 사람이 거주하고 있는 것이 내게는 낯설다.

　느긋하게 햇살을 즐기는 브레멘 주민과 함께 우리도 여유롭게 독일 맥주를 즐기면서 그들을 관찰했다. 자전거를 타는 젊은 청년들, 트램을 기다리는 시민들, 햇살을 즐기는 가족, 손을 꼭 잡고 천천히 교회와 시청을 둘러보는 중년의 부부. 우리나라보다 위도가 높은 지역이라 하절기는 매우 길어 오후 8시가 가까운 시간임에도 한낮이다.

　브레멘에서 덴마크 오덴세로 가는 길에 펼쳐진 풍광은 아주 멋지다. 내가 아는 작은 덴마크에 이렇게 넓은 들판이 끝없이 펼쳐질 줄은 예상하지 못했다. 하절기 오후 8시에 고흐의 밀밭 풍경이 덴마크에 펼쳐져 있다. 오덴세 호텔 숙소에 9시쯤 도착해 짐을 풀었다. 나지막한 4층 건물에 단출하지만 잘 정돈된 외관과 실용을 겸한 실내의 인테리어가 신선하다. 에너지와 환경을 생각한 절약 정신이 디자인에도 배어 있는 느낌이다. 전원 플러그에도 온-오프 스위치를 한 아이디어와 벽지와 가구 그리고 창문을 단순한 3개의 색으로 통일한 것이 눈에 띈다. 심플 이즈 베스트.

오덴세에서 안데르센을 만나다

북구에서 아침은 일찍 찾아왔다. 아침밥을 먹으러 식당에 들어갔다. 갓 구운 빵, 싱싱한 과일 — 사과, 복숭아, 자두, 포도 — 치즈, 버터, 연어, 곡물 시리얼과 주전자에 담긴 따뜻한 커피, 창문 밖 녹색 잔디와 자주색 국화, 얕은 흰색 펜스, 바닥에 빨강 블록을 사선으로 깐 기하학 모양과 빈 야외 의자와 테이블, 아침이 풍성해서 즐겁다.

천장을 유리로 덮어 태양 빛을 받아들이고 밝고 맑은 하늘을 보이게 했다. 천장 가까이에 라이에이터를 설치하여 유리에 쌓이는 눈을 녹여 밖의 채광이 실내로 들어오게 한 설계가 뛰어나다. 여기 사람들은 보온과 단열을 건축에 항상 적용한 것으로 보인다. 호텔 출입문은 3중 로이유리 두 겹으로 되어 있고 창문은 외부의 덧문과 단열창호 3중 로이유리로 되어 있다. 광장이나 주차장 도로 바닥은 벽돌이나 판석을 박아 물의 투습을 쉽게 했다. 이렇게 자연을 조금이라도 보호하려는 의지와 실천이 남다르다. 아스팔트라는 손쉬운 포장 방법은 물이 지층으로 스며드는 것을 방해하지 않는가?

오덴세 시내의 주택가에 차를 주차했다. 공동주택과 단독주택이 어우러져 있고 공터에는 잔디와 정원용 교목이 잘 가꿔져 있다. 걸어서 거리로 나설 때 자동차가 보인다. 아주 작다. 현대기아차를 가끔 보았으나 i10, i20 등 국내에서는 판매되지 않은 소형 경차만 보인다. 그리고 대부분의 차는 소형에다가 왜건 형태의 차가 주종을 이루는 모습에서 이미 자동차는 사치와 과시물이 아니다. 이들은 삶의 지향점이 사물의 소유를 넘어서는 단계에 이미 도달한 것 같다.

여기도 자전거 길이 잘 만들어져 있다. 네덜란드와 달리 여기서는 헬멧을 쓰고 자전거를 탄다. 한 방향으로 — 자동차 주행방향과 일치 — 기를 쓰고 달리는 모습이 인상적이다. 이들이 키가 크고 몸도 크지만 날씬한 체형을 유지하는 것이 여기에 원인이 있나 보다. 선글라스는 착용을 했지만 얼굴, 다리 손 등 신체를 드러내놓고 자전거를 탄다. 우리는 가리는데 덴마크인들은 드러낸다.

유치원과 학교 건물이 모여 있는 길을 가로지르다 불쑥 들어가서 시설을 살펴보았다. 겉은 허름하고 오래된 학교 건물로 보였지만 실내는 아주 깨끗하고 편리한 공간으로 가구를 정돈된 색깔로 넉넉하게 자리를 배치했다. 체육관의 실내가 밝고 넓은 바닥이 청결하다. 옆 건물에 있는 교사 한 분과 이야기를 했는데 여기는 음악학교이고 지금은 방학이라서 학교가 비어 있단다. 아이들은 못 만났지만, 아쉬움은 상상으로 대신하고 학교를 나섰다.

골목을 걷다 우연히 만난 실키 가족과 잠시 이야기했다. 필리핀계 덴마크인 마리아는 얼굴색과 이목구비가 비슷한 우리를 보고 일부러 집 밖으로 나왔다고 한다. 마리아는 이주한 지 3년 되었고 남편은 일하러 나갔고 9살인 큰애 이름은 샘이라고 했다. 나는 아들의 이름 '샘'이 우리말로 솟아나는 샘물이니 삶이 솟아나는 물처럼 넉넉하고 풍요로울 것이라고 말해 주었다. 고향 까마귀를 만나도 반갑다더니 같은 아시아인끼리 이 먼 북구에서 만나 서로 정을 나눌 줄이야……. 부디 마리아네 온 가족이 덴마크에서 평온한 가정으로 정착하기를 빌어 본다.

거리는 한산했고 맑은 하늘과 밝은 햇살 그리고 싱그러운 바람을 맞으며 오덴세 민속촌을 어슬렁거렸다. 여기도 관광지라서 여러 나라 사람들이 오간다. 바다 건너 영국, 옆 나라 독일, 멀리 스페인에서 주로 오고 간혹 중국인과 일본인이 오는 듯하다. 일행과 떨어져 그늘에서 숨을 돌릴 때쯤 어떤 친구가 "곤니치와?" 한다. 내가 고개를 갸우뚱하자 이내 "니하오마?" 한다. 아! 중국어! "안녕하세요, 미스터……." 하자 멋쩍게 굿모닝. 나도 굿모닝! 실은 나는 코리아에서 왔고 일본인도 중국인도 아닌 한국인이라고 했다. 자기는 덴마크 관광 안내원인데 일본인과 만나기로 약속을 했는데 보이지 않아서 찾고 있었고 나를 관광 온 일본인인가 했단다. 그는 여기 오덴세가 즐겁고 행복한 곳이니 천천히 즐기기 바라며 안데르센 공원에 꼭 가 보기를 권했다.

시내에서 흔히 보고 느끼는 것은 오래됨과 새로운 것의 조화, 추운 겨울을 지내기 위해 잘 단열된 건축물, 자전거, 담배 연기이다. 여기 사람은 시도 때도 없이 장소 불문 담배다. 담배꽁초가 여기저기 흩어져 있다.

야외 테이블에서 맥주를 곁들인 햄버거와 스테이크로 점심을 먹었다. 참 맛있는 맥주와 고기다. 이 나라 음식은 청결하고 속임이 없다는 것이 참 부럽다. 어린이를 태우고 자전거를 타고 가던 덴마크 여성에게 추천받은 맛집이다. 여기서 식사하는 사람 중 동양인은 우리 일행이 유일한 것 같았다. 현지 덴마크인이 우리를 힐끗힐끗 쳐다본다.

안데르센 공원에서 연극을 감상했다. 시원한 맥주를 마시며 그리 크지 않은 야외무대에서 성의껏 준비한 안데르센 동화 속 인물을 묘사한 연극을 보았다. 여기 오덴세의 아이들, 부모, 할아버지, 할머니들이 모두 좋아하고 집중한다. 공원에 온 아이들이 이상하리만치 조용해서 우리는 의아해했다. 소리 지르지도 뛰어다니지도 않고 가만히 앉아 감상하는 아이들, 어떻게 저런 아이들이 있을 수 있는가?

시내를 배회하다 공원에 들려 벤치에 앉아 하늘과 풀과 잔잔한 연못을 보았다. 여기도 사람 사는 곳이라 걸인이 보인다. 브레멘 광장에서 점심을 먹고 골목길을 거닐 때도 발견했는데 아무리 풍요롭고 사회보장제도가 완벽해도 부랑자는 존재하나 보다. 나중에 들은 이야기인데 그들은 주로 남쪽에서 올라온 집시족이라 한다. 누구는 풍요롭게 태어나고 누구는 천대받는 집시로 태어나 살아야 하는가? 안타까웠다.

오덴세를 떠나 코펜하겐으로 이동하는 동안 넓은 들과 잘 가꿔진 농작물, 파란 하늘, 흰 구름만 눈에 들어온다. 시내의 좁은 도로를 우회전하다 자전거 도로를 침범했는데 네댓 명의 자전거족이 험악한 얼굴로 우리를 주시하며 무어라 쏘아붙인다. 늘 상냥하고 밝고 웃음이 넘치는 그들이 이렇게 화를 내다니! 아마 자전거 도로는 최우선으로 안전해야 할 절대 영역이라서 그 누구도 그 자리를 침범해서는 안 되는 곳인가 보다. 이런 일은 코펜하겐에서도 다시 경험했다.

핀 섬 오덴세와 셀란 섬 코펜하겐을 잇는 엄청난 길이의 — 정말 길다. 우리나라 인천공항대교의 서너 배는 되는 듯 — 다리를 건너고 대가로 4만 원이 넘는 돈을 내고 500고지를 오른다. 덴마크는 산이 없다더니 순거짓이다! 여기는 줄곧 오르막길이다. 자전거 길이 자동차 도로와 나란히 나 있다. 이 나라 사람들은 자전거 타기에 목숨을 걸었는지 매우 빠른 속도로 자전거를 타서 사이클 대회로 착각할 정도다. 시외 지역이라서 그런지 엄청 열심히 달린다. 헬멧만 쓰고 온몸을 태양에 드러내고 빠르게 열심히도 달린다.

아파트에 짐을 풀었다. 50평쯤 되는 널찍한 아파트인데 화장실은 하나뿐이라서 걱정된다. 아파트 주인은 직업이 오페라 가수로 오스트리아와 코펜하겐을 오가며 산다고 했다. 열쇠를 건네준 사나이는 오십 중반으로 정체가 불분명하다. 남자친구인지 아님 오빠 혹은 아버지인가? 우리를 집까지 안내하면서 열쇠의 사용법, 욕실, 침실, 식당 그리고 용품의 사용법, 침대 시트까지 하나하나 짚어 가며 말해 준다. 저녁으로 라면을 끓여 먹고 잠자리에 들었다.

자전거 타는 코펜하겐 사람들

코펜하겐 거리로 나섰다. 오래되고 때론 새로 지어진 건물, 오덴세보다 많은 사람들이 — 아마도 관광객이 반인 듯 — 넘친다. 네덜란드에서 빌린 차를 반납하고 관광안내소에서 두 팀으로 나누었다. 전인호 선생님과 딸, 김경우 선생님은 자전거를 타고 관광지를 돌아보고 나와 박정운 선생님은 걸어서 시내를 둘러보기로 했다. 천천히 걸으면서 사람과 거리를 보고 싶었다.

은행에서 환전을 하고 박물관을 향해 거리로 나섰다. 우리는 지도로 박물관과 크리스티안스보르 궁전을 표시하고 위치를 찾아 걸었다. 딸과 동행한 젊은 덴마크인을 만나 박물관으로 가는 길을 확인받아 박물관에 도착했다. 박물관 안내소에서 우리는 바이킹 유물을 특별히 보고 싶다고 하니 안내도에 표시를 해 준다. 그렇지만 바이킹만 보기에는 아까운 기회가 아닌가? 우리는 선사시대부터 둘러보았다. 그런데 선사시대의 유물이 우리의 그것과 아주 비슷한 것을 보고 놀랐다. 인류의 시작점은 모두 같겠다는 생각을 했다. 우리는 바이킹의 유물, 특히 고대의 문양이 새겨진 큰 자연석비에 관심이 갔는데 부족장이 선대왕의 업적을 적어 놓은 것이다. 태양의 문양을 기하학적으로 새긴 것을 미루어 스칸디나비아 고대인은 모든 만물이 생동하는 풍요의 계절을 태양으로 형상화한 것으로 짐작했다.

박물관을 관람하다 두 명의 덴마크 여성과 말을 나누게 되었다. 한 명은 영어교사고 한 명은 덴마크어교사였다. 방학 동안 수업을 위한 재충전의 기회로 박물관을 관람 왔다고 한다. 어느 나라이든지 교사의 역량이 아이들의 성장에 절대적 영향을 미친다는 것을 덴마크 교사를 만나서도 확인했다. 박물관에서는 사진촬영이 자유로운 점이 인상적이다. 유물의 진품은 유리장 안에 진열되어 있지만 중간중간 모조품도 전시되어 있었다. 그런 모조품은 직접 손으로 만지고 들추어 보도록 허용이 되었는데 아마도 박물관이 유물 전시 기능만이 아닌 과거의 유물을 직접 체험하는 기회도 제공하는 것으로 보였다.

박물관을 빠져나와 운하에 접해 있는 크리스티안스보르 궁전으로 걸었다. 우리가 전해 듣던 왕궁의 위용이 느껴졌다. 그렇지만 박제화된 건물과는 다르게 실제 덴마크 왕가가 지금도 사용하는 궁전이고 코펜하겐 시민들이 자유롭게 출입하는 점이 차이가 있다.

여기서도 자전거가 인상적이다. 코펜하겐 거리에서 걷는 사람은 대부분 관광객이고 시민은 자전거를 탄다. 덴마크인은 자전거와 삶이 하나로 연결되어 있는 것으로 보인다. 앞쪽에 유모차와 결합된 자전거, 뒤쪽에 아이들 좌석을 단 자전거, 앞과 뒤에 바구니를 단 자전거 등 각종 자전거의 물결이 도심에서 하나의 교통 흐름을 형성하고 있다. 유모차에 탄 아이는 캐리어 밖으로 손을 내밀지 않고 일어서지도 않는다. 얌전히 앉아 있는 모습이 인상적이다. 헬멧 쓰고 어린이용 뒷좌석에서 안전벨트를 맨 채로 발에는 움직임 방지용 띠를 매고 자전거를 타고 가는 것은 아주 신기했다. 그러고 보니 덴마크에서는 심하게 보채거나 큰 소리로 울거나 떠들며 다니는 아이를 본 적이 없는 것 같다. 뒷좌석에 앉아 있는 자세가 매우 불편해 보이는데도 아이들이 묵묵히 보호자와 동행하는 것이 지금 생각해도 감탄이 나온다. 우리는 너무나도 아이의 요구대로 다 해 주는 것은 아닐까? 우리는 허용의 범위를 불명확하게 세우고 경계를 너무 쉽게 허무는 것은 아닐까? 우리도 유아기 교육에서부터 중등교육까지 다시 짚어 봐야겠다는 생각이 들었다.

저녁은 스파게티를 만들어 먹었다. 가게에 들러 재료를 사고 값을 지불하면서 또다시 덴마크인이 부러웠다. 농산물의 싱싱함과 풍성함, 그리고 값이 아주 저렴했다. 덴마크 물가가 전체적으로 비싸다지만 안전한 먹거리와 농산물과 기초 생필품값은 저렴했다.

그룬트비 교회를 가다

다음 날 9시쯤 집을 나서 골목길을 따라 ─ 크리스티아니아 거리로 대사관이 많이 몰려 있음 ─ 외스트레 안레그 공원을 지나면서 조용하고 잘 보존된 자연 상태의 습지를 보고 이 나라 사람들의 지혜를 보았다. 도심의 온도와 습도를 유지하고 시민의 휴식처도 이용하는 습지를 확보한 지혜가 놀랍다. 덴마크 국립미술관 앞 정류장에서 그룬트비 교회로 가는 6A 버스를 기다리다 자전거를 타고 오는 여성에게 길을 물었는데, 그녀는 가던 길을 멈추고 자전거를 세워 둔 채로 길을 안내한다. 때맞춰 버스가 오자 그녀는 운전기사에게 우리를 목적지에 내려 주라고 버스까지 올라와서 부탁하고 버스 창밖에서 밝은 미소로 손을 흔든다. '참 아름다운 사람이다. 나도 저렇게 모든 이에게 친절해야지.'

버스 속에서도 뒷좌석 승객이 우리가 제대로 버스를 탔으며 자기는 먼

저 내리지만 버스 안내방송을 잘 듣고 '비스페베르그 토르브'에서 내리면
된다고 말한다. 우리는 비스페베르그라는 안내 방송을 듣고 버스에서 내
렸지만 목적지 전인 '비스페베르그 역'에 내리고 말았다. 조깅하는 젊은
처자에게 말을 걸고 길을 묻고 반려견과 산책하는 여성에게 안내를 받
아 올바른 방향임을 확인하며 걸었다. 약간의 비가 내려 우산을 둘이 함
께 쓰고 거리를 즐기며 걸었다. 작은 사거리 빵집에서 먹음직스러운 덴
마크 식빵과 음료를 샀다. 거칠지만 고소하고 담백한 빵을 씹으면서 주
변의 풍광을 즐겼다.

　도중에 노부부를 만나서 대화를 나눴다. 우리는 한국에서 온 교사인데
그룬트비의 삶에 관심이 많아서 찾아왔다고 말했다. 노신사는 여기 코펜
하겐에서 평생을 살았고 지금은 은퇴했고 젊었을 때는 노조에도 관여했
다고 한다. 그는 그룬트비 교회 근처에 숙소를 정하고 아내와 함께 휴가
를 보내러 가는 길이니 자기네와 함께 가면 된다고 한다. 교회의 벽돌은
전국의 덴마크에서 기부를 받아 하나하나 쌓아올린 것이라고 말해 주었
다. 덴마크인은 그룬트비를 늘 마음 깊이 존경하고 있다고 한다. 그런데
요즘 청소년은 자기들 세대와는 다른 것 같다는 말도 덧붙인다.

　그룬트비 교회는 웅장했다. 마치 여러 개의 손을 포개 모은 모습으로
연한 붉은 벽돌로 지어져 있었다. 그에 비해 주변 건물은 낮고 소박했다.
문이 열려 있어 안쪽을 둘러볼 수 있었지만 사람은 만날 수 없었다. 본
당에 들어서니 5~6명의 사람들이 목사님의 안내로 교회의 내력을 듣고
있었다. 스페인어로 안내를 하는데 다는 알아들을 수 없어 설렁설렁 들
었다. 목사님은 '교회의 자리 배치는 목회자의 위치나 신도의 자리에 단
을 두지 않고 평면으로 했는데 이는 모든 사람이 평등하다는 그룬트비의

사상을 교회의 건물에 구현한 것이라고 한다. 자세히 보니 교회의 의자가 아주 소박하다. 채색이 되지 않은 목재와 노끈으로 만든 검소한 의자가 가지런히 놓여 있다. 한국에서 본 교회 본당과 참 다르다. 본당을 나서는데 주보와 교회 기념엽서가 있어 2장을 샀다. 엽서가 5유로로 생각보다 값이 비쌌다. 밖으로 나오다 전인호 선생님 일행을 만났다. 자전거를 반납하고 우리보다 일찍 도착해 이미 교회를 다 돌아보았다고 한다.

우리 일행은 덴마크 디자인 박물관으로 향했다. 버스 환승을 잘못해서 목적지까지 걷게 되었다. 운하를 도보로 건너가 다리를 보수 중인 노동자를 보았다. 주위에 아랑곳하지 않고 심혈을 기울여 모르타르를 균열된 부분에 주입하는 모습을 한참 보았다. 정말 온 정성을 기울여 다리를 보수하는 모습이었다.

덴마크 디자인 박물관은 우리 숙소 근처에 있어서 찾는 것은 그리 어렵지 않았다. 자유 입장으로 알고 왔는데 1인당 입장료가 67유로나 한다. 그래도 워낙 유명해서 관람을 꼭 하고 싶은 장소여서 망설여졌다. 그렇지만 주변을 둘러보면서 길거리 음식과 맥주를 맛보는 것이 입장하는 것보다 낫다 싶었다. 우리는 박물관 정문을 나서서 반지하 식당으로 들어갔다. 살면서 아주 우연한 일이 큰 즐거움으로 변하기도 한다. 여기는 덴마크식 샌드위치 — 빵을 밑에 놓고 고명으로 야채와 소고기 또는 절인 청어 등을 올려놓으며 덴마크인 모두가 즐기는 음식 — 의 명소였다. 힐러리 클린턴이 덴마크를 방문했을 때 이 식당에 들러 바로 우리 자리에서 식사를 했다고 한다. 현지 신문기사를 벽에 붙여 놓은 것을 보고 우리는 즐거웠다. 우리는 맥주와 덴마크 샌드위치를 시켰다. 서빙하는 종업원의 미소가 참 아름답다. 그녀의 태도는 정중하고 말씨는 명랑하고 얼굴은 밝은 미소로 우리를 대한다. 20세 전후로 보이는 종업원은 꼭 끝말에 '예스'와 '땡큐'를 붙인다. 덴마크에서는 식당 종업원도 행복해 보인다.

자전거 타고 코펜하겐을

오늘은 자전거 타고 코펜하겐 시내를 둘러보기로 했다. 나는 덴마크에서는 처음으로 자전거를 타려니 긴장된다. 그리고 기대도 된다. 숙소 주변의 자전거 대여점에서 자전거를 빌려 간단한 자전거 교통법을 배우고 디자인 놀이공원으로 향했다. 이곳은 이민자들이 몰려있는 코펜하겐의 낙후지역으로 슬럼화되는 모습에 젊은 예술인들이 지역을 놀이시설로 꾸며서 사람들이 찾아오도록 가꾼 곳이다. 우리는 카스트로라는 커피집 노상 탁자에 앉아 주위를 둘러보며 커피 향을 즐겼다. 안전벨트를 매고 얌전히 자전거 뒤쪽에 앉아 가는 어린이를 관찰했다. 공짜 화장실 — 유럽에서는 화장실이 공짜가 아니다 — 을 갈 때 밝은 표정으로 안내하던 종업원에게서 즐겁게 일하는 덴마크인의 일상을 보기도 했다.

덴마크에서 찾기 힘든 오르막길을 자전거 페달을 밟고 올라 칼스버그 맥주 공장으로 이동했다. 중간에 강렬한 햇살과 맑은 공기를 만끽하면서 조금은 익숙하게 덴마크의 자전거 길을 달렸다. 오래된 공장과 이를 이용한 홍보가 인상적이었다. 입장료는 80크로네(15,000원 정도)로 저렴하지 않은 가격이었으나 공장 견학과 더불어 2잔의 맥주를 골라 마실 수 있어서 조금은 위안이 되었다. 한국에서 가져온 모자를 분실해서 허망하던 차에 기념품 가게에서 6,000원짜리 모자를 샀다. 또 맥주를 곁들인 식사도 했다. 옆에 있던 말레이시아 가족과 대화를 했다. 그는 중국계라서 말레이어와 영어, 중국어를 유치원에서부터 습득했다고 한다. 대학에서 회

계학을 전공해서 석유가스 회사에 다니는데 탐이라고 자기를 소개한다. 휴가 삼아 가족이 덴마크에 와서 10일 정도 머물 예정이고 오늘이 이틀째라고 한다. 온 가족이 함께 여행하는 모습을 보고 우리 집 식구들을 생각했다. '다음 기회에 꼭 아내와 함께 와야지.' 즐겁고 행복한 여행이 되기를 바란다는 인사말을 탐의 가족에게 말하고 헤어졌다. 공장 밖의 숲 속 나무 위에 밧줄로 설치된 체험 놀이시설이 있었다. 아이와 부모가 함께하는 모습이 눈에 들어와 한참 보았다. 덴마크 부모는 아이들과 함께하는 시간이 참 많아 보였다. 우리나라는 가족과 함께하는 시간을 늘리려는 노력을 하고 있기는 한가? 의문이 들었다.

외르스테드 신시가지로 향했다. 한국으로 치면 강남과 같은 신시가지로 덴마크에서 실험 중인 건축 디자인의 전시장으로 꼽힌다. 그곳에 있는 도서관에 들렀다. 학교와 도서관이 함께 있는 공간으로 학교 수업에 활용은 물론이고 방과 후나 휴일에도 항상 학생과 주민에게 개방된 문화 공간으로 활용하고 있었다. 공간의 배치가 독서하는 데 불편함이 없도록 디자인되어 있었다.

도서관을 나와 벤치에 앉아 바라본 시가는 디자인이 훌륭했다. 신시가지의 건물 외관과 색깔이 주변과 절묘한 조화를 이루고 있다. 주변의 수로와 초지를 끼고 자전거 도로가 나 있어 자전거의 활용이 용이했다. 우리는 잘 다듬어진 자전거 길을 따라 들판으로 나섰다. 목장 한가운데로 나 있는 자전거 길을 달리면서 드넓은 초지와 젖소가 어우러진 덴마크의 목가적 풍광을 목격했다. 신시가지 숲 속에 코펜하겐 유스호스텔이 있는 것을 보고는 나중에 아내와 함께 오면 저곳에 꼭 머물리라 다짐하기도 했다. 코펜하겐 시청과 티볼리 공원을 자전거를 타고 달리면서, 불과

며칠 전까지 신기하게 여겼던 덴마크의 자전거 물결에 나도 일원이 되어 손 신호로 자전거의 진행 방향과 정지를 표하며 숙소까지 이동하면서 묘한 희열을 느꼈다.

중학생 때부터 그리던 스웨덴으로

일찍 일어나 아침을 먹고 7시쯤 집주인을 만나 체크아웃을 했다. 집주인은 오스트리아에서 활동하는 오페라 가수로 40대 중반의 여성이다. 그녀는 선한 얼굴과 밝은 미소로 쉽게 체크아웃에 동의했다. 불편하지는 않았는지, 즐거웠는지를 묻는 그녀의 행동에 조금은 당황스러웠다. 집을 비워 두지 않고 남에게 통째로 빌려 주는 방식에 익숙하지 않은 나로서는 새로운 경험이었다. 이것도 서로 나누고 협동하는 공동체에 익숙한 이들의 방식인가?

짐을 끌고 전철역에 가서 코펜하겐 중앙역으로 향했다. 그동안 눈 익은 풍광이 보이고 처음 도착했을 땐 당황했던 거리를 편안히 걸었다. 스톡홀름행 기차표는 '세븐일레븐' 편의점에서 출력했다. 우리와는 다른 방식으로 발권을 했다. 같이 간 전 선생님 딸이 표를 끊었다. 손수 하지 않다 보니 푯값이 얼마인지, 어떤 방법으로 구입하는지 몰라서 갑갑하다. 직접 해 보지 않아 못내 아쉽다. 코펜하겐 역에서 스웨덴 말뫼까지 전철로 가서 스톡홀름까지는 기차로 가는 여정이다. 벤치에 앉아 옆 사람과 잠시 대화를 나눴다. 자기는 내과 의사로 노르웨이 오슬로로 간다고 한다. 우리는 한국에서 왔고 스톡홀름에 간다고 했더니 스톡홀름은 아주 매력적인 도시라고 한다. 자기는 수차례 다녀왔는데 스톡홀름 방문은 탁월한 선택이라고 손을 치켜든다.

전철이 도착해 탑승하고 창밖을 보았다. 바다 위를 달리는 전철에서 잠시 중학생 소년기에 여기 북유럽을 동경하던 나를 회상했다. 펜팔하던 친구가 살던 곳이 스웨덴 쿵스바카로 여기 말뫼와 지척이었다. 말뫼 역에서 스톡홀름행 기차를 탔다. 좌석은 6인석으로 마주 보는 구조로 되어 있다. 짐을 짐칸에 올리고 — 짐칸이 매우 높다. 여기 사람들의 평균 신장이 크기 때문일 거다 — 자리를 잡으니 기차가 움직였다. '학창 시절에 참으로 여행하고 싶던 스웨덴을 나는 지금 기차를 타고 달린다.'

풍광이 덴마크와 차이가 있다. 덴마크보다는 좀 더 크고, 산도 언덕도 있고, 집도 크고, 큰 자동차도 많다. 덴마크에서는 저런 큰 차가 잘 보이지 않았다. 앞에 앉은 스웨덴 여성 — 나이는 27세이고 직업은 파티시에라고 한다 — 과 스웨덴 교육에 대해 몇 마디 이야기를 나눴다. 스웨덴에도 교사의 지시나 학교의 생활에 만족하지 않고 반항하는 학생이 있다고 했다. 지금은 그런 생각이나 행동이 이해되지 않는다고 한다.

스톡홀름 역에 도착했다. 나도 모르게 위압감이 느껴졌다. 넓게 펼쳐진 가로, 장대하고 웅장한 건물은 자신감과 자긍심으로 뭉쳐진 거만함으로 느껴졌다. 이게 스웨덴의 첫인상이다. 스톡홀름 지하철역에서 전철을 기다리면서 학창 시절 스웨덴에서 전기철도에 대해 배우고 싶었던 기억이 떠올랐다. 스웨덴은 전기철도가 가장 발달한 나라 중 하나였다. 쇠데르텔리에행 전철을 타고 아르스타베르그 역에서 내려 160번 버스로 도착한 곳이 아르스타라는 동네였다. 에어비앤비 숙소 공유 사이트를 이용했다. 4명이 묵겠다고 예약을 했기 때문에 아파트 열쇠를 받을 때까지 한 명은 보이지 않아야 했다. 그래서 나는 일행과 떨어져서 숙소 주변을 둘러보았다. 시내에서 조금 떨어진 조용한 작은 동네 주택가였다.

그런데 동사무소 같은 지역센터에 무지개 깃발이 걸려 있다. 의아스러웠다. 무지개 깃발은 동성애자를 표시하는 일종의 심벌이기 때문이다. 일행을 기다리기 지루해서 슈퍼에 들러 생수를 사러 갔다. 생숫값으로 유로를 제시했다가 거부당했다. 수중에 스웨덴 화폐 크로네가 없어 카드로 사겠다고 하니 종업원이 여권을 보여 달라고 한다. 내가 제시한 신용카드가 도난당한 카드일 수도 있으니 믿을 수 없다고 한다. 참 무례한 행동이라서 머뭇거리다 그럼 보여 주기만 하고 여권은 주지 못하겠다고 했다. 그랬더니 여권 번호를 외우라고 요구한다. 그래서 덴마크에서도 아무런 문제 없이 사용했고, 내 여권인데 왜 번호를 당신 앞에서 외워야 하는지, 나는 물을 사고 싶은데 현금은 유로만 있으니 통용되는 지불수단으로 현금카드를 사용하려는데 왜 당신이 나에게 이것저것 요구하는지 따졌다. 뒤에 있던 스웨덴 여성이 괜찮다면 자기가 대신 물건값을 지불하겠다고 한다. 나는 유로도 충분히 있고 신분도 확실하고 현금카드도 있으니 내 돈으로 사겠다고 했다. 슬그머니 종업원이 사인을 하라고 한다. 스웨덴 여성에게 눈인사를 하고 슈퍼를 나오는데 박정운 선생님이 두리번거리는 모습이 보였다. 참 반가웠다.

뒤늦게 숙소에 들어와 방을 구경했다. 흰색 벽과 천장 그리고 원색의 목제 가구로 꾸며지고 살림살이가 잘 정돈된 실내가 눈에 들어왔다. 특히 책이 많은 것이 눈에 띄었다. 어린아이 — 앨리스라고 방문에 쓰여 있다 — 와 사는 독신 여성의 집으로 짐작했다. 주방의 작은 식탁에 스웨덴어로 무어라 쓰여 있었다. 환영한다는 말과 자기네 집에서 잘 지내라는 말로 보인다. 그리고 생강 사탕 5개를 접시에 놓아두었다. 우리가 동양인이라는 것을 생각해 사탕을 동양적인 맛으로 챙겨 놓은 집주인의 마음씨가 곱다.

짐 정리를 대충 하고 주변 산책에 나섰다. 도중에 학교로 보이는 건물에 들러서 여기저기 둘러보다 도서관에서 나오는 30대의 남성과 이야기를 했다. 여기는 초등학교로 딸애가 도서관에서 책을 보기 때문에 함께 왔다고 한다. 오늘이 금요일이라서 선생님이나 아이들을 만나기는 어렵다고 한다. 참 운이 없게도 금요일, 토요일에만 현지에 도착을 하는지…….

주변은 온통 낮은 층수의 아파트로 건물마다 단열이 아주 잘 되어 있다. 건물 색은 중간색으로 단순하면서도 깔끔한 외모다. 그러나 덴마크인과는 달리 사람들이 조금은 무뚝뚝해 보이고 다른 이에 대한 관심이 없어 보인다. 아마 스웨덴은 대국이라는 그들의 생각 때문인가? 인구가 950만이 넘고 국토가 넓고 과거 영광의 역사와 전통유산 그리고 북구의 맏형으로서의 위용을 한껏 드러내는 자신감의 표현은 아닐까? 쇠데르말름 시내와 우리 숙소를 잇는 스칸스브론 다리를 걸으면서 그들의 웅장한 역사의 건물을 보면서 스웨덴의 첫날을 맞았다.

저녁에 집안을 둘러보다 분명히 부부가 함께 산다고 들었는데 남자의 흔적이 느껴지지 않아 혹시 동성애자의 집이 아닐까 하고 동사무소의 무지개 깃발을 떠올리면서 의문을 제기했다. 앨범을 꺼내 들은 전 선생님이 확실히 동성애자의 집이 틀림없다고 했다. 사진첩에는 아이 사진, 할아버지 할머니 사진과 다정하게 찍은 두 여성 부부의 사진이 보인다. 두 여성 부부 중 한 여성이 아이를 낳고 공동으로 육아를 하는 것 같다. 남자의 흔적이 보이지 않았던 의문이 사진첩 하나로 쉽게 풀렸다. 우연한 일이지만 다음 여행지인 핀란드에서는 남성 동성애자 부부의 숙소를 빌려 사용했다!

스톡홀름에서 게이 축제를 구경하다

오늘은 스톡홀름 시내 전역에서 게이 축제가 있는 날이다. 북구에서 제일 크다고 한다. 우리도 게이 축제를 관람하기로 했다. 우리는 시내 한복판 스톡홀름 역에 내려서 구시가지 감라스탄 섬으로 향했다. 이른 아침이어서 가게도 문을 열지 않고 사람도 없는 한적한 거리를 걷는다. 왕궁과 그에 관련된 유적이 펼쳐져 있는데 별 감흥은 없다. 몇 개의 기념품이 마음에 들었지만 가격이 만만치 않다. 가장 저렴한 곳으로 들어가 스웨덴의 국기와 닮은 노랑색과 파랑색으로 칠한 엽서와 스톡홀름 겨울 풍경을 그린 컵 받침을 샀다. 박 선생님은 딸아이들을 주려고 삐삐 모자와 인형에 마음이 끌려서 샀다. 관광상품 가게의 주인은 대부분 인도계인 듯하다. 괜히 마음이 짠하다.

릭스브론 다리를 건너다 거리의 화가를 보았다. 마음에 드는 기념품이 없어 두리번거리던 중 스톡홀름 거리를 그린 그림에 눈에 들어왔다. 그림을 홍정하려니 1호짜리 수채화가 200크로네(4만 원) 정도라서 손이 가지 않았다. 거리 화가들은 남자는 칠레에서, 여자는 우크라이나에서 왔다고 한다. 아, 그래서 영어가 서툴렀구나. 짧지만 스페인어로 가격이 비싸서 못 사겠다고 했더니 남자 화가는 더욱 간절하게 사달라고 한다. 이거 말을 잘못 걸었다고 생각이 들었지만 늦었다. 그렇다면 이야기나 실컷 하자는 생각이 들어 칠레 출신 화가에게 스페인어로 싼 그림을 달라고 했다. 나는 별로 살 마음이 없지만 같은 처지의 이방인으로 만나서 서로 도와야겠다는 생각을 했다. 결국 약간의 흠이 있는 그림을 100크로네를 주고 샀다. 악수하고 포옹하고 그들의 행복과 내 여행의 안녕을 서로 기원했다.

스켑스브론 거리에 있는 왕궁 경호원은 기념사진을 찍어도 되냐고 우리의 물음에 눈짓으로 동의한다. 번쩍이는 은빛 헬멧과 황금술 견장, 파란색 제복을 입은 경호원을 곁에 두고 우리는 왕궁을 향해 사진을 거푸 찍었다. 청와대 경호원도 이렇게 사진을 찍을 수 있게 포즈를 취해 줄까? 스트룀브론 다리를 건너 쿵스트레드 공원에서 스웨덴 근위대 행진을 보았다. 왕궁 경호원과 같은 복색의 근위대 50여 명이 행진을 하는 모습은 안데르센 동화책 속 왕국의 근위대 행렬이 눈앞에 나타난 것 같았다. 스웨덴의 오랜 영광이 오늘도 변함없이 진행되고 있노라고 자랑하는 듯이 보였다.

스웨덴에서는 토요일에 벼룩시장이 선다는 이야기를 들은 적이 있어서 주변을 살피고 다녔다. 공원 거리에 펼쳐진 책을 보고 주인에게 자수 책이 있냐고 물으니, 여기 있는 책은 값이 비싸고 자수 책은 없으니 공원 건너 뒷골목 넥스트룀스 거리로 가면 벼룩시장이 열린다고 가르쳐 주었다. 그의 친절에 감사를 표하고 뒷골목으로 갔더니 책, 그림, 먹거리, 칼, 주방용품, 사진, 액자, 망원경 등등 집에서 사용하던 갖가지 골동품이 모여 있다. 호기심으로 이것저것 둘러보다 아내에게 줄 자수 책을 단돈 10크로네(2천 원)에 샀다. 그림을 기웃거리다 마음에 드는 그림에 손이 갔지만 값은 고사하고 진품과 모사품을 구별하지 못해 단념했다. 그러다 망원경이 눈에 들어왔다. 사용하지 않은 영국제로 단지 100크로네(2만 원)밖에 하지 않아서 망설였다. 대신 근처에 있는 귀걸이에 관심을 보이니 옆에 구경 온 처자가 귀에 걸어 보여 준다. 딸애가 걸면 예쁠 것 같아 70크로네(14,000원)에 샀다. 여기 물건을 가지고 나온 사람들은 물건을 파는 것에는 별 관심이 없는 듯 옆 사람과 이야기하고 웃고 햇살을 즐긴다. 그리고 우리들 이방인을 만나면 한참 신 나게 자기들 이야기를 한다. 모두들 영어를 잘 구사하는 것이 나에게는 새롭다.

스톡홀름 중앙역에서 만난 게이 행진은 노르말름 다운타운 전 지역의 거리를 행진하고 있다. 행진 주제가 서로 다른 것이 출신 지역이 다른 듯하고 온 시민이 거리로 구경 나온 듯 북적인다. 스웨덴인들은 그들의 공동체를 유지하는 틀에 위배되지 않는 한 다양한 생각을 가진 사람들을 포용하는 사회를 구성하고 있다는 생각이 든다. 이런 스웨덴 사회가 부러웠다.

호숫가 거닐기 그리고 핀란드행 페리에서

오늘은 일요일이라서 전 선생님과 김 선생님은 시내 교회로 갔다. 우리는 숙소 근처 호수로 향했다. 숲길은 자전거를 타거나 조깅하는 사람, 우리처럼 산책하는 사람들이 보인다. 우리네 동네 산책로와 닮았는데 차이는 화강암 위에 부엽토와 나무나 풀들이 얹혀 있다. 한 번 훼손되면 회복하기 힘든 척박한 땅이다. 그래서 스웨덴 사람들은 자연을 아끼는 것인가? 단단한 암반층을 피해 아파트나 주택이 숲 사이에 자리를 잡고 있다. 숲 속 한가운데에 아이들이 유치원으로 보이는 건물에서 부모와 놀고 있다. 말을 걸어 보니 주중에는 선생님이 있고, 주말에는 교사는 없는 대신 시설은 개방되어 자유롭게 이용할 수 있다고 한다. 유치원 앞에는 작은 텃밭이 있는데 아마도 아이와 부모가 가꾸는 듯하다.

숲길을 따라 호숫가로 나섰다. 호숫가로 나서니 반대편은 쇠데르말름 시가지가 보인다. 우리는 호숫가 벤치에 앉아 건너편 풍광을 감상했다. 숲 속에 점점이 있는 별장인지 주거지인지 그림 같다. 부두의 부이에 올라 바다와 햇볕을 즐기기도 했다. 스웨덴 사람들은 일광욕을 하다 지루하면 호수에 몸을 담가 수영을 하기도 한다. 이 부이는 일광욕하기 좋게 바닥면에 각을 두어 만들었다. 이것도 시민을 위한 배려인가? 주변의 주거건물은 덴마크의 외르스테드 신시가지와 비견되는데 차이점은 베란다의 배치가 특이하다. 돌출된 각도와 크기가 각각 달라서 모든 층과 가구마다 호수를 바라보는 조망권을 확보해 주고 있었다. 아름다우면서도 실용적이고 입주민을 위한 배려가 어우러진 모습을 한참 바라보았다.

시장해서 점심을 이란 음식점에서 먹게 되었다. 식당 주인에게 이란 음식은 처음인데 먹는 방법이나 무엇을 먹어야 하는지 모르니 주인이 선정을 해 주면 좋겠다고 부탁했다. 그녀는 우리를 위해 음식을 골라 먹는 순서와 방법을 알려 주었다. 참 친절하고 신실한 마음이 보인다. 같은 아시아인이라는 동질감 때문일까? 영어는 서툴지만 최선을 다해 음식에 대해 설명해 주고 자기소개를 한다. 이란에서 페르시아 국어 교사였고 2년 전에 이민을 왔다고 한다. 나중에 그녀의 남편이 와서 이야기를 들었다. 힘들고 낯설지만 아이들을 위해 이민을 왔노라고 한다. 음식을 맛있게 먹고 건강과 행복을 빌며 작별을 했다. 음식점 부부는 작별을 아쉬워하며 다음에 스웨덴에 오면 꼭 다시 들러줄 것을 신신당부했다. 눈물을 글썽이면서 명함을 건네준다. 착한 이란 음식점 내외의 가정이 평온하고 행복하기를……

늦게 도착한 일행과 함께 실야 터미널에서 핀란드행 페리를 탔다. 배는 오후 5시에 부두를 떠났다. 이 페리는 밤새 항해를 해서 다음 날 아침 7시에 핀란드 헬싱키에 도착할 예정이다. 우리 주변에는 중국인과 일본인도 많고 간간이 한국어도 들린다. 선장의 안내에 의하면 승객들의 국적은 총 30여 개라고 한다. 페리 갑판에서 부두를 내려다보면서 지난 세월, 어린 날을 회상했다. 여객선 갑판에서 안면도를 떠나던 생각과 돌아가신 부모님 생각, 고향 생각에 그리움이 복받쳐 올라 마음이 쓰리고 아려서 눈물이 울컥했다.

배 갑판에서 하절기 긴 낮의 북구에서의 축복을 맥주 한 잔 곁들여 만끽하면서 바닷가 풍경을 하염없이 바라보았다. 이 세상 바닷가의 아름다운 모습을 모두 모아서 스웨덴 해변에 펼쳐 놓고 수를 놓은 듯하다. 나에게 이런 스웨덴은 조상으로부터 이것저것 충분히 물려받아 낭비하지 않고 건실하게 자산을 지킨 부자의 모습으로 그려진다. 우리나라에도 자랑스러운 역사와 유산이 있었을 텐데, 우리는 잘 보존해서 물려받았을까? 참 복된 나라 스웨덴이여 안녕!

>>> 우리는 아직 갈 길이 멀다

원주중학교 도덕교사 **박정운**

해외여행이라고는 싱가포르에 3박 4일 다녀온 것이 전부인 내가 드디어 유럽 여행을 할 기회를 잡았다. 그것도 한 나라가 아니라 다섯 나라를 동시에 다녀올 수 있는 기회였다. 2주 가까운 기간 동안 북유럽의 여러 나라를 여행할 수 있다는 것은 분명 나에게 행운이었다.

제일 먼저 도착한 도시는 네덜란드의 수도 암스테르담이었다. 호텔에 짐을 내려놓자마자 기차를 타고 시내에 가서 시내를 둘러봤다. 가장 인상적으로 다가온 풍경은 중세식 건물들이 거리마다 즐비하게 서 있다는 것이었다. 거리에는 자동차가 드물고, 많은 시민들이 자전거를 타고 있었다. 트램이라는 전동차가 주요한 대중교통수단이었다. 우리의 대도시처럼 승용차나 화물차가 도로를 가득 메우는 모습은 찾아보기 힘들었다. 특히 자전거를 타는 모습이 가장 인상적이었다. 자전거 전용도로가 따로 있었다. 걸어 다니는 시민들도 자전거 도로를 침범해서는 안 된다. 거리 곳곳마다 자전거 보관소가 있어서 자전거를 사용하기에 편리해 보였다. 기차나 전동차에 자전거를 가지고 탈 수 있도록 배려하는 시스템이 구축되어 있었다.

트램의 운행 모습도 인상적으로 다가왔다. 자동차와 충돌할 위험이 있을 것 같아 보였지만 질서 있게 잘 움직이고 있었다. 나는 이런 생각을 해 봤다. 왜 모두 트램을 고집하는 것일까? 대답은 간단했다. 암스테르담

4장. 학교 혁신, 북유럽에서 배우다

에서는 대도시임에도 불구하고 우리나라의 농촌처럼 신선한 공기를 마실 수 있다. 트램과 자전거를 주요 교통수단으로 사용하기 때문이다. 나중에 다른 나라를 여행하면서 비교해 보고 안 사실이지만, 북유럽에서는 자전거로 이동하는 시민들이 꽤 많았다.

그럼 왜 북유럽 사람들은 자전거 타기에 열광하는 것일까?

생각해 본 바로는 첫째, 환경오염을 획기적으로 줄일 수 있다는 점. 둘째, 석유 에너지의 낭비를 줄일 수 있다는 점. 셋째, 따로 시간을 내서 운동을 하지 않아도 신체적으로 건강한 몸을 유지할 수 있다는 점. 넷째, 자동차를 운행함으로써 발생하는 다양한 경제적 손실을 줄일 수 있다는 점이다. 자동차보다 속도는 느리지만 지속 가능한 사회를 구축할 수 있다는 점이 자전거라는 도구가 주는 강력한 메시지인 것이다.

자동차를 렌트하여 북쪽 고속도로로 이동하니 드넓은 독일 들판이 펼쳐진다. 이곳 지형은 대부분 평지이고 산이 없었다. 하지만 어디서나 쉽게 울창한 나무숲을 볼 수 있었다. 농지가 굉장히 넓었고 대단위 기계농

내가 경험한 학교 혁신 이야기

업을 하고 있는 것처럼 보였다. 시골은 정말 사람을 구경하기 힘든 곳이었고, 농가가 우리처럼 마을에 오밀조밀 모여 있지 않고 아주 듬성듬성 자리 잡고 있었다.

드넓은 평원을 지나 두 번째로 방문한 도시는 브레멘이었다. 브레멘도 구시가지에는 중세 건축물이 즐비하게 늘어서 있었다. 그곳의 중심지인 큰 성당 앞 노천 식당에서 맥주를 곁들인 스테이크와 햄버거로 식사를 했다. 성당 앞으로 현대식 트램이 지나가는 것이 인상적이었다. 전통적인 풍경을 해치지 않으면서 현대 문명과 조화를 이루고자 노력하는 모습을 여러 곳에서 목격했다. 중세 건물 같은 경우는 리모델링을 할 때 되도록 외관을 손상하지 않고 살리면서 내부만 현대식으로 개조하였다. 우리는 새마을운동이라는 것을 하면서 과거의 전통 가옥들을 모두 부수었는데 이곳에서는 그렇지 않았다. 우리와 대조적인 풍경들이 가슴 아프게 다가왔다.

다음 방문지는 덴마크의 오덴세라는 도시였다. 그 도시에 도착할 때에는 날이 어두워져 곧장 숙소인 오덴세 호텔로 향했다. 건물 디자인이 단순하고 외부 색상이 화려해 보이지는 않았다. 몸이 피곤하여 간단히 씻고 잠이 들었다. 다음 날 아침 호텔에서 제공하는 뷔페로 아침 식사를 해결하기 위해 식당으로 내려갔다. 내려가는 통로에서 여러 가지 놀라운 점을 발견했다. 지붕 위를 유리로 만들어 자연광인 햇빛이 실내를 비추도록 디자인했다. 겨울에 눈이 많이 내려서 유리 지붕이 깨지는 것을 방지하기 위해 그 아래에 온풍기를 설치했다. 그리고 숙소의 창문이 단열을 위해 특수하게 제작된 창문이었다. 디자인이 화려하지는 않았지만 매우 실용적이고 에너지 효율을 높이는 쪽으로 설계되어 있었다. 아침을 먹고 시가지 쪽으로 이동해서 구경을 했다. 여기서도 단순하면서도 실용적인 디자인들이 눈에 들어왔다. 거리의 쓰레기통들은 철제였다. 쓰레기를 버리기에 용이하도록 만들어져 있었다. 벤치들도 디자인은 단순했지만 사용하기 편리하도록 설계된 것들이었다.

다음에 도착한 곳은 덴마크의 중심 도시 코펜하겐이었다. 우리는 숙박 공유 사이트인 에어비앤비를 이용했다. 주인이 휴가를 간 사이에 집을 다른 여행객에게 대여하는 문화가 신선하게 다가왔다. 자기 집을 다른 사람들에게 믿고 빌려 준다는 것이 우리로서는 쉽지 않은 선택일 것이다. 어차피 사용하지 않아서 비는 시간에 집을 빌려주고 경제적 이득을 얻고자 하는 실용적인 사고방식이다. 아파트 건물 안쪽으로 작은 정원이 정사각형 모양으로 구성되어 있었다. 네 개의 건물이 정사각형 형태로 붙어 있는 것이다. 이런 구조 덕분에 건물에 사는 사람들이 공동으로 사용할 수 있는 정원이 생겼다. 낮에는 아이들 놀이터로 쓰이기도 하고, 저녁에는 파티가 열리는 곳이기도 하다.

그 다음 날에는 자전거로 시내를 돌아보았다. 자전거 도로가 자동차 도로와 같이 잘 정비되어 있어서 자전거를 타는 사람이 불편함을 느낄 수가 없었다. 대부분 평지이기 때문에 체력적으로도 힘들지 않았다. 이곳 덴마크에서는 자동차를 살 때 찻값의 두 배를 세금으로 내야 한다.

다음으로 기차를 타고 도착한 도시는 스웨덴의 스톡홀름이었다. 이 도시도 역시 자전거를 타고 다니는 것이 일상화되어 있었지만, 그래도 네덜란드나 덴마크에 비하면 자동차가 많이 운행되고 있었다. 사람들이 더 활발하게 움직이고 속도감이 있다는 느낌이 들었고 경제적으로도 더 역동적으로 움직인다는 느낌이 거리 곳곳에서 풍겼다. 스톡홀름에서 가장 인상적인 사건은 동성애자들의 거리 축제였다. 동성애자들의 퍼포먼스와 퍼레이드로 온통 떠들썩했다. 이런 풍경이 우리 사회에서는 감히 상상도 할 수 없는 일이어서 낯설게만 느껴졌다. 동성애 문제에 대해 성찰해 보는 계기가 되었다.

다음으로 배를 타고 도착한 도시는 핀란드의 헬싱키였다. 핀란드 학교를 방문하러 갔다. 헬싱키 외곽에 위치한 히덴키비 종합학교로 초등과정과 중등과정이 결합된 학교이다. 겉모습은 평범해 보였는데 건물 내부로 들어가서 보니 우리와 다른 모습들이 속속 눈에 들어왔다. 여자 선생님 한 분이 두 시간 가까이 친절하게 학교 이곳저곳을 직접 안내하고 설명해 주셨다. 그중 인상적인 몇 가지를 소개하겠다.

4장. 학교 혁신, 북유럽에서 배우다

첫째, 교실들이 일직선 복도에 배치되어 있는 것이 아니라 4개의 교실이 둥그렇게 배치되어 있는 구조였다.

둘째, 우리처럼 같은 반 학생들이 같은 교실에서 하루 종일 수업을 받는 방식이 아니라, 학생들이 과목에 맞는 교실을 찾아가서 수업을 받는 방식이다. 이런 이유로 개인 물품들은 복도 개인 사물함에 모두 보관하고 필요할 때마다 꺼내 쓴다.

셋째, 목공 교실이 가장 인상적이었다. 우리 입장에서 보면 기술·가정 과목에 해당되는 교실이다. 우리나라 어느 대학교의 시설과 비교해 봐도 손색이 없을 정도였다. 나무를 다듬고 자르고 재단할 수 있는 공구와 기계 설비들이 잘 정비되어 있었다. 아이들의 건강을 위해서 나무를 다룰 때 나오는 먼지나 톱밥 등을 자동으로 배출할 수 있게 되어 있었다.

넷째, 교사들을 위한 공간이 잘 배치되어 있었다. 교사들이 함께 대화를 나누면서 쉴 수 있는 장소와 교사별로 혼자 업무를 볼 수 있는 개인 장소가 잘 구비되어 있었다. 상담, 보건 관련 인력과 시설도 잘 갖추어져 있었다.

다섯째, 핀란드는 학생들을 위해서 국가가 교육에 투자하는 세율 비중이 매우 높다는 걸 실감하게 되었다. 핀란드 교사들은 석사 과정 이상을 이수해야 교사 자격이 주어진다. 우리 사회는 교육을 중시하는 것처럼 말하면서도 교육에 대한 공공투자는 인색하다. 핀란드가 한없이 부럽다는 생각이 들었다. 핀란드는 인구가 적어서 한 명도 버릴 수 없다는 절박감으로 교육에 전적인 투자와 지원을 아끼지 않았기에 오늘날과 같은 교육 강국이 되었다.

이번 여행은 북유럽 국가들이 어떤 가치를 지키고자 노력하는지 눈으로 확인할 수 있는 좋은 기회였던 것 같다. 편리한 자동차를 굳이 마다하고 자전거를 타는 시민들의 성숙한 모습에서 지속 가능한 사회를 위한 노력을 확인할 수 있었다. 그리고 사람을 매우 소중하게 여겨서 경쟁보다는 협력의 가치, 다양성의 가치를 중시하는 그들의 의식 수준이 놀라웠다. 북유럽 문화 저변에 이런 의식들이 깔려 있다는 확신이 들었다. 우리 사회도 이런 시민 의식이 형성되고 공감을 얻으려면 아직은 갈 길이 멀다는 생각이 든다.

>>> 북유럽 탐방의 시사점

서곡초등학교 5학년 담임교사 **김경우**

지속 가능한 삶을 위한 교육, 자전거라는 아이콘

최근 금융위기와 후쿠시마 사태를 접하면서 미국식 자본주의 황금기가 끝나가는 느낌을 받게 된다. 경제적 측면에서나 생태적 측면에서나 사회 정의와 평등 측면에서 지속 가능하지 않다. 한국은 그동안 너무 미국식 사회 시스템과 삶의 방식에 갇혀 있었다. 지금은 북유럽식 사회 시스템과 삶의 방식에서 배울 점이 더 많아 보인다.

북유럽 대부분의 국가들은 자전거를 레저가 아니라 교통수단으로서, 생활 도구로서 실용적으로 이용하고 있었다. 놀라웠다.

우리도 지속 가능한 사회 시스템과 삶으로 시급히 전환되어야 할 시점이다. 이를 위한 교육이 필요하고, 학교 혁신의 핵심 가치와 방향으로 채택되어야 한다. 자전거와 걷기, 도시 유기농업, 마을공동체 회복, 에너지

자립 및 적정 기술 사용 등의 생활 방식 전환을 학교에서도 가르쳐야 한다. 자전거 면허와 자전거 안전교육, 자전거 여행, 자전거를 아이콘으로 지속 가능한 삶을 탐구하는 자전거 프로젝트, 자전거를 직접 고치고 조립하고 새로운 디자인으로 만드는 자전거 공방, 자전거 카페 운영 등의 교육 활동을 전개해 볼 수 있다. 국내에서도 하자센터와 대안학교에서 사례들이 축적되고 있다. 특히 사춘기에 방황하는 청소년들, 학교 부적응 학생들, 학교폭력 등의 문제를 일으키는 학생들, 무기력한 학생들, 부모의 과잉보호에 길들여진 학생들에게 자전거 여행이나 걷기 여행 같은 교육 프로그램은 효과적이다. 내년에 전면적으로 시행될 자유학기제나 학교 부적응 학생을 위한 대안교육 프로그램으로 강력히 추천한다. 자기 극복과 자기 발견의 기회를 가질 수 있는 소중한 경험들을 제공할 것이다. 벨기에 민간단체 '오이코텐'에서는 비행청소년을 위한 걷기 프로그램을 실시하고 있다. 어른 1명과 청소년 2명이 3개월간 2,000km를 걷는다. 전자기기 휴대는 금지하고 숙식을 스스로 해결한다. 이렇게 하면 재범률이 현저하게 낮아진다.*

* '걷기' 참고 영상 자료: 『MAN』, Steve Cutts, http://www.youtube.com/watch?v=WfGMYdalClU

디자인이 학교를 바꾸다*

북유럽의 모든 건축물에는 디자인 개념이 들어가 있다. 특히 북유럽 학교 공간과 건축은 한국 학교와 너무나도 다르게 느껴졌다. 한국 학교 공간과 건축은 획일적이고 삭막하고 딱딱하고 꽉 막힌 느낌이다. 마치 군대 같고, 감옥 같은 느낌을 받게 한다. 요즘 학생들은 자기 집 인테리어나 동네 카페, 서점 등의 건축물과 학교를 비교했을 때 매우 후진적인 느낌을 받는다고 한다. 학생들이 가장 많은 시간을 보내는 곳이기 때문에 학교가 제2의 집처럼 아늑하고 편안한 공간이면 좋겠다. 더 있고 싶고, 왠지 가고 싶고, 즐거운 공간이 되면 얼마나 좋을까?

북유럽 학교는 건축과 공간 디자인에 관심과 투자를 아끼지 않는다. 집보다 더 편안하고 멋진 공간으로, 친환경적이고 실용적이며 자율적인 공간으로 만들고 있었다. 복도는 일직선이 아니라 곡선이나 원형이며, 학생의 감수성을 키워 주는 색깔과 디자인, 공연장과 카페식 소통 공간이 배치되어 있다. 학교를 문화 공간으로 디자인하고 있다.

공간은 사람의 행동 방식과 마음에 영향을 크게 미친다. 공간이 바뀌면 학생들도 달라질 수 있다. 학생의 정서뿐만 아니라 수업 태도와 학업 성취, 학교폭력 예방에도 영향을 끼친다는 연구 결과들이 꽤 있다. 깨진 유리창의 법칙, 스탠포드 심리학과 교수 짐바르도의 실험, 뉴욕 지하철 사례 등은 이미 많이 알려져 있다.

앞으로 학교에도 공공서비스 디자인 개념 도입이 필요하다. 학교 설계

----

* '디자인 효과' 참고 자료: 『공간이 아이를 바꾼다』(김경인 저, 중앙북스, 2014년), '문화로 학교 만들기' 공모사업 영상 http://www.happy-school.or.kr/new/index.php, 공공디자인 사례 영상 http://youtu.be/yRBHsEhPgk8

에 앞서 학생들의 동선을 파악하고 학생들의 의견을 반영하는 워크샵을 개최하여 학교 공간을 디자인하는 방식이다. 최근 세계적으로 범죄 예방 디자인에 대해서도 관심이 높아지고 있다. 디자인이 범죄와 학교폭력 예방에 긍정적 효과를 주고 있다. 강원도 학교 혁신 정책과 선진국형 교실 복지 정책에 적극적으로 반영되기를 바란다.

창의융합형 인재의 모델인 스티브 잡스는 디자인과 사용자 중심의 기술 융합으로 아이폰, 아이패드와 같은 제품을 생산해 내었다. 진정한 학력은 암기력이 아니라 창의적인 생산 능력이다. 이것이 21세기 한국 경제, 사회, 교육이 나아가야 할 방향이다. 학교에서도 아이들에게 디자인에 대한 개념과 감각, 다양한 문화들을 많이 경험할 수 있는 교육과정을 만들어야 한다. 혁신학교에서 실시하고 있는 단기집중형 계절학교 프로그램이나 프로젝트형 진로 프로그램, 활발한 동아리 활동, 모둠 중심으로 협력하는 수업 방식 등을 더욱 확산시켜야 할 것이다.

공유정신이 학교를 바꾸다

공유경제의 모델인 숙박 공유 사이트 에어비앤비를 통해 현지 가정집에서 저렴한 가격으로 숙박을 해결하는 경험을 이번 북유럽 탐방에서 해봤다. 서울시에서도 이런 공유경제 모델이 시도되고 있음을 알게 되었다. 공유·나눔·협력·연대·신뢰·관계·공동체에 기초한 경제 시스템과 사회 시스템, 교육 시스템이 필요함을 절감했다. 지속 가능한 사회와 지속 가능한 삶을 위해 꼭 필요한 일이라고 생각한다.

내가 경험한 학교 혁신 이야기

교실에서도 이런 공유정신을 바탕으로 학생과 학생, 학생과 교사의 관계가 협력과 신뢰, 나눔의 공동체가 되어야 한다. 그뿐만 아니라 교사와 학부모의 관계, 교사와 동료교사의 관계, 학교와 지역사회(마을)의 관계가 모두 협력적 관계를 맺으며 협업하고 공유하는 형태로 나아가야 한다. 수업에서 자신의 지식과 재능을 친구들과 공유하는 작업이 꼭 필요하고 서로 도움받을 수 있는 협력 시스템과 문화를 만들어야 한다. 학생들의 자리 배치를 4인 1모둠으로 구성하고 수업 시간에 서로의 사고를 공유하고 도울 수 있는 구조를 만드는 것이 중요하다. 교사는 일방적인 전달식 수업을 멈추고, 질문과 자료를 학생들에게 제시하고 학생들이 그 질문에 답을 찾아가는 탐구형, 프로젝트형 수업으로 혁신해야 한다. 학생의 학교생활과 발달에 대해 서로 공유하고 소통하는 상담도 혁신이 필요하다. 핀란드에는 그날그날 학생의 출석 여부와 이해 정도를 학부모과 공유하는 온라인 시스템이 있다. 스웨덴에서는 학생, 학부모, 교사 3자가 함께 상담하면서 학습 상황을 공유하고 점검한다. 그리고 앞으로의 학습 계획을 세워서 합의하고 사인한다. 강원도 교육청의 수업 복지 정책에 중요한 모델로 참고할 만하다.

북유럽에서 프리마켓(벼룩시장)이 활발하게 운영되는 것을 봤다. 학생들이 부모와 함께 집에서 안 쓰는 물건들을 시장에서 팔고 용돈을 번다. 경제활동도 체험할 수 있고 안 쓰는 물건을 공유하면서 지속 가능한 사회에 대한 개념도 경험할 수 있다. 학교에서 적극적으로 권장할 필요가 있다. 국내에서도 '아름다운가게'와 같은 사례들이 많이 축적되어 있다. 참고하면 좋겠다. 개별적으로, 탐욕적으로, 경쟁적으로 소유하려 하지 않고 서로 가진 물건이나 공간, 지식, 재능 등을 나눠 쓰고 함께 사용하면 경제적으로도 이득이 되고 환경도 보호하고 사회 불평등 문제도 완화된다. 무엇보다도 중요한 것은 사람과 사람이 신뢰 관계를 맺고 정신적으로 연결되는 경험들이 늘어나면서 삶이 더 행복해진다는 사실이다. 사람은 궁극적으로 관계 속에서 행복을 느낀다. 교육은 아이들에게 이런 관계를 경험하게 하고 이런 관계를 만들 수 있는 능력을 길러주어야 한다. 이것이 학교 혁신의 최종 목적이지 않을까? 서울시 '공유허브' 사이트(http://www.sharehub.kr)처럼 강원도 교육청 소속 모든 공공기관의 공간과 자원들을 학생과 교사와 주민들이 편하게 사용할 수 있는 온라인 시스템을 구축할 필요가 있다. 이런 공간에서 학생, 교사, 주민들이 각종 스터디 그룹을 만들고 편하게 모여서 학습하는 모습들을 상상해 본다.

다양성 존중과 자존감 향상이 학교를 바꾼다

스웨덴에서 동성애 퍼레이드 축제를 본 적이 있다. 동성애자들이 자신들의 존재를 사람들에게 알리는 축제다. 정말 많은 사람들이 그들을 응원하고 지지하는 모습을 보고 놀랐다. 우연히 스웨덴에서 묵은 숙소 주인도 동성애자였다. 여성 동성애자들이 교회에서 결혼식을 하고 아이를 낳아 키우고 있었다. 스웨덴에서는 교회에서 결혼식을 허용하는 법안이 6년 전에 만들어졌다. 스톡홀름 거리를 걸으면 동성애자들끼리 걸어 다니며 애정을 표현하는 모습을 자주 보게 된다. 스웨덴에서는 축구선수들이 집단적으로 동성애를 비하하는 욕설을 했다는 이유로 축구선수 전원을 해고한 사례도 있었고, 직장 상사가 성경을 근거로 동성애를 옳지 않다고 말했다는 이유로 해고된 사례도 있었다. 이처럼 다양성을 존중하는 북유럽 문화에 충격을 받았다. 북유럽 교사들은 학생들에게 동성애에 대해서 편견이 생기지 않도록 해야 하고, 가정환경에 대한 어떤 기록과 등록을 해서는 안 된다.

심지어 스웨덴에서는 장애학생으로 등록하는 제도도 없다. 특별히 기록하는 것 자체가 차별이라고 생각하는 것이다.

덴마크의 교육 시스템은 우리에게 더 큰 충격으로 다가왔다. 덴마크 교육의 가장 큰 특징은 자유학교(대안학교)를 허용하고 지원해 준다는 것이다. 부모들이 자신의 아이에게 필요한 학교를 설립하고 국가로부터 공교육과 똑같은 지원을 받을 수 있다. 교육의 다양성을 인정하는 것이다. 또 '에프터스콜레'라는 제도가 있다. 상급학교에 바로 진학하지 않고 자신의 인생을 생각해 보는 기회를 가지는 쉼의 시간을 준다. 덴마크 학생의 대부분이 이런 시간을 가지고 진로를 결정한다.

북유럽 교육은 재능의 다양성이 존중된다. 한국처럼 국어, 수학 등의 교과 공부만 잘하는 사람이 인정받는 문화가 아니다. 머리를 쓰는 공부 이외에도 몸과 손을 쓰는 공부를 동등하게 강조한다. 여러 재능을 골고루 인정받고 배우고 발전시킬 수 있는 문화이다. 복지가 잘되어 있고 월급 차이가 크지 않아 직업 간 차별의식이 없다. 한국에서는 돈이 없으면 배우기 힘든 예체능 분야도 북유럽에서는 의지와 재능만 있다면 얼마든지 무상으로 배울 수 있다. 모두가 자존감을 가지고 살 수 있는 평등한 사회 분위기이다. 학교를 졸업한 성인이라도 다시 배우고 싶다면 얼마든지 직업학교 같은 곳에서 다시 배울 수 있다.

북유럽 교실은 무학년제 교실이 많다. 나이로 나누지 않고 여러 연령이 함께 섞여 배우는 것이다. 실제 사회에서는 나이가 같은 사람끼리 모여서 일을 하지 않는다. 여러 연령이 섞여서 일을 하기 때문에 교실에서도 그렇게 공부할 필요가 있다는 것이다. 자기와 같은 수준과 문화를 가진 사람들과 모이는 것보다 자기와 다른 다양한 사람들을 만나면서 학습 효과가 높아진다. 학습이 더딘 학생이나 장애학생들도 굳이 통합하여 교육하려는 이유가 여기에 있다. 교사의 효율적인 개인지도보다는 동료끼리 서로 대화하고 교류하면서 배우는 것이 더 효과적이기 때문이다. 북유럽 교육은 유학생들에게까지 복지 혜택을 준다. 유학생들이 자국의 학생들과 만나고 교류하면서 자국의 학생에게 도움을 준다고 판단하기 때문이다. 자국 학문에 다양성을 높이기 위한 조치인 것이다.

북유럽 교육은 기본적으로 인간의 다양성을 존중하는 문화라는 인상을 여행 내내 강하게 받았다. 성 정체성의 다양성, 자기가 받고 싶어 하는 교육의 다양성, 인간 재능의 다양성, 학습 속도의 다양성, 가정환경의 다양성 등을 인정하고 지원하는 시스템이 부러웠다. 학습이 느린 학생이나 장애학생도 교실에서 통합교육을 하는 원칙에 누구나 공감하며 당연하게 생각했다. 공동체 안에서 다양한 동료 학생들끼리 관계 맺고 교류하고 모두가 자존감을 느끼게 하는 것이 교수학습보다 더 중요하다는 관점이 확고했다.

돈 안드는 교육, 교육복지가 학교를 바꾼다

북유럽 교육은 모든 학생들에게 질 높은 교육을 받을 수 있는 기회를 동등하게 제공한다. 대학생까지 무상교육이어서 등록금, 학업지원금, 학생 아파트 등을 무상으로 지원한다. 교육은 사회를 유지하고 발전시키는 데 무엇보다도 중요한 일이라는 관점이 확고해 보였다.

교육 투자를 아끼지 않았다. 학교 건축 디자인만 봐도 교육에 얼마나 많은 투자를 하는지 알 수 있었다.

예술적이고 실용적으로 디자인된 복도, 목공실, 요리실, 음악실, 학생 휴식 공간, 교사 휴게실 등이 잘 갖춰져 있었다. 우리 사회도 교육복지가 사회복지의 가장 중요한 부분이라는 인식이 필요하다.

대한민국 국민은 누구나 가정환경에 관계없이 동등하게 공교육 학교에서 제공하는 각종 복지 프로그램, 교사의 환대와 돌봄, 친구와의 우정으로 자신의 문제들을 극복하고 재능을 발견하고 성장시킬 수 있어야 한다.

학습이 더딘 학생이나 장애가 있는 학생들은 저학년 때부터 철저하게 협력교사(보조교사)를 지원하고 상담 및 치유 프로그램을 제공하는 정책이 요구된다. 일부 혁신학교에서는 혁신예산으로 이런 인력들을 고용하고 있다.

강원도에서는 급식, 학습 준비물은 교육복지 차원에서 잘 제공되고 있으나, 방과 후 활동 비용, 통학 버스 이용의 편의성, 장거리 통학 학생을 위한 교통비 지원, 협력교사 인건비 등의 지원은 아직 미흡한 편이다.

북유럽 육아법

북유럽 아이들은 공공장소에서 조용했다. 떠들거나 방해하는 아이들을 한 명도 보지 못했다. 공공장소에서 남에게 피해를 주는 행동에 대해 부모들이 철저히 교육한다고 들었다. 또, 북유럽 아이들은 부모와 함께하는 시간을 많이 누리는 것 같았다.

퇴근 후에는 가족과 함께 시간을 보내는 것이 보편적인 문화로 자리 잡고 있었다. 거리에 나가 보면 유모차에 아이를 태우고 나온 가정이 많이 보인다. 자전거 뒷자리나 수레를 붙인 자전거에 아이를 태우고 다니는 모습도 많이 볼 수 있다.

부모가 자녀에게 줄 수 있는 최고의 선물은 함께하는 시간일 것이다. 북유럽 부모와 교사들은 가정과 학교에서 충분히 놀 시간을 주고 아이가 이해할 수 있게 대화를 나눠 준다. 하지만 공공의 규칙은 매우 단호하고 엄격하다. 그래서 아이들이 공공장소와 교실에서 차분한 것일까?

최근 한국에서도 북유럽 육아법이 주목받고 있다. 북유럽 육아는 부모들이 자연에서 아이들과 함께 시간을 보내는 것, 아빠의 육아 참여가 적극적인 것이 특징이다.

안정된 생활 규칙대로 생활하고, 자율성과 독립적인 생활 태도를 익히

4장. 학교 혁신, 북유럽에서 배우다

며, 합의된 규칙을 지키지 않을 때에는 단호하고 엄격하게 책임을 지도록 한다. 일찍 자고 일찍 일어나기, 밖에서 많이 놀기, 부모와 자녀가 항상 책을 가까이하고 잠자기 전에 책 읽어 주기 등은 북유럽 가정교육의 중요한 원칙들이다.

이는 현재 한국의 육아법을 반성하게 한다. 획기적인 학부모 교육과 더불어 혁신유치원 지정, 숲 유치원, 부모협동조합형 어린이집 등을 지원하는 정책들이 시급히 필요하다.

학교 혁신,
정책 제안
- 좌담회

김경우, 박정운, 최규수, 황정욱, 한지연, 전인호, 김미란

>>> 학교 혁신을 체감하시나요?

김경우 혁신학교 교사들의 체감 정도와 일반학교 교사들의 체감 정도
는 굉장한 차이가 있는 것 같아요. 박정운 선생님은 최근에 혁
신학교와 일반학교를 경험해 보셨는데 어떠신가요? 일반학교
에서 학교 혁신을 체감하고 계시는지요?

박정운 혁신학교와 일반학교는 상당한 차이가 있는 것 같아요. 학교
문화 전체가 안 하는 쪽으로 가 있기 때문에 예전처럼 흘러가
는 거예요. 북원여중와 같은 혁신학교에서는 막 일어나는 게
느껴지는데, 지금 있는 일반학교에서는 너무 조용해요. 각자
놀아요. 선생님들이 개인플레이를 하는 거예요. '한 선생님만
으로는 학교를 바꿀 수 없다. 학교 단위로 바꾸자.' '학교 시스템
을 바꾸려면 전체 교사들이 협력해야 한다.'라는 생각으로 혁
신학교가 시작되었죠. 혼자 하면 이상하게 보이는 거야. 계속

불협화음만 나게 되죠. 교육감의 혁신학교 정책이 일반학교에는 전혀 스며들지 않고 있어요.

최규수 이번 여름 북유럽 탐방에서 북유럽 선생님들을 만나면서 제가 느낀 점이 있어요. 북유럽 선생님들의 책무성, 열성, 헌신성이 우리가 상상하는 것 이상이에요. 생각하는 것 이상으로 더 많은 시간을 수업 준비에 투자하고, 동료 선생님들과 당연히 모여서 수업 협의를 하고……. 너무나 당연하게 생각해서 오히려 우리가 물어보는 것을 이상하게 여기는 듯했어요. 우리나라 교사들은 우리가 해야 하는 일들에 대해 충분히 하는지, 더 많이 해야 하는지, 아니면 부족한지에 대한 자성이 없다는 생각이 들어요. 자기 혼자의 세계와 판단에 갇혀 있어서 교사로서 얼마만큼 해야 하고, 얼마만큼 노력해야 하는지, 뭘 더 알아야 하는지에 대한 생각은 전혀 없어요. 아이들은 계속해서 변하는데 일반 교사들은 정체되어 있어요. 하루하루만 견디고 넘어가면 되는 것이지 근본적으로 내가 어떻게 변화해야 하는지, 무엇으로 발전해야 하는지에 대한 심각한 생각은 안 하고 있죠. 교사라는 직업으로 받는 혜택에만 관심이 있어요. 이런 일반 교사들에게 학교 혁신 이야기는 닿아 있지 않아요.

김경우 교사의식, 교사문화에 대한 문제네요.

박정운 교사가 바뀌려면 관리자의 마인드가 변하면 좋겠는데. 이분들은 기존의 사고방식에 젖어 있잖아요. 절대 안 변해요. 교사들이 새로운 시도를 하게 되면 이분들은 오히려 교육적이지 않은 행동을 한다고 생각해요. 기존의 학교문화에 역행하는 쪽으로

5장. 학교 혁신, 정책 제안

보니까. 그러다 보니까 새로운 시도를 하는 교사들은 전혀 지지를 받지 못하고 갈등이 생기고 힘들어지죠.

김경우 교사문화에 대한 진단이나 상황은 우리가 이미 다 알고 있는 거니까. 어떻게 하면 이런 문화를 바꿔 나갈 수 있을지 아이디어가 있을까요? 또는 필요한 정책이 뭘까요?

최규수 아무리 생각해 봐도 당장 어떤 정책과 방법을 써 봤자 효과가 없을 거예요. 제일 좋은 것은 관리자들이 변하는 것인데 그건 난무하고. 교육감도 승진 제도 자체를 바꿀 수 없으니까요. 그렇다고 해서 선생님들한테 "지금 우리 교육이 심각한 상황인지 아느냐? 우리가 뭘 해야 할까?" 하고 서로 얘기해 보려 해도 "나만 잘하면 되지." 같은 반응이에요. 그리고 새로운 시도를 하다 문제가 생기면 앞에서는 위로하는 척하지만 "그것 봐……"라는 식의 얘기를 하죠. 동료의식이 전혀 밑받침되지 않아요. 같이 모여서 공부든 뭐든 서로 얘기해 보자 해도, 근무 시간 이외에는 10분이라도 내는 것을 선생님들은 굉장히 싫어해요. 이렇게 싫어하는 사람들의 생각을 어떻게 바꿔야 할까요? 이 선생님들하고 대화를 해야 세상이 어떻게 변하고, 우리는 어떤 식으로 이 물결을 타야 하고, 어떻게 우리가 이 물결을 주도해야 하는지 논의할 수 있잖아요. 그런데 그럴 시간과 기회가 주어지지 않아요.

김경우 시간의 문제죠. 며칠 전 서곡초에서 곽노현 전 서울시 교육감이 강연을 했어요. 이때 본인이 다시 교육감을 한다면 교사 업무를 제로 수준으로 만들고 교사들이 자주 모여 생활지도, 수

내가 경험한 학교 혁신 이야기

업연구를 할 시간을 만드는 일에 매진할 것이라고 말했어요. 이 하나만을 성공시키기 위해 노력하지 않은 게 패착이었답니다. 이게 학교 혁신의 핵심 열쇠라고 강조했어요. 북원여중에서는 매주 수요일 6교시에 항상 수업공개와 수업협의회 시간을 가지고 있지요?

최규수 북원여중 같은 경우는 매주 수요일 5교시까지만 하고 그 이후 시간에는 아무것도 없어요. 모든 아이들은 일찍 가요. 그래서 교사들이 모일 수 있죠. 그런데 일반학교에서는 잘 안 되죠.

김경우 일반학교에서도 그런 걸 만들어 내야 하잖아요. 제가 몇 년 전부터 해 오던 생각이 있어요. 일반학교에서도 북원여중 같은 모델을 시행하도록 강제화하는 방안이 어떨까요? 학교평가 기준에 넣으면 어떨까요? 교사 역량 강화를 위해 초등학교의 경우는 한 교사당 60시간 이상을 이수해야 해요. 그런데 대부분 초등 교사들은 혼자서 원격연수로 때우죠. 사실 이런 원격연수는 별로 도움이 되지 않아요. 이렇게 하는 것보다 교사들이 교내에서 동료들과 만나서 배우는 게 더 많아요. 이런 시간을 학교평가에 중요한 요소로 넣어야 한다고 생각해요. 도교육청 학교 혁신 계획에서는 수요일 오후에 교사들이 모이도록 교육청 출장을 제한하고 교내에서 교사들이 모이도록 권장하고 있어요. 하지만 학교평가에 들어가 있지 않으니까 일반학교에서는 거의 무시하고 있죠. 그런데 이렇게 강제 조항이 생기면 일반학교에서 형식화되지 않을까? 걱정이 많이 됩니다.

최규수 형식주의를 경계하는 것은 이해되지만, 형식을 통해서 속이 바낄 수 있다고 생각해요. 인사를 예의 바르게 하면, 겉의 표현이 마음으로도 전이되는 것처럼 말이죠. 반드시 일주일에 한 번은 5교시만 하고 나머지 시간에 교사들이 모여서 함께 수업을 연구하는 시간을 가져야 한다는 항목을 넣는 것은 매우 좋은 방법이라고 생각해요.

김경우 학교 혁신에는 교사의 자발성이 매우 중요한데 강제성으로 자발성을 유도하려는 딜레마가 있어요. 조심스러움이 늘 있죠. 하지만 강원도 교육감 4년이 지나고 5년째인데도 변화의 조짐이 없으니 언제까지 기다릴 수 없잖아요. 인위적이라도 환경을 마련해 줄 필요가 있을 것 같아요.

박정운 혁신학교의 일반화라는 측면에서 좋은 아이디어 같아요. 모든 학교에서 동시에 수요일 오후 시간을 비우게 되면, 그 시간에 교내에서 교사들이 모일 수도 있고 혁신학교에 가서 교사들끼리 교류할 수 있잖아요. 지금은 혁신학교에서 하는 수요일 6교시 공개수업에 가고 싶어도 갈 수가 없어요. 그 시간에 일반학교에서는 수업이 있으니까요. 통로가 막혀 있어요. 이런 통로가 뚫리면 혁신학교에 가서 볼 기회가 늘어서 확산이 쉬울 것 같아요.

최규수 만약 이런 아이디어를 도내 전체에 시행하기 부담스럽다면, 우리 원주교육지원청만이라도 시행해 보는 거죠. 초·중등만이라도.

황정욱 일반학교들은 정책적으로 "이렇게 해라." 해야 바뀌지. 자율적으로 하기를 기다리기만 하면 일반학교에서는 이런 시간을 만들지 못할 거예요.

한지연 대부분 학교 혁신은 혁신학교만 하는 거라고 생각하고 있어요. 학교폭력 가산점을 받은 선생님들이 학교폭력 생활지도를 다 해야지, 라고 일반 선생님들이 생각하는 것처럼요. 학교 혁신이 일반학교와 함께 공유하면서 이루어지지 않는 것 같아요.

김경우 저는 혁신학교가 일반학교보다 앞서 학교 혁신을 실험하는 학교라고 생각해요. 여러 가지 시도하고 실패를 앞서 겪으면서 우리 학교 현실에서 잘 되는 것들과 안 되는 것들을 가리고 그 중 일반화할 수 있는 것들을 잡아내서 퍼트리는 거죠. 예를 들면 지금 강원도에서 일반화된 교무행정사 정책처럼. 초기 혁신학교들이 교무행정사에게 공문을 전담시키고 교사들은 수업에 전념하게 했던 것이 호응이 매우 좋았었죠. 그래서 일반화했어요. 강원도 교육청에서 선도적으로 했죠. 다음 단계로 교내 동료교사들이 근무시간 안에 일주일에 한 번 정도는 모여서 수업 이야기, 아이들 이야기를 나눌 수 있는 시간을 교육계획과 시간계획에 반드시 포함하고, 그것을 학교평가에서 중요한 기준으로 배당하는 것을 일반화했으면 하는 것이지요.

한지연 초등은 예전부터 수요일에 4교시만 하고 오후에는 선생님들이 모여서 배구나 영화 감상 등의 활동을 했었어요. 그런데 주 5일제가 되면서 수요일 수업이 5~6교시로 늘어났어요. 그러면서 못 하게 됐어요. 그래도 한 달에 한 번 정도는 이런 활동을 하기도 해요.

김경우 초등은 동학년 모임이 거의 레저 생활 위주였죠. 수업 이야기, 아이들 이야기를 하지는 않죠. 밖에 나가서 놀 생각이거나, 잘

241

해야 영화 보죠. 교사 모임을 강제화했을 경우에 일어날 수 있는 일들이죠.

한지연 놀면 안 돼요? 교사들에게 여유와 쉼이 필요하다면서요?

박정운 일어날 수 있는 부작용이죠. 하하.

김경우 교사들이 모이려면 업무 경감을 확실히 해야 하는데 일반학교에서는 이것도 체감을 제대로 못 하고 있지 않나요?

김미란 공문을 쓰는 건 확실히 줄었어요. 하지만 교내 행사와 계획서를 쓰는 것은 여전히 남았지요.

황정욱 저는 올해 북원여중에 와서 수요일 오후에 그렇게 하니까 좋았어요. 시간이 안 날 것 같지만 되더라고요. 선생님들의 자발적 의지도 중요하지만 일반 선생님들은 이런 아이디어가 없을 수도 있어요. 일단 이렇게 학교시간계획안에 넣도록 하는 건 좋은 것 같아요.

김경우 서곡초도 올해 2학기부터 목요일 4시에는 꼭 모이자 했어요. 전부가 모이는 건 아니지만 2학기 때 실험을 해 보고 내년에는 학교계획에 박아 놓으려고요. 반응이 괜찮아요. 모이면 먼저 기타 반주에 맞추어 노래도 부르고, 내년도에 이렇게 저렇게 바꿔 보자는 이야기를 나눠요. 아이들 이야기, 학교 상황, 좋은 책들도 공유하구요. 아직 수업 이야기까지는 자세히 못 나갔어요. 일반학교에서 하는 수업 협의회 정도 수준이에요. 학교 평가 필수 항목에 들어가면 관리자들도 관심을 가지게 되고, 일반학교에서 교사학습공동체에 관심 있는 선생님들이 관리자들에게 요구하는 강력한 근거가 될 수도 있어요.

박정운 저는 북원여중에서 원주중으로 와서 한 번도 동료교사들과 수업 고민, 아이들 고민을 나눈 적이 없어요. 자기계발 목적으로 원어민 교사에게 영어를 배우는 모임 정도는 있었어요. 수업 고민을 나누는 모임은 아니었죠.

한지연 신기하게도 선생님들이 수업 이야기, 아이들 이야기를 하는 걸 굉장히 부담스러워하는 것 같아요.

황정욱 그런 교사문화가 형성이 안 되어서 그렇죠. 어느 학교든지 뜻이 있는 선생님들은 반드시 있어요. 그 선생님들이 주축이 되어서 서서히 만들어 가는 거죠. 시간만 확보가 되면요.

한지연 학교평가에 들어가게 되면 관리자들은 강제적으로 선생님들을 쪼아요. 실제로는 안 하고 유령 집단 같은 걸 만들어요. 쇼를 하는 거죠. 그나마 레저라고 하면서 모이면 다행이고 땡큐죠.

최규수 시간이 확보가 되면 노는 사람도 있겠죠. 하지만 뜻있게 모이고 싶어 하는 사람들도 이런 시간을 이용하지 않을까요? 자꾸 모여서 이야기하고 고민하게 되는 거죠. 교사들의 자발성이 일어나도록 미리 공간을 확보해 주는 게 중요하다고 생각해요. 일반학교에도 충분히 할 수 있는 일이에요. 만약에 이런 시간이 확보가 되면 학교 혁신의 확산에도 긍정적 영향을 줄 것 같아요. 학교 간 교류가 일어나기 쉬워지죠. 혁신학교 선생님들과 일반학교 선생님들이 만나고 교류하면서 배울 수 있고, 자극제가 되기도 할 것 같아요.

김미란 예전에 있었던 학교에서는 연구부장님이 주체가 되어서 이런 교사모임을 만들었어요. 회의하는 시간에 격주로 해서 수학 교수학습 방법에 대해서 토의를 했어요. 엄청 잘됐어요. 지금 우리 학교 같은 경우에는 그것도 일이라고 선생님들이 싫어하실 것 같아요. 요즘 학교는 학교 행사가 너무 많아요. 흐흐. 학교 방송 업무도 교사가 해요. 학교 행사가 있으면 수업을 하는 중에도 가 봐야 해요. 학교 자체 행사들을 줄이는 방안이 없을까요?

김경우 학교 자체 행사들은 교장의 의지 때문이죠.

황정욱 교사들이 내부에서 저항해야 해요. 그걸 못 하면 교사들이 힘들게 사는 거예요.

최규수 북원여중에서는 부장들이 승진점수를 바라지 않아요. 그래서 교장의 권력에 쉽게 휘둘리지 않죠. 일반학교에서는 승진을 하고 싶어 하는 사람들은 교장과 교감에게 엄청 다 바쳐야 해요. 우리 학교에서는 "너, 승진점수 줄 테니까 내 말을 들어라." 해도 "줄려면 주고 말려면 마세요." 이렇게 나가니까 통하지 않죠.

박정운 장학사가 되려면 평판점수라는 걸 받아야 한대요. 교장에게 "어떠냐?" 하고 물어봐서 반응이 시큰둥하거나 부정적으로 말하면 장학사가 될 수 없죠. 그러니 교장이 권력을 마음대로 휘두를 수 있어요. 굉장히 비민주적인 거죠. 굽실굽실한 사람만 승진하죠. 간이고 쓸개고 다 빼놓는 사람만. 저는 이런 사람을 너무 많이 봐 왔어요.

김경우 중등에 비해 초등은 교장이 절대권력을 가지고 있죠. 그렇게 문화가 되어 있어요.

최규수 저는 한 10년 고등학교에 있다가 중학교로 왔어요. 고등학교에

내가 경험한 학교 혁신 이야기

서 중학교로 내려와 보니까 "선생님들이 왜 이래? 교장한테 저렇게 쩔쩔매?" 이런 생각이 들었어요. 고등학교에서는 그렇지 않았거든요. 내려갈수록 점점 더 그런 거 같아요.

김미란 부장들과 교사들이 회의를 통해 학교를 이끌어가는 시스템이어야 할 것 같은데, 부장들이 아무 말을 못 하고 있어요. 승진 때문이죠.

김경우 이런 교사의식과 교사문화를 어떻게 바꿔야 할까요?

김미란 자기철학이 제일 중요할 것 같아요.

김경우 교대, 사대부터 시작해야겠죠.

한지연 환경도 중요할 것 같아요. 경기도에서 근무할 때는 교장과 교감의 지시에도 "안 됩니다." "못 합니다."라는 말을 할 수 있었어요. 그건 교장과 교감의 성품이 그런 말을 해도 받아들일 수 있는 분들이라 여겼기 때문이지. 경기도에서는 열린 마음을 가지고 좋은 학교를 만들고자 하는 분들이 많다는 느낌을 받았어. 그런데 강원도에서는 그게 안 되는 거야. 사람들이 다르다는 거야. 강원도에서는 "이 학교는 내 학교야."라고 생각하는 교장이 많아요. 초임 시절에 교장에게 반발하지 못했던 경험들이 쌓이면서 교장의 뜻에 따르는 문화를 스스로 깨기 힘든 것 같아요. 새끼 코끼리를 족쇄에 묶어 놓고 키우면 나중에 커서도 그 족쇄에 묶여서 살아가는 것처럼. 그 작은 족쇄 정도는 힘으로 뽑아버릴 수 있어도 뽑지 못하고 살아가듯이. 교장과 교감에게는 반대 의견을 말하지 못하게 돼요. 저도 그렇게 된 것 같아요.

김미란 부장 선출제는 어때요?

최규수 북원여중에서는 벌써 부장을 선정해 놓았어요. 서울 강명초등
학교에서도 매년 12월에 교원 업무를 전담하는 부장교사들을
선출해요. 선출 방식은 자천과 타천이에요. 그 대신 수업시수
를 줄여 주죠. 부장교사를 돌아가면서 한 번씩은 맡도록 하는
것 같아요. 그래서 모든 교사들이 학교 시스템을 알게 되는 거
예요. 학교 인사위원회에 이런 규정을 넣어 놔야 해요.

김경우 학교 혁신에 필요한 교사연수는 뭘까요? 강원도에서는 학교 혁
신 연수가 인기가 없는 것 같아요. 미달이 많아요. 교사들의
호응이 없는 이유가 뭘까요? 그나마 배움의 공동체 교사연수
가 교사들의 호응을 받고 있는 것 같아요.

최규수 경기도에서는 교장, 교감, 행정실장들은 학교 혁신 연수를 의
무적으로 받아야 해요. 학교 혁신 연수를 받지 않으면 승진 자
격이 없어요.

한지연 혁신학교 연수를 들으면 저건 혁신학교에서만 할 수 있는 거고,
우리학교에서 하기에는 힘들다는 생각밖에 안 들어요. 일반학
교 교사들이 자기 현실에서 실천해 볼 수 있는 구체적인 방법
들에 대한 친절한 안내와 사례는 없는 것 같아요.

김경우 일반학교 교사들은 "군이 저걸 왜 해?"라는 말을 속으로 하고
있죠. 학교 혁신을 왜 해야 하는지에 대한 동기유발에 초점을
두어야 한다고 생각해요. 일반학교 교사들의 절박한 요구에
응답하는 학교 혁신이어야 해요. 예를 들어, 대부분의 교사들
은 학교 업무와 행사 없이 교실 수업에서 아이들과 잘 지내고

싫거든요. 이런 환경을 마련해 주는 것이 학교 혁신의 최우선 목적이라고 설득해 나가면 어떨까요? 그러면 좀 더 명료하게 학교 혁신에 대한 개념을 잡아 나가지 않을까요?

최규수 나는 학교 혁신이 "나는 교사다."라는 교사의 자존감을 일깨우는 것이라고 생각해요. 이걸 키워드로 삼아야 해요. 어떻게 하면 교사의 자존감을 살릴 수 있을까요? 수업이죠. 수업을 어떻게 하면 잘할 수 있을까? 동료교사들과 함께 만나서 연구해야 하죠. 어떻게 하면 동료교사들과 연구할 수 있을까? 어떻게 하면 아이들과 학부모들에게 전문적인 상담을 해 줄 수 있을까? 이렇게 학교 혁신의 개념을 잡고 교사들을 설득해야 해요. 교사로서 각성을 불러일으키는 것이 바로 '혁신'이라고 생각해요.

박정운 중학교에서 기말시험 후 수업을 어떻게 하시나요? 이 부분도 혁신이 필요한 것 같아요. 기말시험 후에는 수업이 아예 안 되죠. 대부분 영화를 보여 주고 시간을 때우죠. 교사의 존재감이 몹시 떨어져요. 일반학교에서는 이런 고민을 저 혼자만 해요.

황정욱 북원여중에서는 기말시험 후에 통합교과 프로젝트를 실시해요. 드라마 『뿌리 깊은 나무』를 보고 세종대왕을 중심 주제로 통합교과학습을 해요. 자료를 연구회 카페에 올려놓을게요. 선생님 학교에서도 제안을 해 보세요. 신림중학교 사례도 카페 자료실에 있어요.

한지연 초등은 2월달이 바뀌었으면 좋겠어요. 1주에서 2주 동안 놀다가 집에 가는 경우가 많아요. 의미 있는 학습이 안 이루어져요. 영화를 보더라도 좋은 영화를 보고 후속 활동으로 진지하게 영화 감상을 나누고 토론하는 교육은 안 이루어지잖아요. 그냥 틀어 놓고 담임들은 미친 듯이 학기말 업무나 하고 있고. 내가 수업을 못 가르친다고 교장 교감이 나에게 뭐라 말할 수는 없지만, 나가야 할 공문을 제때 못 했을 때는 내가 되게 일 못하는 교사가 되겠구나 하는 생각이 드는 거예요.

최규수 교사가 아무리 바쁘더라도 교실에서 아이들과 있을 때 학교 업무를 해서는 안 된다고 생각해요. 저도 예전에 담임할 때는 그런 적이 있었지만요. 설령 영화를 보더라도 교사는 영화를 보는 아이들을 보고 있어야 해요. 아이들은 선생님이 자신들을 내버려두고 자기 일만 한다고 인식하기 쉬워요. 교사들이 지켜야 할 윤리죠.

김경우 북원여중은 지난 4년간 수요일 오후에 수업공개와 수업협의회를 정례화했었죠. 이 정도 실험을 했으면 검증이 끝난 것이 아닌가요? 일반화해도 될 것 같은데요?

최규수 아이들도 일찍 끝나니 좋아하고, 선생님들도 좋아해요. 하하. 북원여중 선생님들은 "나, 이 학교에 와서 많이 성장했다. 많이 배웠다."라는 말을 참 많이 해요. 다른 학교 선생님들과 이야기하다 보면 북원여중의 수업 방식이 선구적이라는 걸 알게 되죠. 이런 밑바탕은 수요일 오후에 선생님들이 모여서 수업공개와 수업협의회를 꾸준히 했기 때문이에요. 이렇게 1년 정도 서로의 수업을 보고 아이디어를 나누면 선생님들이 모두 전문가로 성장해요. 아이들에게도 영향을 줘요. 선생님들이 다른 선생님 수업에 들어와서 협력하고 연구하는 모습을 보면서 아이들도 "아, 선생님들도 저렇게 협력을 하는구나." "아, 이렇게 수업하고 이렇게 배워야 하는 거구나."라는 걸 자연스럽게 습득하게 돼요.

김경우 혁신 연수의 핵심은 바로 이거예요. 교내에서 일상적으로 동료교사들이 서로를 보면서 배울 수 있는 시간을 확보하고 그런 관계를 만들어 주는 것. 그래서 서로 전문가로서 성장하는 느낌을 받게 하는 것. 교사로서 자존감이 생기는 거죠. 이것에 초점을 두어야 해요. 이걸 방해하는 모든 것을 다 잘라 버려야 합니다. 강원도 교육청은 여기에 포인트를 두고 있지 않은 것 같아요. 학교 혁신이라는 이름으로 민주, 인권, 협력, 배움, 행복, 생태 등등 온갖 말들만 나열하고 있는 것 같아요. 초점이 없어요. 그래서 가끔 우리도 헷갈리는 거예요. 혁신이 뭐지? 혁신이 뭘 하자는 거지? 우리 스스로도 애매해지죠. 개념과 초점을 명료하게 잡아야 합니다. 왜 체감을 못 하는지, 혁신 연수를 어떻게 해야 하는지, 교내에서 교사학습공동체를 어떻게 형성해야 하는지에 대한 실질적인 해답을 북원여중 사례에서 얻을 수 있을 것 같아요.

>>> 덴마크 에프터스콜레와 자유학기제

김경우 우리 연구회에서 덴마크 에프터스콜레 교사 초청 세미나를 다 녀왔죠. 자유학기제나 진로 교육, 학교 부적응 학생 문제 등에 많은 영감과 아이디어를 얻을 수 있었어요. 현실적으로 덴마 크 에프터스콜레를 우리 교육에 어떻게 적용할 수 있을까요? 경기도 교육청은 벌써 '꿈의 학교'라는 이름으로 덴마크 에프 터스콜레 개념을 진로 교육, 학교 부적응 학생 문제에 적용하 는 정책을 마련했어요.

최규수 덴마크 에프터스콜레와 우리나라 자유학기제가 어떻게 만날 수 있을까요?

전인호 덴마크 에프터스콜레는 우리나라 나이로 중학교 3학년 정도 의 학생들이 고등 과정으로 진학하기 전에, 일단 인생을 장거 리로 생각하고 한 템포 쉬면서 걸어온 길을 돌아보고 자기를 점검해 보는 거죠. 1년 동안 기숙 생활을 하면서 자기가 좋아 하는 분야를 중점적으로 탐색하고 미래를 설계해요. 자기 인 생을 행복하게 사는 법을 고민하고 배우는 과정이죠. 인생 방 향을 결정한 후에 상급 학교에 진학해요. 우리나라 자유학기 제의 가장 큰 문제는 중학교 1학년 2학기에 한다는 거예요. 그 나이에 인생을 반추하기는 힘들다고 생각해요. 자유학기제 보고서를 읽어 봤는데 그 보고서에서도 매우 부정적인 평가들이 많았고, 선생님들도 너무 힘들어요. 각종 진로 체험 활동을 섭외하고 준비해야 해요. 자기 수업을 하면서 또 해야 하는 거죠. 이중으로 힘들어요. 자유학기제가 추구하는 것은 진로 체험이 주목적이 아니죠. 그것은 일부분에 불과해요. 아이들이 시험의 중압감 없이 자유롭게 중학교 생활을 하면서 자기를 점검하고 미래를 내다볼 수 있는 분위기를 마련해 주는 게 중요하다고 생각해요.

김경우 JTBC 뉴스에 자유학기제에 대한 우려가 방송이 되었어요. 모든 학교에서 진로 체험 때문에 경찰서, 출판사로 몰리니 도저히 받아 줄 수가 없는 지경이라는 거예요. 모든 학교에서 자유학기제를 진로 체험 방향으로 가고 있으니까요. 우르르 견학하는 식으로 가 봐야 사실 도움이 되지도 않죠.

최규수 원래 자유학기제 취지에는 진로 체험으로 하라는 제한이 없어요. 선생님들이 하기에 진로 체험이 쉬워 보이죠. 그래서 진로 체험으로 몰리게 된 거예요. 교육부의 원래 안은 뭐든지 해도 되는 거예요. 진로 체험만이 자유학기제라는 개념에서 벗어나야 해요. 덴마크 에프터스콜레가 250개 정도가 있는데 그 중에서 우리 학교에서 할 수 있는 것들을 조사해 보는 것도 좋을 것 같아요.

전인호 외국어, 음악, 미술, 디자인, 연극, 영화, 스포츠, 여행, 국제 교류, 종교, 프로젝트, 현장 연구, 난독증 등 학습장애, 혹은 학생들의 특수한 요구를 위한 학교 등 그 유형이 덴마크에서는 다양하죠. 우리나라에서는 1학기 동안 몇 주는 여행, 몇 주는 자전거, 몇 주는 연극 등 이렇게 다양하게 할 수도 있을 것 같아요.

김경우 우리 학교 경우에는 내년 수학여행을 여행학교 콘셉트로 할 예정이거든요. 금강을 따라 자전거 여행을 하면서 백제 문화권 역사도 배우고 산도 걷고 텐트 생활도 하고 싶어요. 지금의 수학여행은 대절버스나 타고 소비적이고 수동적인 관광일 뿐이잖아요.

최규수 만약 여행을 하려면, 오전에는 기본 교과를 공부하고 오후 시간에 아이들이 모여서 여행지를 조사하고 계획을 세우는 거지. 그리고 다녀와서도 아이들이 모여서 여행을 정리하고 발표하고 하면 1학기가 지나가죠. 저는 필요한 경비도 아이들이 모아야 한다고 생각해요. 알뜰장터 등을 열어서 자기들이 돈을 벌어야지요. 그것까지 계획해야 해요. 스스로 모은 돈에 학교 예산을 일부 지원해 주는 방식으로. 역사 탐방을 한다든지, 농촌 봉사활동을 2주 정도 하고 온다든지. 지금과 같은 수학여행, 체험학습 등은 돈 낭비예요.

전인호 해외 봉사활동도 계획해 볼 수도 있을 것 같아요. 유니세프와 연계해서 아프리카 아이들과 생활하면서 비누 만드는 법을 가르쳐 주는 봉사활동을 할 수 있어요. 학기 동안은 준비 기간으로 잡고 방학 때 다녀오면 될 것 같아요.

김경우 자꾸 외부로 체험학습을 나가려고 하지 말고, 교내에서 관심분야별로 동아리를 구성하면 어때요? 한 교사당 20명 정도. 한 학기 동안 동아리별로 프로젝트를 수행하면 되지 않을까요?

박정운 건축에 관심 있는 학생들이 모여서 정자 하나를 한 학기 동안 만들어 보는 거죠. 동아리 식으로 모집해서 프로젝트를 수행하는 거예요. 외국어도 좋고, 스포츠도 좋고. 록 음악도 좋고, 음모론 영상반도 좋고. 하하. 자유학기제가 끝나고 나서는 교내 동아리 활동으로 계속 이어가도록 하면 좋을 것 같아요.

전인호 예를 들면 이런 걸 할 수 있죠. 신문기사반을 만들 수 있어요. 아이들이 몸으로 뛰면서 취재하고 신문기사를 작성하고 신문을 만들어서 배포하고. 학습에도 도움이 되고 언론 쪽 진로 교육도 돼요. 더 중요한 것은 이런 경험을 통해 민주시민 교육을 할 수 있어요.

김경우 프랑스의 프레네 교육에서도 학생들에게 학급신문을 만들도록 했어요. 시민 교육을 위해 좋은 방법이죠. 초등 혁신학교에서는 계절학교라는 프로그램을 운영해요. 그 주간에는 주지교과에서 벗어나 몸으로 하는 공부, 예술적인 공부 등을 하면서 자신의 소질을 찾고 재능을 표현할 기회를 주죠. 초등 계절학교 프로그램에서 중등 자유학기제가 배울 점이 있을 거예요.

전인호 뭘 하든 핵심 가치가 중요해요. 추구하는 가치를 아이들과 논의해 나가야죠. 그것을 하고 나서는 가치 있는 삶을 재조명할 수 있도록 해야 해요.

김경우 자유학기제 개념을 진로 체험으로 국한하지 말고, 프리한 학습, 자유로운 배움을 경험하게 하는 것으로 잡는 게 중요할 것 같아요. 동아리 식으로 모집해서 프로젝트를 수행하는 개념으로. 교육적 상상력이 교사들에게 더 필요할 것 같아요? 저는 강원도에 설립 중인 학생진로교육원에 덴마크 에프터스콜레 사례를 적용해 보는 것도 매우 현실적인 방안이라고 생각해요.

원주횡성혁신학교연구회가 제안하는 학교 혁신 정책

1) "교사에게도 쉼과 여유가 필요하다." 무급교사연수휴직제 실시.
2) 학교 부적응 학생과 자유학기제, 진로교육에 덴마크 에프터스콜레 모델 적용.
3) 교원 업무 경감을 더 과감하게 시행하고, 교내 교사학습공동체가 활성화되도록 지원하는 정책이 필요함. 학교 혁신 정책의 초점을 여기에 맞춰야 함. 교원 업무 경감과 교사학습공동체를 학교평가에서 가장 중요한 평가 기준으로 삼아야 함. 수요일은 5교시만 실시하고 교사학습공동체의 날로 지정하여 의무화할 필요가 있음. 또 지나친 원격연수 의존이 교내에서 교사학습공동체 형성을 저해하는 요인이 됨. 학교평가 교원연수 시간에서 원격연수의 시간 수를 제한할 필요가 있음.
4) 교대, 사범대학과 연결하여 혁신교육 예비교사과정, 혁신교육 석사학위과정 개설, 북유럽 교사교육대학 해외연수과정 개설, 대학과 공동연구 등 교사들이 매력적으로 느낄 만한 혁신교사 양성을 위한 체계적인 연수 시스템이 필요함. 교사연구모임이나 교과교육연구회에 연수를 위탁하는 것을 확대하기를 바람. 원격연수 업체들처럼 교사연수 홈페이지를 운영할 필요가 있음. 연수 수강 및 연수 홍보 등을 홈페이지에서 바로 할 수 있도록 해야 함. 공문으로 신청하는 방식은 없애야 함.
5) 관리자(교장, 교감, 부장)를 위한 체계적 혁신교육 연수과정 개설 필요함. 승진 자격에 혁신연수를 필수 요소로 넣을 필요가 있음. 대규모 강의식으로 하지 말고, 학습공동체 경험을 쌓도록 유도해야 함.
6) 혁신학교 간 긴밀한 네트워크가 필요함. 지역별 거점학교를 연수원학교로 지정하여 운영할 필요가 있음. 혁신학교 확산을 위해 필요함. 교사들은 소문난 학교를 찾아가 동료교사들의 이야기를 직접 듣고 싶어 함.
7) 학교 혁신 운동과 마을(지역) 운동이 결합해야 함. 철저하게 마을(지역) 속 학교로 자리 잡아야 지속 가능함. 마을교육공동체 형성이 지속 가능한 학교 혁신을 위해 매우 중요함을 인식해야 함. 혁신학교는 공교육 혁신의 시작이고, 마을교육공동체 형성은 공교육 혁신의 완성임을 잊지 말아야 함.
8) 획기적인 학부모 교육, 캠페인 필요. '사교육걱정없는세상' 시민단체와 협력 필요.

내가 경험한 학교 혁신 이야기

5장. 학교 혁신, 정책 제안

내가 경험한 학교 혁신 이야기